公元787年，唐封疆大吏马总集诸子精华，编著成《意林》一

意林： 始于公元787年，距今1200余年

意林®轻文库

青春最美，梦想出发

中国式好看轻小说优鲜品牌

意林
轻文库

绘梦古风系列 028

梦莉将军

(一) 闹姑苏

纪出矣 著

北方妇女儿童出版社

· 长春 ·

图书在版编目（CIP）数据

萝莉将军. 1, 闹姑苏 / 纪出矣著. —— 长春：北方
妇女儿童出版社, 2018.6

（意林·轻文库. 绘梦古风系列）

ISBN 978-7-5585-2303-8

Ⅰ. ①萝… Ⅱ. ①纪… Ⅲ. ①长篇小说－中国－当代
Ⅳ. ①I247.5

中国版本图书馆CIP数据核字(2018)第098545号

萝莉将军（一）闹姑苏
LUOLI JIANGJUN （一） NAO GUSU

出 版 人	刘　刚
总 策 划	阿　朱
特约策划	师晓晖
执行策划	张　星
责任编辑	吴　强　周丹
图书统筹	三木卷卷
特约编辑	雷凌云
绘　　图	子　涅
书籍装帧	刘　静
美术编辑	袁　萌
开　　本	700mm×1000mm　1/16
字　　数	450千字
印　　张	14
版　　次	2018年6月第1版
印　　次	2018年6月第1次印刷
印　　刷	天津泰宇印务有限公司

出　　版	北方妇女儿童出版社
发　　行	北方妇女儿童出版社
地　　址	长春市人民大街4646号
	邮编：130021
电　　话	0431－85678573

定　　价	29.80元

目录
CONTENTS

目录
CONTENTS

楔子

乔将军乔瑞近些年成了京城街头巷尾的一大谈资。

这笔谈资无关他戎马疆场的飒爽英姿，也无关他与夫人秦氏那段一人一心过一生的痴情，而是关于他养出来的三个性格迥异的闺女。

乔家是武门世家，前前后后一共出过十二位功臣。乔瑞十三岁入军营，十五岁便成为皇家禁军中的一员猛将，二十岁出征漠北，二十五岁被封为都正指挥史，三十岁封镇国将军。其战功之显赫，杀敌之英勇，可想而知。

然而就是这么一位威风凛凛的悍将，膝下竟然没有一个儿子，夫人秦氏三次怀胎，生的都是女孩。

乔老将军爱妻如命，爱女也如命，心里想着既然一连来的都是姑娘，那就索性拿姑娘当儿子养。古时便有花木兰从军，他的女儿一样可以。大闺女出生的时候，乔瑞就兴致勃勃地给女儿取名木兰。

乔木兰的胳膊腿确实壮实，但无心习武，长得五大三粗的，远远走过来就像棵树，偏偏只喜欢绣花。你让她练武，她能从早上哭到晚上。

乔老将军闹心啊，但是乔老将军不说，默默放了老大去绣花，将期望放到了老二乔巾帼身上。乔巾帼练武的精神头倒是很足，奈何没有丝毫悟性，让她气沉丹田，沉到将近十六岁还没找着丹田在哪儿。

如此，乔老将军心灰意冷了，虽心痛手上的九环大刀无人接替，到底也不能将自己那点儿念想强行加在女儿身上，待到秦氏生老三的时候，他也就不再做子承父业的梦了，给闺女起了个挺灵秀的名字，叫乔灵均。

令所有人都没有想到的是，乔老将军手上的那点儿家业，竟然就交托在她的身上。

为什么说想不到呢？因为乔灵均生下来的时候就比正常的婴孩小，短胳膊短腿儿，长到六岁还没凳子腿高，那真是顶娇小的一个姑娘。模样生得出色，兼具秦氏的杏眼黛眉和乔瑞的英气。个头儿不高，手劲儿却奇大，九岁就能扛着父亲的九环大刀满院子乱挥，十岁就跟着乔瑞入了军营，养得如假小子一般。及至乔灵均十六岁，都没人再见过她穿女装，不知道的，也只当乔家的第三子是个儿子了。

而坊间的笑谈，就是从乔灵均十五岁这一年开始传起的。

是说乔家绣花的老大和气沉丹田的老二先后出嫁了，乔家老三一身男子装扮先后送走了两位姐姐，反倒将自己剩下了。

按理说，乔家那样的家世，想要找个青年才俊入赘都不成问题，怎生嫁个闺女就成了头等难事了？

对此，见天蹲在城门楼下要饭的老乞丐开腔了："入赘？乔家老三那个性子是能嫁人的吗？是能端茶递水伺候公婆的吗？有几位姑娘能养成她那样？五岁上树，十岁舞刀，十五岁时跟她相亲的公子都需得等她酒醒了再说话。就因为这好酒的毛病，外头还给她起了个诨名叫乔九爷，取的就是酒字的谐音。"

"前段时间乔指挥史安排了一位户部侍郎的公子与她相亲，那是多好的家世，你猜怎么着？乔家那位祖宗睡醒以后，直接在人家面前表演了一场胸口碎大石和口吞大宝剑，户部侍郎家那位公子的脸，也像石渣似的落了一地。你跟她讲花前月下，她跟你论刀枪棍棒，没人敢入乔家那个门！"

如此，这婚事一拖，又是一年。

那时候的乔灵均，说得客气一点儿是自在随性，说得不客气一点儿，是真的混账。乔灵均出身将门，父亲封一品骠骑将军，这样家世出身的女子，性格难免骄纵。很多人都说，乔老将军的三闺女必然成不了气候，哪有成年的大姑娘，日日在军营跟男人厮混的？说这句话的人怎么也没想到，乔灵均真的就在军营里摸爬滚打了小半生，也没人想到，戎马疆场无往不胜的乔老将军会死在漠北的战场上。

乔瑞死的那一年，乔灵均只有十六岁。

十六岁的乔灵均，一声不响地将父亲的棺木从战场上接回来。披麻戴孝，谢客入殓，跪在坟前她自始至终没掉一滴眼泪。她只是很耐心地在墓碑前跟乔老将军说了整整十日的话，说到喉咙再也发不出一丝声音，彻底昏厥。

"爹，如果我以后都乖，你可以回来吗？求你……"

乔灵均安顿好母亲秦氏以后，再次返回了军营。

次年六月，奉天漠北疆土再次受外族侵略，一连被攻下十七座城池，边关告急。乔灵均在天和门跪了三天三夜，请旨挂帅代父出征，朝野上下对此议论纷纷，都不赞成圣上用这么年轻的一名女将。追随了乔将军多年的老将陈直却在关键时刻力荐乔灵均。

漠北的这一场仗，有国仇，有家恨，亦有朝野上下的质疑。乔灵均闷声不响地用了三年，打了一场漂亮的胜仗。

许多人都说，自那以后乔灵均就变了。父亲的离世和三年战场的厮杀将她淬炼成一棵坚韧的野草，那双本该娇嫩的手上，也有了厚茧，有了刀伤，有了岁月划过的痕迹。

乔灵均被武帝封为奉天朝第一女将军。她活成了奉天朝的一个传奇，一个披甲挂帅的神话。乔灵均麾下的将士也被正式赐名乔家军，一时风光无限，名声大噪。

漠北大捷以后，乔家军就要班师回朝了，归京的消息三天前就在各地州府传遍了，却不想整整六天过去了，守在城门楼前等着迎接乔家军的各地知县竟连将士的半片衣角都没见到。

第一章

拜见
大人

在江南的寒冬腊月里，是感受不到冷硬寒霜的。那种温暾的阴凉，冷得有几分杂乱，风没有方向地吹，雾气昭昭和隆冬淡月相邀，不知不觉就沾了一头一脸的冷湿。若行在乡间野路上，合着独有的杂草灌木，滋味便更甚了。

当地人决计不会选择在这样一条路上行走，因此，也就更加没有人窥见，在这片无人照管的木丛中缓步而行的一队人马。

这些人身上穿的都是很朴素的布衣，相貌也因着刻意压低的粗布帽檐看不真切，身板却个个挺直，正随着马车，在弯曲的泥路上井然有序地行进着。

为首的马车并不考究，套头老马腿脚本就没见利落，走在坑坑洼洼的土路上，像极了"醉酒的壮汉"。

坐在"壮汉"里的人倒似并不介意这份颠簸，只在扫过车外步伐一致的"仆从"时扶额吩咐。

"让他们走得随意点儿，这是回家，又不是上战场，那么齐整做什么？"

马车的内里也是简洁得一眼可观，坑洼不平的土路将车身晃了个叮当乱响，里头的人连口茶水也喝不上。

坐在乔灵均身边伺候的袭取实在忍不住，抱怨了一句："这些人都齐整了小半辈子了，谁还记得不齐整什么样？我是真想不明白您打的什么主意，咱们乔家军这次打了胜仗，本来就该体体面面地还朝，为什么非受这种闲罪？您可瞧瞧，我这身骨头都快被晃散架了。"

乔灵均不耐烦应酬官场上的接风宴她是知道的，那也不至于连官道都不走，带着将士们去了戎装走野路吧？

这一路的风餐露宿，都快赶上他们在边关吃糠咽菜的劲头了。

袭取说得委屈，皱着眉头窝在马车里的模样也有些垂头丧气。反观斜靠在软垫上闭着眼睛歇乏的乔灵均，照旧是那副气定神闲的样子。

这么多年过去了，她依旧穿着男装，青底竹纹的袍子，分明是儒生的打扮，却被她生生穿出了一股英气。

乔灵均将眼梢微微挑起，端详了袭取一会儿，笑道："散架？你这身骨架怕是比寻常男人还要粗。"

她身边的副将哪里是能跟娇弱搭上边儿的？

袭取承认嘴损不过她，盯着自己的大胳膊大腿，横了乔灵均一眼："那我们为什么不干脆骑马？也比坐这晃晃悠悠的劳什子好上许多！"

"你知道什么？"

乔将军面无表情地将晃动的车帘掩好，神色严峻地说。

"我要捂白。"

这几年边关的风太硬，吹得她都快忘记自己是个女的了。

袭取知道她又在戏耍她，语调里自然也没存好气儿："你黑过吗？"

这话说起来就足够气人，乔灵均出征那年一连带走了手下四名女副将，三个在战场上晒成了黑里俏，一个练成了短粗胖，唯独乔灵均还是那副唇红齿白的模样。她竟然还嫌弃这肤色，上阵杀敌的时候还要抹黑，要将马鞍垫高。饶是这样，挺直腰杆带兵冲锋的乔灵均还是像个没长开的英气女娃。

初时，敌军还嘲笑奉天朝的主帅连个女流都不算，称她为稚儿。直到这个稚儿轻笑着，一刀砍断了敌方将领的一条手臂。

袭取还想调侃说："你就是再白，骨子里也还是个爷们儿，哪个男子会愿意娶个爷们儿似的女子做媳妇……"话到嘴边又猛然想起了那道来自皇城的圣旨。

奉天承运，皇帝诏曰：

上将军乔灵均凯旋，朕深感欣慰，然，将军终是女儿身，适龄理当婚配。朕日夜念及乔老将军临终嘱托，终选国公陈霖之子陈怀瑾。此子才德兼备，文武双修，实为良配。着令二人择日完婚。

这圣旨上的用词，其实并不算强硬，完婚之日也没有直接定下。但是君主之言，便是说得再婉转又如何不是命令？

终是女儿身，文武双修，实为良配。

呵！

乔家军弹尽粮绝被困鹿城，乔灵均与一众将士以草根果腹，吃树皮度日时没有人说过她是女儿身。

六天七夜的硬仗，乔灵均肋骨折断三根依然冲锋在前时，没有人说过她是女儿身。

现在，锦衣还朝的乔灵均，成了女儿身。

袭取到现在都记得，乔灵均在接到圣旨时嘴角的那抹嘲讽的笑。

乔灵均手上的那把九环大刀是从乔老将军手上接下来的，这么多年过去了，她没能回去给父亲上过一炷香，也没能在中年丧夫的母亲跟前尽一份孝，唯一能做的就是默不作声地守着父亲的刀、父亲的兵和父亲要守护的君主的江山。

如今，乔家军声名远播，战功赫赫的她却让君主担心了，要压下她的风头，要不动声色地收回她手上的兵权。袭取也曾问过乔灵均："圣上为什么不干脆让您嫁给皇子？"

这岂不是更简单？

乔灵均的回答是："大概也知道要脸吧？现下皇室成年的几个皇子都已经娶了正室，皇家又怎好让一个为他们出生入死的女将做妾呢？"

陈国公虽然已逝，陈家却一直颇得圣恩，陈家的女儿现在还在宫里做着娘娘，武帝让她嫁给陈国公的儿子，自然等同于嫁给皇家。

乔将军说完又冷笑一声："其实做妾也无不可，我砍了他们的正室不就行了？"

无非是手起刀落的事儿，如果她没有九族，大概真的会这么干。

马车又晃过一个山头，闭目"捂白"的乔灵均挑了第二次眼梢问车外的灵川。

"什么地界了？"

驾车的灵川回："将军，再往前走就到苏州了，咱们今儿晚上歇在哪儿？待到进城也要天黑了。"

"苏州？"

乔灵均单手撩了帘子，自车上跳下来活动了两下筋骨，她的一头长发束在头顶，发尾淡淡扫过过肩连珠纹的衣襟，笔挺又英气。

"我就从这儿走，你们照旧回京。进京之时也不要让将士们着戎装，老老实实地进去，别摆任何排场。"

身居高位者皆多猜忌，她便是对京里那位有何不满也要恪守君臣之礼，既然武帝想要一个心安，那她就还他一个心安。

袭取是个直肠子，眼见着乔灵均说完就扯了匹马要走，忍不住跟上前去追问。

"您这又是上哪儿啊？眼见着天就黑了，再不找地方打尖儿，又要……"

向来心思通透的灵川早已窥出了一切，不等乔灵均说话，便附耳回答了袭取。

"陈国公的儿子陈怀瑾现任苏州太守，将军这次，显然是要去'拜会'他的。"

乔瑞在离世前曾经跟武帝约定，要让乔灵均自己挑选夫婿。武帝当初答应过，现下却要食言，但是他也曾答应过乔灵均，若她年至适龄还未有夫婿，皇族指婚后她可以与未婚夫婿相处一年后再完婚。对已死之人的承诺可以不守，活人的约定再要反口就真的面上无光了。

乔灵均做任何决定都是经过深思熟虑的，几名副将深知她的性子，并不阻拦，只在她感叹"我记得出征那会儿曾路过这里，三年草长莺飞，倒是连野草都高出我半头了"之时，稀稀拉拉地走回马车，不时议论几句。

"这儿的野草就是不长，不也比她高半头吗？"

"是啊。她从十二岁就再没长过个儿了。"

"别提个儿了，她听见又要偷偷往鞋子里塞厚鞋垫了。"

"你们猜将军这次会用多长时间吓退那个未婚夫？"

"吓退？我怎么觉得她会弄死他呢？"

"我也觉得会弄死，毕竟这是皇亲，退不得的。但是说到弄死，应该也没那么快，京城里头那位看着呢。"

"我赌半年死。"

"我赌一年死。"

"我赌婚后死。"

乔将军挺直腰杆坐在战马上，迎着肃杀的寒风十分认真地想，她的几个副将一直到现在都嫁不出去，也许无关于她们练得五大三粗的身板，而是因着她们招人厌烦的情商，以及背后议论旁人还不知道收敛的大嗓门儿。

众所周知，苏州是江南一大繁华地，东至海岸一百五十里，南至浙江嘉兴府一百三十里，地域宽广，百姓富足，是处歌舞升平的地界。但是，也就是在这片繁华地界上，一连出过几任贪官。乡绅供奉，民脂民膏，三年清知府都要吃得十万雪花银，更何况是苏州太守这么一个肥差。

为此，京里头的那位没少摔茶碗子，头疼这处地方到底该交给谁管。又砍了一位苏州知府的脑袋以后，老皇帝几乎将剩余的朝臣都琢磨了个遍，朝堂上，一双眼扫视群臣，赶巧就跟睡眼惺忪地站在朝臣堆里打哈欠的陈怀瑾对了个正着。

陈怀瑾长了张书生面，皮白，间或带点儿病态，他总说那是打娘胎里带出的毛病，站着、坐着、躺着，都是理直气壮的懒。陈怀瑾的眼睛又生得极好，一对星眸看上去颇为温润，偶有一瞥又透着艳色，是个男生女相的精致人物。多数人初见他时都会被这张面皮骗上七八。就如他在朝堂上打了个哈欠，你拿眼瞪他，他也能回你一脸无辜，老老实实站一会儿，又悄无声息地挪到不起眼的地方继续犯困。

那日是殿试三甲上前听封的日子，陈怀瑾拿了今科的文武状元，数他的文采最好，也数他的品性最烂。

养花遛鸟，极不着调，浑身上下透着公子哥儿的做派，但凡在京内四九城公子堆里混的人，没有不知道陈小爵爷名号的。

武帝却当场封了他为苏州府太守，正四品，当天就打发到苏州当官去了。

为此事，朝中也是议论纷纷，心说在场的榜眼探花，不说肚子里的墨水学识，单说为人做派哪个是不如陈怀瑾的？然而转念再想，又似都明白了这里头的道道。

陈怀瑾的父亲陈国公在世时位列三公，乃是正一品太傅，皇帝帝师。陈怀瑾是陈国公老来之子，自幼锦衣玉食，国公死后就世袭了爵位。这样出身的陈怀瑾会稀罕苏州城那点儿银子吗？

而自幼不稀罕银子的陈小爵爷，在苏州城上任的头一天，府衙后院的门槛就险些被大小乡绅踏破了。

据说，当地的布庄大户陈老板拿着蜀地寸匹寸金的蜀锦缎子上门，金丝银线，钩花簪叶，陈小爵爷连看都没看一眼。

谁人不知，那都是宫里御供的东西，现下摆在跟前让他随便挑，他竟然都懒得抬那一下眼皮。

据说，钱庄掌柜沈万才提了三箱子的银子孝敬爵爷，赶巧爵爷在后院遛鸟。黄花梨木的太师椅上，那人就优哉游哉地坐在那里，用一根金稻逗着鸟笼里的雀儿说："沈老板这点儿东西还不如我一个笼子值钱呢。"

据说，歌舞坊的胡三娘也来过，银子也抬来了，美人也送了。

陈小爵爷没看银子，只挨个儿在美人面上扫了一遍，而后笑了，转身背手，晃着手里的折扇就进了门。余下的人没得到一声准话，也不知爵爷这意思，是留，还是不留。

胡三娘待要硬着头皮送进去，又听到里面那位慢慢悠悠地说："乔灵均的九环刀不知道砍不砍美人，若是留下几个皮肉厚实些的，你猜能不能多活几天？"

胡三娘几乎在听到乔灵均三个字后就迅速转身，领着几个姑娘走了。奉天朝有谁不知乔将军的名号？

那个时候陈怀瑾就极喜欢用乔灵均这三个字去吓退一些路边桃花。

即便那时，他们还只是因一纸婚书捆绑在一起的关系。

"你没见过我们那位陈大人，真真长了张招女人爱的脸，又是那么好的家世。本来这城里的乡绅员外都削尖了脑袋要往他后宅里送人，偏生他定下那样一门亲事，谁还敢往他跟前凑？谁人不知，咱们那位乔将军自幼就是在军营里混到大的？谁人不知，那人以一人之力就可抵敌方一队人马？这样的……女子。"

说到这里，卖白菜的大娘四下看了两眼，压低声音对身边的小乞丐说。

"这样的女子，你说她得长成什么样？"

站在白菜大娘身边认真嚼干馒头的小乞丐仰起了脑袋，十分虚心地求教："什么样？"

白菜大娘说："我没那么大福分见将军，但猜想也能知道，常年在男人堆待着的，肯定不会裹脚吧？脚肯定大！"

小乞丐用没抓干粮的手暗暗量了量鞋底。

也不是很大啊。

"身材肯定魁梧吧？不然高头大马可爬不上去。"

小乞丐瞅了瞅自己的小身板，语重心长地说："您说的那是熊瞎子，打仗也不一定用高头大马，换个矮点儿的也够用。"

最重要的还是灵巧。

白菜大娘瞥了一眼小乞丐。

"你懂得什么？将军要是长成你这样能上阵杀敌吗？说起来，我还是顶敬重这个女娃娃的，十几岁的年纪愣是为咱们将关外给抢回来了。只是说到成亲……咱们悄没声息地说句实在话，那必然不是个能相夫教子的性子，咱们苏州府这位长得好看的陈爵爷……也不像是良配。"

一个是驰骋沙场的巾帼，一个是锦衣玉食的公子哥儿，这样的两个人，怎么想都不像是能在一张桌子上吃饭的。

白菜大娘还说："那位陈爵爷身子骨还不是很好，时常要用药吊着。偏生他自己还精细得紧，早起推开门瞧着风大了都不肯出门，咱们那位将军能看得惯？"

那确实是看不惯的。

一只干瘪馒头下肚，刚好听完了"小乞丐"要听的一切，她不再多留，拍了拍有点儿干的喉咙道了声谢就自去了，以至于白菜大娘口中那句"你一个要饭的娃儿，打听那么多陈爵爷的事儿干什么"也没来得及问出口。

白菜大娘常年在城门楼下摆摊，见过的人、说过的话比卖过的白菜还多。乞丐她见得也多，偶尔聊聊解解闷子也常有，只是这次遇见的这个小姑娘，虽说脸蛋衣着都是脏兮兮的，眼睛里却含着一股说不出的精气神儿，寻常的乞丐早被颠沛流离的生活迷了眼，哪里会有那种光亮？

白菜大娘颇有些感慨地叹息："这也不知道是哪家造的孽，孩子长这么漂亮也舍得扔了她。就那么大一点儿个头儿，养个她能费多少米？"

扮成小乞丐的乔将军忍不住一个趔趄。

谁说个儿矮就不费米？她吃得挺多的！

与此同时，同她擦肩而过的男人下意识地扶了她一下，在抬眼瞥到她的正脸时，脚下猛地一顿。男人似乎并不想让她看出来，迅速调整步伐，收敛神色。

正要快步离去时，他赫然发现乔灵均已经无声无息地站到了他的正对面。

两两对视之下，她挑起了半边眉毛，没说话。

男人吓得面色苍白如纸，站在原处，也没说话。

最后还是乔将军先笑了，不动声色地抬手指了指他的脚下。

"你的东西掉了。"

平躺在地上的，是一块烫金令牌。四边刻五爪金龙，正中一个"禁"字。

男人连忙蹲下身来将东西揣进怀里，慌张之下双手一直抖个不停。

"这……这是……"

不需费力解释了。

他再抬头看时，对面的人已经消失在人群中。

男人胸中憋着一口气，不知是该吸还是该松，确定乔灵均走远以后，迅速加快脚步冲进一条小巷，气儿还没喘匀就对埋伏在巷口的下属说："是乔将军没错！我就说昨儿那个背影像她吧！现在谁还能长出这种个头儿？"

"真是将军？那她认出你来没有？"

剩下几个人的脸色也都不好看，争先恐后地问。

"我哪知道她认没认出来？我当时都吓得说不出话了！"

"那咱们怎么办啊？她这次过来是不是来杀……"

"甭管她杀不杀吧，先赶紧给京里传个消息是正经！"

如果乔灵均这会儿转身看一眼，一定要笑出声。巷子里的这些人都算是老熟人。武帝身边的禁卫，隶属皇家编制。乔灵均所统的乔家军是正规军，算起来还是这些人的直属领导。其中张城、肖勇她都见过，几个小卒子在京城里就拿她当神似的供着，没想到三年以后，京里的那位居然派他们来盯她的梢。

武帝早知道依照乔灵均的性子，是绝对不会安于皇室安排的。不论是杀了还是废了陈怀瑾，她定然会有所行动，因此早早让宫里的人守在这里。

张城见众人都吓破了胆，也知道"大战"当前统帅不能先慌的道理，猛清了清嗓子。

"不要慌！你们不要忘了，我们是皇家禁卫，此次来的主要目的就是看着将军不要胡作非为。在将军脾气压不住的时候，我们可以和稀泥，也可以劝架，实在不行的时候，我们还可以跟京里告状……总之，绝不能自乱阵脚！"

肖勇拽了一下张城的衣袖，掰着指头说："皇家禁卫……和稀泥、劝架、告状……我们是不是太差劲了点儿？"

张城面无表情地说："你也可以不这么做，现在就把乔灵均捆起来带回京城。"

肖勇说："我们还是来研究一下怎么和稀泥吧。"

张城跟肖勇知道，再厉害的乔灵均都要顾及圣上的脸面，乔灵均自己也知道。她不仅知道，甚至连苏州城哪一片有多少皇帝的眼线都摸得一清二楚。她只是懒得管那些人，而且她接近陈怀瑾，也不仅仅是因为婚约那档子事。当然，如果这个陈小爵爷真是个草包，也不排除她会悄无声息地弄死他的可能。

陈怀瑾到了苏州城后，苏州城的太守府成了极有名的地方，一则，新上任的陈大人在来的当天就把这宅子给拆了，另造了个比原先大了三倍不止的三进三出的院子。

二则，院子大了招的仆从自然也多，但凡进去伺候的都知道那位爷是个不吝啬的，心情好了随手就赏，以至于每日都有人想方设法地到里面伺候。

这一日，赶上太守府里又在院内新加了一处药房准备招工，呼啦啦的一群人又在太守府外排起了长龙，跷着脚等着往里面进。

乔将军也打算混进去，但是乔将军许久不在市井游荡，因此并不知晓招工都是在后门。大正午的，乔将军填饱了肚子就蹲在太守府的正门口，一个瞌睡打到日落西山也没听到个动静。

然而这话说起来又有几分凑巧，不懂府门规矩的乔将军没见到管家的面，反倒将在外头席面上吃了酒回来的陈小爵爷给等来了。

那天下了这年寒冬里的第一场雪，雪花飘得苏州城的屋檐都白成一片。苏州知府的轿子顶着红顶，四人抬着，又并两盏美人灯，就那么四平八稳地出现了。

为首的侍从似是在跟轿子里的人说着什么，没太看路，抬脚就把窝在门口的"小乞丐"撞倒在雪堆里。

而被撞飞的"小乞丐"倒很老实，你"撞"了她，她也不哭闹，只安安静静地往雪堆里一站，脆生生地问："里面坐着的可是陈怀瑾陈大人？"

侍从听后吓了一跳，结结巴巴地指着小乞丐说："你好大的胆子，竟然敢直呼我们大人名讳！"

小乞丐依旧站得笔直，一副后生无畏的模样。

"我只当名字取出来就是让人叫的。"

那句话的尾音刚落，轿前的帘子便撩了起来，久不曾被人直呼大名的陈小爵爷恰在这时从轿中下来了。

诚如外界对他的传唱，陈怀瑾长了张极讨女人喜欢的脸。眉目英挺，兼并一身儒雅。面色有些白，身形瘦削高挑，挂着几分气血不足之态。一对眉眼本生得温润，配着他的病态皮相，又多出了几分撩人的艳。

陈怀瑾身上的衣着也不乏讲究，一件缎面绣云纹的暗花长袍，外披灰白狐裘披风，手中交握的一捧暖炉竟然是晋朝的老货。雪地被他的长襟外披轻描淡写地拂过，直至他走到小乞丐跟前。

他问她："你找我？"

她回他："我可以找吗？"

他极轻地笑了一声，却带出一长串剧烈的咳，浓烈的酒气混合着雪地的清冷在二人之间四散开来。

"找我，做什么？"

小乞丐答："我想为你做工，我听说你的身子骨不好，我会捣药。"

她说完又做了一个捣药的手势，让她看上去似乎真的很懂这一行。

他听后却笑了，因为背着光，让人看不清那张笑脸有几分是真。

"但是我府里向来不招童工。"

小乞丐的脸在那一瞬，不是很自然地僵硬了一下，很快，又换作全然的天真烂漫。

她仰着脑袋说："大人真会开玩笑，我已经十九岁了，我只是没有长起来。"

"那就等你长起来再过来吧。"

他迈开步子。

"大人且等等。"

小乞丐张开双臂拦在他面前，眼巴巴地望着陈怀瑾，语气和模样都带着可怜："我可能是站在雪堆里不显个儿，而且捣药这种活儿要那么高干什么？又不是扛大旗！"

长身玉立的公子温润地摸了两下她的脑袋。

"痴儿，我是怕府里的下人不开眼，一不小心就踩死你了。"

说完这句以后，明显有些微醺的陈大人就抱着手里的暖炉走了。在两人对话的过程中，他一直居高临下地看着小乞丐的头顶，眼皮微垂，似醉非醉，而自始至终被他笼在阴影下的乔将军，已经很久没被人这么无视过了。

朱漆大门缓缓合拢，将银装素裹的苏州城和精致体面的太守府分割成了两片天地，陈公子迷离的醉眼，也在进门以后逐渐现出了清明。

他笑问身旁的近侍："怎么今日在大街上鲜少见到女子呢？"

近侍回："据说，乔将军的人马从边关回来了。"

大伙都猜测将军会不会掉了马头来苏州城看看，因此知趣的女子都躲着陈怀瑾走，生怕一个不注意就殃及池鱼。城里这会儿会在外头露面的，大概只剩下男人、老人和小孩了吧？

近侍陈唤是陈府的家生奴才，伺候陈怀瑾也有好些年头了，知道他鲜少过问坊间的事儿，这会儿问起来，少不得多一句嘴。

"您问这个做什么？"

"问着，玩儿啊。"

第一次交锋失败以后，乔将军很是不爽了一段时日。她此生最忌讳的就是别人看不起她的个头儿。其道理，等同于瘦子在胖子面前说肥，美人在丑人面前说："你长得真矸碜。"

若这话是对方在战场上说的，她还能利落地砍下几颗脑袋证明自己的英勇，偏生在市井这地方，她一介武夫没有用武之地，心中翻江倒海地一连骂了陈怀瑾好几句"这个臭不要脸的"，闷声不响地在鞋里垫了三层厚鞋垫。

她知道太守府明天要设铺送粥，她得穿得高高的再去见那个人。

然而"高高的"这个词，似乎总难在乔将军身上体现出来。垫了三层鞋垫的乔灵均依旧被湮没在了人潮中。她干脆花了点儿银子，找了个个子最高的壮汉将自己扛在肩膀上，挥舞着破碗，对坐在粥铺旁边晒太阳的陈怀瑾说："大人可愿赏口饭吃？"

大人那会儿晒太阳晒得心情正好，眯缝着眼睛这么一瞧，还觉着挺眼熟，笑眯眯地对她招了招手说："你过来。"

小乞丐应声跳到他跟前，特意将身板挺得笔直，他却皱起了眉头。

"买鞋垫花了不少银子吧？脚都快从鞋里掉出来了。"

乔将军的手情不自禁地在袖子里攥成了拳头，不过，面上的功夫她懂得做足。她眉开眼笑地对陈怀瑾说："大人，个子矮小也有个子矮小的好处，我挺灵巧，您招工定然也需要个灵透人在身边不是？"

乔灵均的脸，生来就有一股稚气，睁圆了眼睛脆生生地回话时又透着乖觉。那是很容易让人心生怜意的脸，娇笑时更甚，即便阅人无数的陈大人，也在这张脸前笑弯了嘴角。

只是——

"我喜欢用没脑子的仆从。太聪明的人……油滑。"

他点了她的鼻尖。

"我也可以笨的。"她极快地接道，"该蠢的时候就会蠢，大人就收下我吧？"

最后一句话带了一点儿恳求。

"收下你？"陈大人打了个哈欠，眼底润色出两团水汽，神色恹恹地道，"可是我爹说，上赶着送上来的都不是正经买卖，收了要倒霉的。"

说完这句，陈小爵爷就抱着他的暖炉睡觉去了。多睡觉能长寿，这话也是他爹说的。

守在寒风中的张城、肖勇等人牙齿打战，不是冻的，而是吓的，都为不知死活的陈大人捏了一把冷汗，生怕被二次拒绝的乔将军会忍不住冲上去将他揍个鼻青脸肿。

然而事实证明，身经百战的乔将军是极沉得住气的，顶多就是将银牙咬碎和着血沫子生吞下去。

她又跑到戏楼里，见了陈怀瑾第三次。

在苏州城想要找到陈大人是不难的，因为这位公子爷的嗜好，无非就是养花，遛鸟，吃酒，逛玉器行。

乔将军养花、遛鸟、玉器都不懂，唯有酒喝得好，所以这一日，又早早地等在了陈小爵爷常去的那家酒馆。

陈怀瑾是个不肯马马虎虎过生活的人，一应吃食用具都精细，吃酒的馆子是全苏州城最好的，他还要另带酒具醇酿，足见此人的挑剔。

乔将军敲开二楼雅间的门时，陈爵爷刚刚咽下一口醇香风铃醉。乔将军就站在酒桌边儿上，还是那副乞丐打扮，还是那副不高的个头儿，鞋垫已经取出来了，反正这副"祖师爷"给的骨架子就那么大点儿，再折腾也没用。

他竟然也难得热情，抬起三指在桌面上敲了两下说："坐？"

"能坐？"

他笑执酒杯又饮一盏，答非所问地道："你喝酒吗？"

小乞丐弯起一双眉眼坐在陈怀瑾的对面："那要看大人给的是敬酒还是罚酒了。"

陈怀瑾摇晃了两下手里的酒壶说："我这儿只有美酒，你喝吗？"

小乞丐沉吟一会儿。

"那要看这壶酒够不够烈，外头的天儿太冷了。"

陈怀瑾笑了，他似乎常常会笑，笑中还有几分书生气，配着他略显瘦弱的身子骨，总有一种病态的相称。

他问她："你都喝过什么酒？"

小乞丐托着腮帮子说："大人说笑了，我们这样的人，得了好酒就算过年，得了劣酒就凑合着御寒，哪里记得住什么名字。"

"哦？"陈小爵爷又饮了一杯，由着那口辛辣过喉而入，似笑非笑地说，"你该喜欢西风烈。"

西风烈是产自边关凤城的一种浓酒，酒香极淡，酒劲却奇大。传闻，乔将军最爱的就是这种酒，每次途经凤城，必要搬走三车。

小乞丐依旧不动声色。

"是吗？那改日定然要尝一尝。"

陈怀瑾笑睨了一眼她腰间的酒葫芦，那里面的滋味，应该跟西风烈一样甘醇。

"你为什么来苏州城？"良久，他夹了一筷子菜放入口中，一面咀嚼一面漫不经心地问。

陈怀瑾的吃相很好，嚼得很慢，是大家做派。

小乞丐大概觉得干坐着太无趣了，便拿过他的酒壶对着饮了一大口说："来看看你。"

陈怀瑾又笑了："是你来看我，还是帮别人来看我？"

这是个哑谜，打得只有他们二人明白。

乔灵均没回话，只将筷子从他手里夺过来，夹了一大口青菜，含混不清地说："叫人再上两道荤的吧。"

有酒无肉不成席！

陈怀瑾的眉头舒展了一下，颇有兴致地看着那个大大咧咧的小不点。

"吃饭是要付银子的，你有银子吗？"

她认认真真地摇头，说："我没有，乞丐都是穷的，不及大人们有银子。"

"那你只能看着我吃了。"

"但是你有。"她笑眨着一双眼睛，"你有，就可以买给我吃。"

"我有是我的。"

"给我不就是我的了？"

这话说得太理所当然。

陈怀瑾拿起桌上放置的干净汤勺，敲了一下乔灵均的脑门。

"我的银子又为什么要给你？"

那些东西又不是大风刮来的，也是他辛辛苦苦从他爹那儿继承来的。

乔将军咽下两口青菜，胡乱用手擦了擦嘴，撩起一边的袖子给他看自己的胳膊，分外认真地说。

"我可以当你的捕快，你给我工钱，我请你吃这顿饭。别看我个头儿小，我的力气很大。"

奉天朝的民风开化，到底也没开化到姑娘家可以随随便便在男人面前露胳膊的地步。偏生她做了，又做出一种洒脱泰然。

乔灵均肤白，兼并骨架瘦小，即便亮出的肌肉紧实健硕，依然有着女子的秀美。

陈怀瑾的视线没在那条白臂上多做停留，很君子地侧了身。将大半边身子歪在酒桌旁，他在两手间打出一记响指，立时有两名壮汉应声而入。

"可是不巧，我已经有他们了。"

"现在你没有了。"

眨眼之际，两名壮汉的胳膊都被那个矮小丫头利落地各卸了一只，骨节发出的两声脆响和着两声哀号。守在门外的肖勇和张城不知道里面发生了什么，只听到惨叫，握刀的手就惊出了冷汗。彼此对看一眼，他们在对方眼中看到了绝望。

要不要冲进去啊？

这是不是要动手了？

下一步是不是要出人命了？

像是回答他们的话一样，包厢内的人在这时又点了两盘肉菜。

红烧猪蹄、酱拌牛肉，都是全荤的肉菜，不加一点儿素配，是乔将军喜好的。

屋内安静如初，这是又心平气和地吃上了？

肖勇和张城心里难受啊，甚至有点儿想哭，别提有多后悔接了这么一桩让人心惊胆战的破差事了。

与此同时，厢房里的陈小爵爷还在摆弄他的勺子，摆弄一会儿，又看看被卸了两条胳膊的捕快一会儿，摇头叹息。

"你跟人素未谋面，也下得去这种狠手，太不斯文了。"

乔将军也跟着摇了摇头，一面利落地将膀子给二人"咔咔"两声接回去，一面睨着陈怀瑾道："大人方才若是出手拦我，也就没这一出了。"

陈怀瑾垂眸拢了两下袖子。

"拦你？我的身子骨一直不好，没有你那身手。"

这般说完还要当着她的面咳上两声，好似在说，你看，是真的不好。

陈怀瑾的酒凉了，着人上前又在滚水中烫了一遍，各自斟上一杯后道："倒是你，一个年纪轻轻的小乞丐怎么会功夫的？"

乔灵均落下筷子也跟着他装糊涂。

她说："我幼时就是练武奇才，跟着我爹四处打把式卖艺，后来我爹死了，我就入了乞丐的堆。赶巧这里面就有一位入世高人，见我根骨奇绝就收了我当关门弟子。再到后来，高人也没了，我就四处流浪混口饭吃。"

陈怀瑾一直笑着听完这段胡说八道，口中"嗯"了一声，拉了个长音。

乔灵均知道他初次见到她时就猜到了她的身份，她也没想过要隐瞒什么。她的身量作不了假，手上的厚茧和一身的功夫也藏不住。那索性就不藏了，既然他没有点破的意思，她也就没有说破的必要了。

这种心照不宣其实更多的是源自两人想抛开身份各自进行某种试探，无关婚约，又关乎婚约。

那一日的酒，一直吃到子时方休。

陈小爵爷给了乔灵均一块太守府捕快的令牌，将她安置在自己那处三进三出的大院里。

他问乔灵均："你现在叫什么？总得有个名字称呼你。"

乔将军说："你可以叫我乔捕头。"

陈怀瑾却说："不好，那样显得我们不亲密。就叫小九吧，我本虚长你一岁，也不算占你便宜。"

乔九爷是她从前的诨名，他叫她"小九"，便是再暗暗道一句——他都知道。

乔将军自来对称呼无所谓，也就没纠结于他话里的"亲密"二字，他要叫小九便由着他叫，正待她梳洗歇乏之际，又听见那人懒洋洋地斜倚在她门边补了一句："对了，你的公服可能要等几天才能送过来。捕头里没有你这种个头儿的，得现做。"

那笑容乔灵均现在想起来都觉得挺欠揍。

第二章

文臣
武将

乔灵均此次来苏州城，很大一部分原因是为了六皇子赵久和。

武帝的身子骨已经行将就木，常年以药食吊命，太子又是酒囊饭袋，朝中皇子党派早已暗地里各成气候。三皇子赵久沉，六皇子赵久和都在集结幕僚，招兵买马，余下皇子势力也在逐渐扩大中。现在的奉天朝，就是大战之前的镜湖，表面上看似平静，实则暗流涌动。

乔家不参与党争，但是守明主，乔灵均的爹生前对她说过，若继承大统，六皇子赵久和当是最佳人选。此子宅心仁厚，文武双修，登基以后必为百姓之福。

乔灵均一直谨记父命，多年来虽人在关外，跟六皇子之间的书信却从未间断。

如今，武帝要收兵权，强行赐婚，让乔灵均嫁入陈家，赵久和在与她最后一次通信时也谈到了这个问题。

陈家为官奉行中庸，从不参与党争，陈家的女儿陈皎贵为贵妃，也一直在后宫中慵懒度日，不知争抢为何物。这也是武帝肯将兵权落到陈家的重要原因之一。

陈怀瑾是陈国公的小儿子，最小，就最受宠，又因他自幼身子羸弱，更加如众星捧月。陈国公死后，许多皇子都将主意打到了陈家几个成气候的儿子身上。

赵久和却认为，若论才学，陈家最有见地的反而是陈怀瑾。他看过他的文章，也见过他的工笔，并非像外界传言的那般不堪，他甚至认为此人有治世之才，虽被外界诟病，实则是个揣着明白装糊涂的人。

他需要一个信得过的人待在陈怀瑾身边，探听清楚他的虚实，以及是否跟宫中其他皇子有走动，静待时机再行拉拢。

乔灵均无疑是最合适的人选。

就如她江南一行，宫里面的人知道了，也只会将关注点放在他们二人的婚约上。

"大人，天亮了。"

"大人，天大亮了。"

"大人，天亮得不能再亮了。"

那是乔将军刚刚得到崭新捕头公服的一天，老管家让她叫陈怀瑾起床，说是爷吩咐过，晨起与她一同用饭。

这大约只是一个客气之举，以至于陈小爵爷头天晚上吩咐过，次日清早就忘了个干净。

乔灵均也挺不情愿地应下这个约。陈怀瑾用的饭菜和汤品都寡淡，油盐不重，肉也不肥，无法满足她食肉的大胃。

他偏偏还喜欢吃药膳，一天一碗炖得软烂无骨的母鸡汤，放一堆枸杞、虫草、老山参，远远一闻跟女人月子里的养生汤似的，还没喝就够了。

最重要的一点是，他极爱赖床。

乔灵均毕竟初到太守府，诸事还要客随主便，叫不起，就只能伸着两条小腿儿在饭桌前一前一后地晃荡着。

不承想，这一晃就晃到了正午。

一晌好睡的陈爵爷似乎忘了要跟乔捕快一同用饭的事儿，日头升到中天，才慢慢悠悠地抱着他的小暖炉从里间走出来。身上的书生袍子也不知道是不是因为怕冷特意做大了，将他裹得整个人只剩下一颗脑袋。他的脸色还是惨白，先迷迷糊糊地喝了药，又当着乔灵均的面儿走过去找了他的雀儿，喂了食，放了水，用金稻逗了两声叫，才又神色恹恹地挪到了惯常赏玉的黄花梨木桌前，对光赏玩新得的魏朝暖香玉炉。

丫鬟问他早起吃什么，他也是随手一挥说没胃口。抱着喝完的空药碗又慢吞吞地回去了。

他回去了……留下眼睛饿得发绿的乔灵均，抖着手握住了刀柄。

"我能不能砍死他？"

她僵硬而笔直地望着陈怀瑾远去的背影，久久不能回神。

陈怀瑾是个独自过习惯了的人，想不起照顾别人，除去养花遛鸟的心思，最执着的就是将养身子骨。

次日晌午，他被老管家陈放唠叨了一通，才想起来昨儿竟是当着乔灵均的面放了她的鸽子。

不过，陈爵爷此人，似乎从来不知愧疚为何物。想不起来便罢了，今日记得，便加了几样纯荤的菜，邀了乔灵均一桌吃饭。

好在乔将军这厢也不懂记仇为何物，你邀我，我便吃。正好吃的时候，咱们还可以再打一打"太极"。

他近日似乎总有些精神不振，三荤三素的菜，各样夹了两口便撂了筷子。

乔灵均听管家陈放说过，他一到冬日胃口就差，跟平日进的药食也有关系，因此，她很有眼力见地舀了碗热汤递过去道："大人再喝两口热的吧，手炉子到底不如汤妥帖，暖不到五脏六腑。"

他伸手接过，她又似无意地问道："听陈叔说，大人这病是从娘胎里带来的。属

下刚好认得一个善于岐黄之术的名医，不知大人可有兴趣见见？"

乔灵均这话问得随意，目光也全扔在饭上。陈怀瑾接了汤也没喝，单是用勺子一下一下地搅着，两个人的心思显然都不在饭里。

他知道她想举荐的"名医"是谁，只不过，他习惯把命捏在自己手上。

"我的药食自来是自家打理，好与不好也未见何大碍，能将养度日便罢了，没得麻烦了旁人。"

乔灵均不动声色地夹了一筷子菜，知道这话刚开头就被拒了，嚼了两口牛肉，继续笑眯眯地答："属下愚钝，却也知晓万事都在一个'变'字上，大人该多换换药食方知医者高下。除了自家名医，可再找过其他的？"

不死心吗？陈怀瑾放下汤碗，斜靠在椅背上，慵懒一笑。

"要医我的人一直不少，不知你问的是哪个。我自来惜命，信不过府外的人，你若得空也帮我多谢你的那位名医，就说陈怀瑾是个得过且过的性子，多一天算捡的，少一天活也不打紧。"

乔灵均再要张口，他又转了话锋。

"你够得着桌子吗？凳子上要不要再加一层软垫？"

陈怀瑾其实很挑剔，比如祥云血玉，得是百年以上才肯盘；比如紫金手炉，必须是魏晋的才肯抱。

他倒不在意东西是否出自名家，只要看得顺眼，再糙的玉也买过。

他喜欢一切做了古的东西，越老，攥到手里越踏实，越棱角分明，越要反复摩挲到圆润。

他会"养着"乔小九，也是因为她的"棱角"。他见到的姑娘多是如水一般的骨肉，或温婉清纯，或剔透明艳。小九比她们都"硬"，"硬"得飒爽，又"硬"得不乏娇俏，颇有几分意思。

而且他们幼时还见过，因此对陈怀瑾来说，乔灵均也算老物件儿。

那时候的乔灵均还是个五六岁的娃娃，陈怀瑾七八岁，身子骨比现在还要差上许多。敦亲王夜宴，宴请了众多朝臣亲眷，乔灵均和陈怀瑾的父母自然也在其列。

席面上的推杯换盏从来都是大人们头疼的事儿，孩子不用跟着打官腔，由各府婆子喂饱了肚子便跑到后院撒欢去了。

陈小爵爷因着身子骨常年不好，性子里就带了旁人没有的孤僻刁钻，旁的孩子满院子疯玩儿时，他就拿着一块馍馍坐在假山边儿上喂金鱼。

乔灵均的脑袋就是在金鱼堆里出现的，也不知道是打哪儿游过来的，乌黑的头发湿漉漉地贴了满脸，正待站起身，就被陈小爵爷下意识砸过去的半块馍馍和小石头扔得一惊，又摔回了水里。

她那会儿气性就大，瞪着眼珠质问他凭什么打她。

他愣了好些时候才端详明白那是个人，皱着眉头说："我还以为是水鬼呢。你这是怎么搞的，要我去叫人吗？"

水里的人却笑得前仰后合，说："叫人？你叫什么人？你别告诉我你没在自己家水池里玩过水。"

那真的是不曾玩过的。

陈怀瑾的病是从娘胎里带来的，体虚，血弱，莫说是玩水，便是天气冷上一些都不肯出门。陈家又是家教极严的书香世家，走到哪里都要端着一副读书人的架子，更遑论其他。

乔灵均没想到居然有小孩子没有玩过水，一时兴起拉了他一块到池子里玩儿。

那时已经是晚秋时节，天凉水冷，身子骨结实的孩子都难保被冻病，成日要喝药看医的陈怀瑾就更不用说了，回去的当晚就生了重病。

为此，乔灵均还挨了乔瑞一通胖揍，次日又带着她去了一趟国公府看小爵爷。

爵爷那会儿还发着烧，迷迷瞪瞪地睁开眼睛就看到一张龇牙咧嘴的笑脸。

她对他说："我怎么总觉得我爹揍我的时候就不拿我当亲生的呢？屁股都快打开花了。"

他揉着额角将大半个身子靠在枕头上，打量了一会儿，说："看着确实不像亲生的。"

"你还好意思说我，你一个男孩子的身体怎么这么弱？你要习武，这样才能爬树玩水。要不你认我当老大吧，我的功夫就很不错。"

陈小爵爷的眉头又皱起来了："你先把身量长起来再说吧。"

"你个子高但是你身子骨不好，有什么用？"

陈小爵爷侧头指了指站在床边的乔灵均："至少我不用踮脚跟人说话。那边有凳子，你搬过来站上去咱们再说话吧。"

乔灵均倒也乖顺，嘴上应承了一句："好。你长得好看我就听你的，那认老大的事儿……"

"想得美！"

儿时的友谊是很容易建立的，也很容易忘却，在那之后陈小爵爷就被带到了江湖名医陈留老人那里休养，乔灵均跟着父亲上了战场。此去经年，女孩褪去了稚嫩顽劣，逐渐成长，成为一株更为大大咧咧的野草，男孩也褪去了当年的怯懦温和，逐渐将贫嘴贱舌发挥到极致。

诚然，这两个人都长歪了。

陈爵爷没心思跟乔灵均叙旧，只因对她颇有几分兴致才留下她。

乔灵均也想不起这份旧，就算能想起来，也不影响她看不上陈怀瑾的心。

她已经进府月余了，没见他做一件正事。待要跟他谈些正经，他又必然东拐西绕。

今儿吃完午饭他又遛鸟去了，也不知道苏州府的衙门摆着是干什么的，门槛都落灰了也不见他进去。

"你是不是觉得很无聊？"

未及多时，她面前突然出现一颗脑袋，是在外面玩够了的"纨绔子弟"回来了。

大概是鸟遛得挺顺心，陈怀瑾今日的脸色是和和气气温温润润的好。

乔将军对着那张脸，没有焦距地发了一会儿呆。

她有点儿想弄死他，弄死了，就省心了。然而六皇子那边反复告诫她要沉住气，因此她少不得要撑起一脸的假笑，殷勤地将他的鸟笼子接过来挂好。

"大人，您已经一连半月没去过衙门了，赶上今天天气好，要不要歇一歇去那边逛逛？"

她特意在"天气好"三个字上加重了语气。

陈怀瑾的"挑"，已经上升到了天气不好都不肯动地方的程度。

在苏州城，冬日暖阳是很奢侈的，除去雨雪难得看到几个晴天。他不喜大风，不喜冬雪，不喜绵雨，一年之中能出去的日子根本没有几天。

"我一进衙门就脑袋疼，灰太大。"

他又逗上了鸟，再不肯听"衙门"二字。

灰大难道不是因为你不去吗？乔灵均都能预想到，再过半年，他可以把话改成："它荒芜了，我更不爱去了！"

"要不……我们去街上走走吧？"

良久，他勉为其难地做了这样的决定，很有一种这个街是我为你逛的宽厚姿态。

陈大人要逛街了。

逛街的随从暂定十二名，撩帘子的，开道的，伺候点心茶水的。折腾了好一番才往外走。乔将军倒是无所谓他怎么逛街，逛街又不是什么正经事儿。他要不拽着她，她根本不想去。

结果几人还没走出去，就被老管家陈放哭着喊着拦住了去路。

陈放说："爵爷，老奴听说京里头又派了八府巡按来视察了，您出门时低调一些，没得咱们没贪还要被拎出来盘问。"

陈怀瑾的脚都迈到台阶边上了，又施施然地收了回去。

"盘问我？他不知道我姐姐是皇妃吗？"

"知道，那您也不好太张扬了啊。"

"我背景这么硬，不张扬不浪费吗？"

"不浪费……您看看您那顶轿子，八人抬！"

陈爵爷想说，八人抬的不是稳嘛。后来可能觉得陈放这么大把年纪还每日为他操心怪不容易的，便招了招手，换了个蜀锦缎子做边的四人抬轿。

老管家又哭了，说："这是御供的缎子，宫里都拿来做衣服，您用来包轿子，抬出去也不合适！"

陈爵爷又换了一顶红顶官轿，这才算中规中矩。

出门出了将近半个时辰，总算是走到街上了。

为此，乔将军没少暗地里翻白眼。她做什么事情都是雷厉风行，何曾这样穷讲究过？陈怀瑾要是她军部的人，她早一巴掌拍过去了。

陈怀瑾的轿子，素来都因宽敞气派引人注目，这顶红顶官轿中规中矩，所以到了市集上也没有引起太大的关注。

也正因如此，又让里面坐着的那位不高兴了，他从轿窗里探出半张脸对乔灵均说："他们是不是都没仔细观察我的轿子？"

他轿帘上坠的可是东珠！

陈怀瑾每次逛街都会被众多少女关注，已经让他养成上街必要众星捧月的习惯。

乔将军深吸一口气，又缓缓叹出一大口。

"对，没人看你。要不要改道去衙门？"

陈怀瑾默默地放下了轿帘，在乔灵均险些以为他真的考虑转道之时，突然从里面递出来一面金锣并一只锣打。

"敲一声，然后喊，帅气逼人的陈大人出街了！"

去他的帅气逼人。

乔灵均摔了金锣就转身回衙门了。

这一天天的过的都是什么日子？

据说，那天的锣声还是被敲响了，陈小爵爷在收获了一众少女的含情媚眼之后，又心满意足地回了太守府无所事事。

其实，乔将军心里清楚得很。陈怀瑾这番，无非是想让她和她的"名医"明白，他是正事懒理的人，让他们早些打消了"看病"的念头。

但乔灵均自幼就是牛一样的性子，你越不老实，她越要跟你死磕。

只不过磕的过程中，她也不能让自己太憋屈了，心情大坏之下，浇死了陈怀瑾三株兰花。

第三日再浇死三盆。

第四日再死。

第五日，陈小爵爷让人推着一车的死兰花，摆到乔灵均住的院子里，拢着袖子对她说："九儿，今儿天气挺好，要不要跟我去葬花？"

他说这话的时候，语气和神色都很温和，并不像是兴师问罪。

乔灵均也装作毫不知情，笑眯眯地在他跟前站稳，仰着脑袋回道："大人，属下是粗人，做不来这种雅致的细活儿。"

"做不得吗？"他似怜爱地摸了摸她的脑袋，"我瞧着你做得很好。"

陈爵爷爱花，喜玉，其中最爱这盆红鼎荷香。这是兰花中十分名贵的一种，他寻了很多年才得了这么几株。

陈怀瑾今日的眸色也极淡，淡得雾气缭绕，恍若要羽化成仙。

她知道他在压着自己的火气，就如她这些时日的许多时候一样。

"多谢大人夸赞。"她对他露出一排小白牙。

"你知道我不是在夸赞你。"

他的手还在她的头上，摸一下，又摸一下，似乎也不知道拿她怎么办。他这么生气，又不能从她的天灵盖一掌拍下去。

乔灵均也不躲，由着他有一下没一下地摸着。

"文官是不是都爱花花草草？"她问。

"武官是不是都不看书？"他也不遑多让。

说完以后两人都是心照不宣地一笑，嘴角挂着一抹恶毒。

"九儿，闲来无事多认些字吧，就算靠力气吃饭也不好太没学识了。"

"大人，闲来无事也多活动活动筋骨吧。不然认识再多字也不见得有命看。"

身边伺候的仆从光听听，都吓出了一身冷汗。两人面上居然还跟没事儿人似的。

当然，没过几天，乔灵均就被拎到崇安巷去巡街了。负责的工作是调查民情和入户核查。

陈怀瑾确实知道怎么折腾她。

谁人不知，乔将军一只胳膊可以抡起九斤重锤，唯独握不住一支狼毫毛笔。不会写的字就画圈，大半天下来乔灵均画了满纸的张圈、李圈、刘圈圈。

这肯定是交不了差的。

乔灵均干脆也不画了。冷着脸将纸笔官帽通通往地上一扔，一个人溜达到药铺买了整整六斤砒霜。

这咬牙切齿的架势，吓得盯梢的张城和肖勇的腿又开始颤了，几番挣扎以后硬着头皮冲过来问："将……将军，您这是……打算投毒吗？"

乔将军扫了二人一眼，利落地交钱，拿药，另一只手扛着九环大刀黑着脸就往太守府里冲。

投毒？她要直接灌死他！

他还真拿她当软柿子捏了？这种忍辱偷生的日子她过够了。

张城和肖勇听后心知这是要动真格的了，当即小跑着回去叫了苏州城余下众人进去劝架。

结果几人火急火燎地翻到后院以后，看到的却是春风拂柳般的祥和画面。

太守府大宅里，陈怀瑾身着一身正四品官袍，头戴乌纱帽站在正中，站出一种孱弱的笔挺，正温和地询问乔灵均："我要去衙门，你去吗？"

乔将军怔愣了一瞬，立时也站得笔直："你确定这次是去衙门吗？"

不会又临时改道去逛街，遛鸟，斗蛐蛐？

陈怀瑾点头："是去衙门，你看，我们也有好些日子没去溜达溜达了，这不合规矩。我的座右铭一直都是'做个好官'。你跟不跟我过去？"

乔灵均说："去。"

陈怀瑾又问："袋子里装的是什么东西？"

她面不改色地回答："面粉。"

然而那一日，两人最终还是打起来了。

因为陈大人是去衙门里打牌的。乔将军黑着一张脸在衙门口转了三十来圈，实在转不下去了，拎起手里的九环大刀跟他打了个天昏地暗。

那是张城和肖勇第一次见到将军发那么大脾气，也是第一次见到那个看似文弱的书生动手。

两人都是有真功夫的，乔灵均用的是刀，陈怀瑾用的是长剑。剑花刀光在暗夜里擦出无数火光，也没分出个胜负。

劝架的人太多了，陈府的人，加上皇宫禁卫，呼啦啦来了一群，生拉硬扯地将两人拽开了。

乔将军的个子小，埋在人堆里显不出个头儿，只能跳着脚扬着九环大刀怒骂："姓陈的！老子不干了！"

陈小爵爷自从她浇死了他的花也分外看不上她，一面接了下属递过来擦汗的帕子，一面不咸不淡地说：

"不干了，也行啊。问问京里头那位准不准，他要是能给句痛快话，咱们两个也都安生。"

"京里头那位"指的可不止一位。

一为武帝。两人是被一纸婚书绑在一起的，你想跟他没有半点儿关系，也得先将皇亲推了再说。

二是皇子党羽。她惦记的那点儿事他心里清楚着呢。

两人这会儿脸就翻成这样，往后还怎么在一个屋檐下待？

就在众人都猜测着，乔将军会不会在临走之前派兵拆了陈怀瑾的太守府时，六皇子的第二封书信到了。

他说，他知道这位陈爵爷有些怪脾气，但是希望乔将军能以大局为重，不要跟对方交恶。明显六皇子也从自己的耳目那里听说了两人大打出手的消息。

乔将军将自己关在房间里整整三天，三天以后再次穿起了那身捕快公服，面无表情地站到了陈怀瑾身边。

也是在那一天，太守府迎来了第一拨有关正事的"客人"。

苏州城的管辖范围很大，除了主城，还包含陵水、太沧州、富县、魏县等几处县城。

陈怀瑾作为一方太守，除了要治理苏州城，还要处理几处县城县令上报的事宜。

陈爵爷上任以后就没翻看过公文，以至于长久没有得到批复的县令们，不得不跋山涉水地过来找他。

在此之前，这些县令都是没跟陈怀瑾打过照面的，虽然听说京里派了一个新知府过来，也都没急着献殷勤。

这里面，其实是有着官僚圈的道道的。

他们在等着陈怀瑾的动静。

若他是个贪官，那好办，没有银子促不成的事儿。

若他是个廉官，那就得试探着来，没得让新上任的愣头青一封奏折告到京城里。

偏生他来了以后诸事不管，一不拿乡绅供奉，二不理不正之风，让人猜不出这人究竟是贪还是廉。

那日来的几个县令，都是揣着自己的小九九的。每个人手里都攥着些难处准备刁难他。

太守府被扩成了原来的三倍，其间雕梁画栋，拱桥楼阁就不多说了。几人打眼一看就知道，这是位不差钱的主儿。

老管家陈放亲自带人上了三道茶点，再看坐主位的那位陈大人，一身平纱纹锦缎儒袍，腰系玲珑鹤羽碧玉带，一双眼睛似睡未睡，似醒非醒，笼着雾气一般，没有一点儿官气，更像是个锦衣玉食惯了的公子哥儿。

他身边还站着一名捕快，穿着公服，个头儿不高，孩儿面，五官秀秀气气，看不出多大年纪。

两人在正厅里一站一坐，都是没睡好的样儿，一时又让众人不知如何开口。

县令们不开口；陈爵爷也不急，茶盖在茶碗上刮开三下，嘬上一口。心道："你不说话，那咱们就喝茶吧。"

几名县令也没想到一个后生这么沉得住气，互相交换了一个眼神之后，示意为首的太沧州县令顾炳怀先开腔。

太沧州的县令顾炳怀当了个肥差，在近两年里捞了不少油水，在一众县令中，当官的年头也最久，这次几人来太守府也是他的主意。

茶饮两道之后，顾炳怀先行上前，笑眯眯地给陈怀瑾作了个揖，说："大人新官上任，我等老货本该在第一时间前来恭贺的，奈何苏州一带一连几月都是雪天，不好带着风尘来见您，因此来得晚了，还望大人原谅。"

这句话里，顾炳怀的自称不是"下官"，而是"我等老货"。明显是在提点陈怀瑾，你虽为知府，官职比我们大，但我们当官的年头可比你长。论资历，你还嫩了些。

陈爵爷听后却没多大反应，只将手里的茶碗放在一旁的小茶几上说："不来也无

妨，毕竟我也不爱同底下的人走动。"

一句话，又将官职地位拉开了。

顾炳怀在官场上摸爬滚打这么多年，很明白这些官腔怎么打。耳听着陈怀瑾在他面前立了官威，便又退回本分继续说道：

"大人所言甚是。下官也觉得，大人应当是不喜被打扰的。只是此次却有一件大事不得不求大人示下，因此特地赶来苏州城。

"太沧州今年的粮食歉收，税银供不上来。如今眼见着就要交税了，您说这事儿可如何是好？"

税银是各地官府按当年税率进行征收的款项，税银每半年入一次国库，属当地县令本职之事。税银征收不上的情况也常见，或当年收成不好，或蝗灾洪祸，由当地知府酌情处置，请京里的示下。

乔灵均暗自推算了一下时日，陈怀瑾上任快一年了。太沧州今年的税银收不上来，顾炳怀不早些来找他，却在这个节骨眼儿扔出这话，明显是故意刁难。届时京里过问起来，他又能以陈知府不看公文不理政事为由反咬一口，实在玩得一手好套路。

乔灵均觉出了顾炳怀的狡诈，但是她不急着开口，她也想看看陈怀瑾会怎么处理这件事。

不想，这位爷处理问题的法子倒是简单，直接回了一句："那你就自掏腰包添点儿钱吧。太沧州今年的粮食产量比起往年确实差了些，老百姓交不起银子，你这个当父母官的帮忙贴补些也是应该的。"

顾炳怀未料到陈怀瑾会这般说，亦没有想到他会关注到太沧州今年的粮产，一时有些瞠目结舌："下官哪里有那么多的银子来贴补？"

陈小爵爷似笑非笑地睨他。

"这可奇了，你怎么会没有银子呢？前些时日你不刚给新纳的小妾在正六门买了处庭院吗？那个地界的院子，可不便宜呢。"

顾炳怀吓了一大跳，连忙站起身摆手说："大人这话可不能乱说。"

陈小爵爷用眼神示意了一下陈放，将一张房屋地契摆在了顾炳怀跟前，笑道："大人怎么会乱说呢？大人这个知府又不是白当的。"

顾炳怀的算盘珠子碎了一地。

来的时候，他并没有想到，这个外界疯传是纨绔子弟的太守是个会管事的人，更没想到新太守有理有据地把房屋地契摆在他的面前，还是那副万事不在眼里的模样。

不光不在眼里，他连看都不看你。撂了话，放了物件，便带着一脸乏累病容，抱着自己顶贵的烫金炉子走了。

走的时候，身边的小个子捕快还扯了扯他的袖子示意他——屋里还有这几号人呢，就走？

他一脸莫名其妙地用力扯回去，硬生生逼出两声干咳。好像他那身子骨再多坐一会儿就要累死了，再多说句话就会病入膏肓。

一句话都没留。

顾炳怀知道，这是让他自己想办法找补去。至于他带来的那群乌合之众，见他吃了瘪，哪里还有兴风作浪的胆子，各自拱手互下了台阶，也都自去了。

枪打出头鸟啊！

顾炳怀揣着正六门的房屋地契，一路回了太沧州。心里那点儿弯弯绕绕的肠子一刻也消停不下来。

陈怀瑾这招杀鸡儆猴确实是他事先没有想到的，可他也不是好捏的鸡头。铁公鸡的毛是那么好拔的吗？

在"顾铁鸡"琢磨着怎么让自己的"头"更坚硬的同时，乔灵均蹲在后院里也琢磨起了"砍鸡"的人。

他从客厅出来以后就跑到后院抠土去了，脸上一点儿病容都没有，也不吵吵着冻死了，炉子丢到一边，后脚跟都带着精气神儿。

他今天刚从外面捡了两株破兰花，正在认真地挖坑，将它们精细地种起来。

花真的是他捡的，他路过市集，刚巧遇到陈员外家的花匠将野草植被扔出来。

他"咦"了一声，端详了一会儿就开始左右开弓地挖。雪白的一身缎子儒袍，愣是被他沾上不少泥。

他一点儿也不介意，谁看他也不介意，将挖出来的两株兰花连泥带土地往胸前一抱，好像突然多了两个亲生的儿子。

要不是顾炳怀几人找上来，他连衣服都不准备换，就要一头扎进后院。

这会儿人走了，他又恢复了"亲爹"的嘴脸，埋在兰花上的土，就是他"挖出来的奶妈"，小心翼翼，一板一眼地撒，生怕饿死了"儿子"。

乔将军就这么一声不吭地看着。

她不懂文官们那套弯弯绕绕的肠子，她打仗虽讲求战术兵法，却不像他们这般在言语上做学问。她都是单刀直入的，战的是铮铮铁骨，拼的是地势谋略。

陈怀瑾则不然，他们这类人，自有一派精明狡诈。

她现在有些相信，他也许真的有几分本事。

富贵闲人的模子可以是贵胄圈里养出来的，脑子里的东西……

"你看了我半天了，知道这花什么来头吗？"

乔灵均还没想出来他脑子里到底有什么东西，就被突然抬头的某人打断了。

"知道你看不出来。"他仿佛也不用她回答，颇有几分兴奋地说，"封山兰香，万两难寻的宝贝。不知道怎么就在陈汇林那猪头的院里落了户，合该他也是不识货的，这种宝贝居然连根就给拔了。"

他一边说着，一边直了直腰，甚是满意的样子。忽而瞥了眼乔灵均，大概想到了曾经"夭折"在她手里的红鼎荷香，又摇头晃脑地道："都是好东西。你们武官不懂这些。"

山水虫鸟，绿叶竹香，雅意韵味都在这里面。

乔灵均确实不懂，心想就你这点儿破玩意儿，都不够我们饿的时候一口嚼的。花草虫鸟，在弹尽粮绝的大漠就是食物。人都顾不上了，谁还有心思顾什么雅趣？

但是乔灵均没说，她今天有点儿想恭维他一下。恭维了以后，自然是希望他可以多干点儿人事，不至于她每次写信给六皇子的时候，总是那几句。

他月初逛了次街，风大，没走几步又回去了。

月中遛了趟鸟，他的鸟没叫过其他的鸟，跟鸟友打起来了。

月底去了次衙门，打牌输了个底儿掉，赖账不给。

其余时间就是吃了睡，睡了吃，偶尔拉着几个官宦子弟喝酒听戏……

"大人教训的是，属下日后一定多读些书。"

她站直了身板，清清脆脆地应了一句，模样还挺喜庆，跟他一样喜庆。

两人就这么喜喜庆庆地对视了一会儿，他摸了摸她的脑袋。

"怎么，你转性了？突然发现大人的好了？"

"大人本来就是好的，只是属下眼拙，今天才发现大人的英明。"

乔灵均实在是很适合弯起眼睛夸人。她的眉目本就是英英气气的秀，一旦笑开了，藏在眼里的娇俏就会不自觉地跳出来。带点儿稚气，带点儿娇。

陈怀瑾很愿意听她恭维他，或者说，谁的恭维他都愿意听。用仆人递过来的湿帕子净了手，负手踱了两步，他看着她的头顶道："是不是想知道大人为什么这么英明？"

那天下午，乔将军挂着一脸的荣幸之至，跟陈怀瑾一起穿着粗布麻衣，挎着装了些脆嫩水萝卜的筐，来到了苏州城东南门最大的一处菜市场。

苏州城有早晚市集，他们赶不上早，就赶了个晚。晚市并不比早市冷清，仍是人潮拥挤、摩肩接踵，很是热闹。

这样的地方，寻常人家的公子姑娘是不会来的，多是一些负责采买的家丁或婆子。

晚市的菜没有早市的那么新鲜，所以价钱相对来说要低一些。谁家的水芹菜就剩一点儿了，想要的买家就能以便宜价一把收走。谁家的土豆降价了，谁家的白菜便宜卖了，满耳都是吆喝声。

乔将军就站在这一片吆喝里，僵硬而惊奇地看着陈怀瑾大咧咧地蹲在地上，跟一个摊贩讨价还价。他进入角色非常迅速，又由于真没拿自己当个爷，没人看出眼前抹了一脸泥巴黑灰的人就是他们的太守大人。

他在这里还真有几位熟人，都是菜市场的百家通。陈怀瑾就像个老妈子似的，一会儿听听这家的闲事，一会儿聊聊那家的后宅。遇到有人买水萝卜了，就让乔灵均称萝卜卖货。

我好像个傻子。乔将军在心里说了一句。

"我好像个傻子。"

她又当着他的面说了一句。

"等下就走，我还有件事。"

他神色严峻地走到一个四十岁上下的妇人身边，压低声音道："我想拿我筐里的水萝卜跟您换两根黄瓜吃。"

乔灵均扔下筐就走了。她不用他帮她多要一根黄瓜！

然而走出那片嘈杂，她又琢磨出些味儿来。

苏州城的晚市人流量大，很多外城的小商贩也会挑着担子进城卖货。另外，买货的都是各府奴役，因此，哪家员外爷又纳了妾侍，哪家的大闺女嫁到了哪家，双方给了多少礼金，种种消息都在这里流动。

他靠这种方法打探消息，听的都是坊间市井最不掺杂质的话语。百姓眼里的官老爷们如何，乡绅们如何，全在他耳里。

这样的陈怀瑾甚至让乔灵均想到过去皇城脚下的那些老谋深算的商人，看似咬着烟袋锅子迷迷糊糊地犯困，实则旁人肚子里有几根肠子都拿捏得清楚明白。

乔灵均越想越觉得新鲜，嘴角弯一下，再弯一下，最后咧成了个哭笑不得。

暗暗守在菜市场看他们卖水萝卜的张城、肖勇等人，眼见着乔灵均摔了筐走出来，气了，又笑了，不知道她到底遭了什么样的"灾"，心里下意识地一突突，统一认为，他们的将军，很有可能快要被陈爵爷给逼疯了。

张城和肖勇不知道，真正会被陈怀瑾逼疯的人，在太沧州。

顾炳怀这些天一直夜不能寐。朝廷眼见着就要收税了，而税银，他早就征收过一次，换了他正六门的私宅。他显然不想把宅子卖了，不卖，就得再想别的法子筹钱。

他最初把主意打到了城中几个乡绅身上，这些人手里都有几个大子儿，平日官商勾结，彼此之间没少捞油水。他叫了几人过来讲难处，实际上就是威逼利诱，让他们出银子堵窟窿。

结果，几个人的口径这次竟然出奇地一致。陈太守很早便着人来下过命令了，不让他们拿钱。他们都是看官帽说话的，谁大听谁的。

这就等于把他的第一条路给堵上了。

顾炳怀只能再找其他几个县令，结果，他们也在同一时间被下了禁令，不准拿银子出来。

跟顾炳怀素日交好的冯姚林说："不是我们不给，那位祖宗放话了，孝子贤孙也得知道自己该孝敬的是哪位爷，孝敬错了，儿子孙子就得跟着爹一起饿死。"

他们现在不敢瞎认爹，只能老老实实地跟着爷。

牌面上的东西现在还没分出个眉眼高低，但官职有高低，一顶乌纱压下来，没人敢在这个当口触霉头。

顾炳怀呕出一口老血，差点儿就在那天过去了。他心知陈怀瑾这次是打定了主意收拾他，提前把两条道都给堵上了。

冯姚林让他别动歪脑筋了，赶紧痛痛快快拿钱出来消灾。

但这钱能拿得痛快吗？

他是永修二十二年中的举人，在太沧州做了整整十七年的县令。苏州城太守走马灯似的换个不停，他都能平安无事地度过。现如今，来了个二十岁出头的后生，即便他在京城里有天大的背景，到底天高皇帝远，还能有他一条地头蛇厉害？

三天以后，在家里气得怒发冲冠的顾炳怀顶着嘴角两个巨大的泡上街了。

他不能坐以待毙。他知道，一旦这次向陈怀瑾服软，那么以后，他事事都会被他压一头。

第三章

太沧州的晴天

太沧州今年的粮食产收确实不高，田地干涸，已经许久没有痛痛快快地下几场雨了。

顾炳怀从来不管田地如何，税银年年强收。依照他往昔的论调，天不降雨，地不生苗，那都是老天爷管的事儿。他再大，大得过老天爷吗？

再者，那些税银也不是交给他的，老天爷下边还有个皇上呢。皇上要收他们的钱，跟他顾炳怀可没有半毛钱关系。

如今，皇上又要收钱了，收的是明年的税银。至于为什么一年收了两次税银……这不是乔将军班师回朝了吗？皇上要犒赏三军，三军将士在关外浴血奋战那么多年，不得多花点儿钱安抚吗？

顾炳怀自觉这个理由找得十分好，当天便张榜贴告，让城中百姓加紧准备税银。

张榜的当天，太沧州的城门便关了，全城的百姓都被聚集到了衙门口。他们也不知道发生了什么事，只知道整座城都被县衙里的兵看守得如铁桶一般。

顾炳怀头顶乌纱，迈着官步从朱漆大门里走出来。派头十足地让人搬了把太师椅，稳稳当当地坐在了正中。

他说："今年的税，收得确实有些勤了。本官也知道天不养人，节气不好。但上面的意思，是能驳回去的吗？家家有本难念的经，不咬牙和血地吞，还有旁的法子吗？"

他好像真要和血吞了什么一般，艰难地叹了口气。嘴上的两个泡，也跟着一开一合。

随着那话的尾音落下，人群中起了不小的骚动。今年的税银他们已经交过一次了，连锅带盆地交，现在他要再收一次，就要连骨带肉地交了。

顾炳怀明知道这是在抽他们的血，但抽了也就抽了，不抽他们的就得抽自己的，他能让自己疼吗？

不痛不痒的那点儿可怜相被他缓慢地收了起来，眼风从左到右一扫，抖出了十分的官威。

"你们先想办法把银子交了吧，明年的税银，不够的，我想法子帮你们填。但是若有谁敢跑出去抱怨一句，可就别怪我顾某人不客气了！"

他至今没有查出来，他买下正六门那套私宅的事是谁捅出去的。

查不出来也无所谓，他只要在事发之后及时控制住这些嘴，就不怕陈怀瑾再来抓他的把柄。

届时税银一交，陈怀瑾再要查，可就没那么容易了。

有几个不想活命的，会在交了银子以后还冒险告他的状？民与官斗，向来都是以卵击石，他知道怎么拿捏这群蝼蚁。

明眼人都知道，顾炳怀的这一番威逼利诱，是丢了根羽毛换金匣子。他说明年税银不够他来填补，可谁又知道明年的事儿呢？明年他再反口说自己没有银子，硬逼着他们交，都是上嘴皮子搭下嘴皮子的事儿，全在他一个人的嘴上。

顾炳怀在太沧州做了十七年的"土皇帝"，从来都是"一言堂"，升斗小民就算有再大的怨气，也只能硬生生地往肚子里咽。

一张轻飘飘的告示，贴得顾炳怀无比舒畅。这种"轻飘飘"落到百姓头上，就变成了沉甸甸的巨石。巨石很硬，压得他们喘不过气，五脏俱裂。

但没人能搬开这块巨石，也没人敢去搬。

瘦弱的孩童依旧干瘪得只剩一把骨头，肋骨根根贴着皮肉，脸面张张黑黄泛青。

冬日里的雪又落了，稀稀拉拉、稠稠黏黏，像太沧州百姓落在心里的泪。无法痛痛快快地号啕，只能啜泣。眼看就要过年了，他们连一顿像样的饱饭都筹集不出。

顾大人的私宅又歌舞升平起来，红艳艳的绸缎裹在娇滴滴的小妾身上。风里一阵香，雪里一片艳。他从不会在意这片升平背后的路旁冻骨，更不会管谁还在饥寒交迫。

他们就像活在两个世界的人，满目疮痍衬着富丽堂皇，极致的腐朽和着肮脏。

顾炳怀很喜欢看到他的百姓在寒风中瑟瑟发抖，又不得不乖顺向他低头。那让他感受到自己拥有极致的权威，以及这份权威带给他的至高无上的快感。

还有两天就要交税了，太沧州的衙门口已经放好了录入名单。

谁家交了多少税银，谁家给的不够数，都要有个说法。

他觉得舒坦极了，甜暖的香风和着炉火的暖，让他的四肢百骸都生出一种异样的妥帖。

远在苏州城内的陈爵爷此时也在烤火。

他孱弱的身子骨一到雪天就会冰冷得没有一丝温度。屋里摆了五个火盆，左边一只熬着药，右边一只温着汤，其余三个拢在床角。汤跟药的滋味混在一起，就成了乔灵均最受不了的味道。

脸色苍白的陈大人很会对自己好，硕大的棉衣外是巨大的外袍，将他裹得又只剩下一颗脑袋。神色分明恹恹的，却有心思摆弄一件人形木雕。

这是前几天柳州一个县丞孝敬给他的，乌兹国的东西。用的是上好的铁杉木，请了当地最有名的木匠，雕成了陈怀瑾的样子。

木雕跟人等身，有点儿像他们这里布偶戏的放大版。陈爵爷病恹恹地靠在床头，抱着另一个"自己"，一会儿拉近一会儿放远。

"眉眼还差点儿英武。"他端详了一下五官，"应该再精壮一些，我其实有肉的。"

他听到了乔小九颇为不屑的一声"呵"，动静不大，落到他耳朵里也轻飘飘的，心里着实不舒服。

大概是想证明一下自己真的有肉，他很认真地低头看了看厚重的大棉袄，似乎是打算掀开，又因为实在太厚重了，以致他懒得掀。看了一会儿之后，他又把视线落回了木雕上。

他说："李会林还是有点儿心思的，知道我好铁杉木。人像虽未能雕得全得韵味，到底也不算差了。就是这衣料……"

他扯了扯木雕身上的儒袍一角。

"我喜欢织锦缎子，要换了织锦缎子才好看。"

乔灵均没搭理他，他又对着"自己"继续自娱自乐，捻着那片衣角缠缠绵绵地摩挲，乔灵均开门离开时，还听见他在若有所思地念叨。

"织锦缎子好看，太沧州的织锦缎子是最好的。最近市集却总不见那边的人过来了。你说，是不是卖断了货呢？"

秋后问斩和凌迟处死都是有时限的，这种时限会让人终日沉浸在惴惴不安中，直至死亡。太沧州没有那么多穷凶极恶的人要被问斩，却总是要在一年之中感受一次生不如死的滋味。

今年是两次。

上交税银的这一天还是到来了。

将家里几乎刮了个干净的百姓再次聚集到了太沧州的衙门口，有破衣烂衫的，也有衣不蔽体的，冬日里的风那么冷，冷得他们的皮肉生满了冻疮。他们却不太能感受到疼了，就像嫩滑的手掌经过长年累月的操劳终会长出厚茧。

他们手里紧紧攥着一小袋铜钱。

那些铜钱是用他们的血肉换来的，他们拿着他们的血、他们的肉，在衙门口排着长队。心里身上都有一块碗口大的疤，八十岁的老母尚在，嗷嗷待哺的稚儿喝不上一口浓稠的米汤。

"如果我说求求你，让我一家老小留些体己钱吃一餐饱饭，会得到怜悯吗？"

有人这样做了，得到的却是衙役狠狠一记窝心脚。

顾炳怀仍旧安坐在他那张四平八稳的太师椅上，低头看着那个妄图求他怜悯的男人。骨瘦如柴的男人抱腹痛吟，他还能笑得出来，笑得分外和善。

"如果我同情了你，那么底下的所有人都要跟着同情了。你这不是让我难做吗？你让我难做，你当然也不会好过，你说对吧？"

手下的衙役一把抢走了他紧攥着的铜钱，他想挣扎，手指生根了一般攥着，又被一根一根无情地掰开。

"大人，我求求您，给我们一条活路吧。家里的孩子快要饿死了，这是救命的钱啊，我保证明年多交一些税银上来。您行行好吧，我给您磕头了，行行好吧。"

三十岁的男人脸上满是脆弱无助的祈求，他是他们一家老小最强大的支柱。再苦的日子也能熬过，再重的麻袋背在肩上也可以在烈日之下挺直脊梁。但是现在，他挺不起来了，他卑躬屈膝地跪倒在顾炳怀面前，存着一丝希望，希望他的父母官可以慈悲一次，让他们能在这片土地上得以喘息。

然而他的父母官早已将良心扔到了百里之外，他嫌弃男人指甲里的黑泥和开裂的长满冻疮的瘦手。他担心男人脏了他的官服，夸张地侧了侧身。

"怎么说着说着就跪下了？我可没那么多钱养那么多儿子。你有一家老小要养，我的一家老小也等着我养呢。你回头看看后面的宅院，那么大的院子，得有多少人要吃饭，多少人喝汤穿衣，你怎么不同情同情我呢？"

顾炳怀这番话说得坦然，他深知，他就是他们的天。

他没有想到，人群之中会在这时传来逆天而上的声音。

"既然那么想要人同情，就应该把你那几处宅子卖了，散财于百姓，衣衫褴褛地流落街头，才好让我们救济。"

"谁？"

顾炳怀的神色一凛，猛然抬头望向人群："谁那么大胆子？站出来！"

眼前是黑压压的一片破衣烂衫，他踮起脚尖伸长脖子也没能在这群人中找到那个不和谐的声音。

他们会有所怨怼，甚至恨意，他是知道的。他同时也知道，他们就算再恨，也不

能将他怎样。

幽幽坐回他的太师椅上，他冷冷看着众人道："想造反，也要看你们有没有这个本事！"

"古语有云，水能载舟，亦能覆舟，单凭剥削镇压是做不长皇帝的。你这个官莫不是买的吧？这样浅显的道理都不懂？"

那道声音又冒出来了。

"到底是谁？"

顾炳怀猛地抽出衙役腰间的长刀，刀出了鞘，亮了光。

却也在这时，趴卧在他脚下的男人猛然发了力，一个纵身扑过来死死扯住了拿走他铜钱的衙役的手。

两人顿时扭打在一起。

"反了，反了！"

顾炳怀气急败坏地冲下台阶，怒指着底下的一干百姓。

"让你们拿点儿银子出来就哭啼吊嗓，这个说活不下去了，那个说老婆孩子要饿死了。太沧州那么多人，死上几个人有什么大不了的！"

他说完像是急于泄愤，又像是必须要拿一个人开刀震慑，猛然抓住与衙役扭打在一处的男人的脑袋，提刀就砍。

男人的力量却远比他想象的大得多。

他是常年做苦力的身子板，枯瘦，却满身力气。他的骨头是硬的，养尊处优的顾炳怀一身肥肉竟然奈何不了他，反被狠狠抡了一拳头。

那一记重拳，正正打在他嘴角的血泡上。流了脓，爆了血，连内里的牙齿都松动了。顾炳怀几乎要疯了，对着衙役们大吼。

"还愣着干什么？给我动手！杀了这个不知深浅的东西！谁敢再冲出来，也都给我乱刀砍死！"

衙役们得了令，顿时一拥而上。男人知道退无可退了，捡起路旁一根挑担的粗木棍，不肯再示弱。

"反正我也没有活路了，不如今天就拼个你死我活！"

男人过去打过把式，有些功夫。木棍在他手上抡得呼呼带风，照着衙役的头拍。

太沧州的衙役因为十来年没干过几件正事，身体力气都随了他们大人，是些空有一身肉的废物。衙役们手起刀落就是一通乱砍，再见这人好像不要命，被木棍拍得眼冒金星以后，冲上几步又畏缩了。

人群中不知谁也紧跟着吼了一嗓子。

"我们反正也没有活路了，不如跟他们拼了！"

衙门口现在只有十几名衙役，交税的百姓足有几百人，力气上他们有绝对的胜算。

可是，拼吗？要拼吗？

拼了以后，顾炳怀会放过他们吗？

他们的行动远比思虑快得多。

一个人冲上去了，又一个，再一个……身体里流动的热血从贫苦的脚底板直达头顶。

"跟他们拼了！"

太沧州的百姓此时就像猛然被叫醒的人，抬起瘦弱又强韧的胳膊。

是啊，反正没有活路了，反正也活不成了！穷困潦倒的人还会怕死吗？死了会比活受罪更难熬吗？

答案，早已在心中。

"都不怕死是不是？我让你们反！"

顾炳怀一看场面控制不住了，连忙命人调回了把守城门的其余衙役。利刃之下的强制镇压是血肉之躯无法抵挡的，混乱中的百姓眼见着一大群官兵冲来，高高扬起了手中的官刀。

那一刻，绝望吗？

不，不会有比这糟烂的日子更绝望的了。

奇怪的是，想象之中的剧痛却没有在皮肉上绽开。

就在太沧州官兵抵达的当口，另一队兵马也随之而来，迅速将刀架在了顾炳怀的人的脖子上。

"是太守府的兵！"

进过苏州城的百姓很快认出了那身正红鸦青暗纹的捕快服。

顾炳怀也认了出来，上涌的恐惧一路自胃顶到了嗓子眼儿。

太守府的兵？太守府的兵！

他吓得双腿几乎站立不住，眼睁睁地看着自己的人在一瞬间全部被制伏，眼睁睁

地看着一名穿着厚重棉衣的男子，缓步自人群走到衙门的正中。

男子身上的棉衣很破旧，棉絮外露，兜头盖脸地裹住了他大半张脸。

男子的身子骨也很瘦弱，走几步，站定，又要咳嗽几声。

顾炳怀没有看清他的脸，却对那声咳嗽熟悉至极。

半个月前，他留下两声咳嗽。让他老实本分地将正六门的房子卖掉，交满税银。

半个月后，他来到他的地界，将刀架在了他的人的脖子上，依旧在屡弱地咳。

顾炳怀后知后觉地意识到，他隐在人群中多时了！

顾炳怀吓傻在衙门口，失去了说话的能力。他仿佛也不用你说话，穿着破破烂烂的衣服坐在了太师椅上。

有下属为他递上紫金手炉，他便接过来开了盖，用金勺子把里面的炭火拨旺，盖上，再抱好，这才看了顾炳怀一眼。

"你跟谁借的胆子？"

他的语调还是平平淡淡的，不凶不厉，不温不火。可不论这个人是锦衣华服还是衣衫褴褛，都让顾炳怀不敢逼视。

挪用税银，强制征收，打的是朝廷的旗号，用的是乔家军的借口。天高，皇帝确实远。但举头三尺有青天，良心二字那么近，就是看不到吗？

黎民百姓不知道来者是谁，他分明穿得如此破烂，却把顾炳怀吓得"扑通"一声跪到地上。

"太……太守大人，下官……下官只是一时糊涂，万万没有想到……"

"万万没有想到，我这种身子骨，还能大老远地跑过来。"他打断他的话，看着手里的炉子，"路上快要冻死我了，我最讨厌别人折腾我。"

顾炳怀此时已六神无主了，他想过的最坏的结果也就是陈怀瑾事后会追查询问此事，根本没有想到，他会在这个时间出现。

人赃并获。

他脑子里充斥着这四个字，只有一味地服软。

疯狂示弱的顾大人却忘了，有些事情不是你要服，就由得你服。就如前一刻匍匐在他脚下的太沧州百姓一样，他给他们机会了吗？

陈爵爷焐了大半天的手终于回暖了，回暖以后才发现脚边还趴着一个顾炳怀在给他"焐脚"，觉得很碍眼，就一脚踢开了。

站在下面的百姓都在傻傻地看着他，一张张瘦削的、能够清晰看出骨骼轮廓的脸，此时写满了期盼和欲言又止。

他们应该有许多话要说，又一时不知从何开口。

陈怀瑾也是。

他进入苏州府以后就着令手下彻查了几个州府的县令，知道太沧州这处地界十分不太平。他知道他们的苦，他们的委屈，可想要扳倒一个扎根在太沧州十七年的毒瘤必须要有实锤，野火烧不尽，春风吹又生，他不能让他们再冒一次被欺压的风险。

要拔，就要连根拔。他用了整整一年，装作万事不理，装作酒囊饭袋，直到那些人彻底放松警惕。

"我爹说，受了委屈就要打回去。我现在站在这里，就是为你们撑腰的，你们受了委屈，就把欺负你们的人打回去，打死了，也有我撑着。"

台下的人都红了眼眶，眼眶盛满泪水，酸得发疼，疼得鼓胀。他们之中大多都是不识字的，甚至有的连自己的名字都不会写。他们很想谢谢这位大人没有打官腔，没有用文绉绉的词汇，而是用了最实在的言语告诉他们。

他来了，就不要再怕了。

他们不知瞬间在四肢百骸涌起的那种震颤叫作什么，想哭，又想笑，还想大叫。他们终于等来了青天啊！这太沧州的乌云，终于要散了！

"谢谢青天大老爷！"

一声。

两声。

三声。

叩谢声此起彼伏地响起，年轻的太守大人又剧烈地咳嗽起来。

他走到一边，示意他们可以动手了，只有离他最近的乔灵均在他苍白的脸上看到了一闪即逝的羞赧。

"我好像有点儿经不得夸啊。"他陷入了深深的自我反省之中。

而长年累月被欺压，被搜刮的百姓们，此时完完全全得到了一种释放的畅快。这个曾经高高在上，视人命如草芥的人终于从高台摔落了。

他们是那么恨，那么怨。恨到想要生啖其肉，怨到想要生食其骨。

顾炳怀要被一众百姓活活打死了，他挣扎着爬到陈怀瑾的面前，高声喊道："陈大人饶命！下官虽搜刮了民脂民膏却罪不至死。况且我家中堂哥也在京中当差，乃是正三品礼部侍郎。还望大人从长计议，留下官一条狗命啊。"

"礼部侍郎？"

陈怀瑾用帕子捂住口鼻，蹲下身来端详了一下被打得不成人样的顾炳怀。

"是最近很受圣上器重的那位顾方志？"

"正是正是！"

顾炳怀急急点头。官场错综复杂，谁也不知道会有用到谁的一天，他不相信陈怀瑾会糊涂到非要置他于死地的地步。

再者，顾方志是太子一党的人，永修三十二年被太子一手提携起来。顾炳怀也算沾亲带故地扯着一些党羽的边。

陈怀瑾听后果然沉吟了一下。

这一沉吟，又让周遭的百姓没了主意。他们不知道顾炳怀提到的顾方志在朝中有着怎样的分量，只知道陈太守的沉吟让他们再次将心提到了嗓子眼儿。

百足之虫死而不僵，如果顾炳怀不死，就算他不再当太沧州的县令，依照他过往的性子，也是万万不会让他们好过的。

"我倒是很愿意卖顾侍郎几分薄面。"陈怀瑾俯下身，轻拍了两下顾炳怀的肩膀，"只是你现下都这样了，送到京城也喘不上气了，对吧？"

他根本没有想过留他的命。

随着最后一个字落地，顾炳怀那写满惊恐和不安的脑袋与脖颈分了家。

雪亮的九环大刀一抬一落，干净利落地了结了顾炳怀的性命。

动手的捕头是个长得极英气的女子，个头儿不高，看不出多大年纪，因为身量娇小，更像没有长开的半大孩子。黑红的血顺着她收刀的动作一路滑向刀尖，她连眼睛都没眨一下。

"谁让你动手的？"他见后失笑，戳了一下她的脑门。模样神态都没有怪罪的意思。

"下意识反应。"她就着顾炳怀的官袍擦了擦刀上的血，也笑了，"这不也是你的意思？"

太沧州的天，随着顾炳怀的一颗人头落地，终于圆满地晴透了。

太守大人穿着那身破衣烂衫，当日便查抄了顾炳怀的家。私宅、良田、金银玉器，全部卖掉还之于民。动身回到苏州府，已是几天后的事情了。

陈怀瑾和乔灵均都累得灰头土脸，前者其实没干什么事儿，完全仗着身子骨孱弱，病恹恹地坐在椅子上指手画脚。后者兢兢业业地帮老百姓补房子，装窗纸。睡醒一觉之后，还要听府里的老管家陈放惴惴不安地数落。

"怎么就砍了呢？顾炳怀就算再不是个东西，也是朝廷命官。你们就是要杀，也得问过了上面的意思啊。"

睡得迷迷糊糊的陈爵爷正如愿以偿地往"木雕陈怀瑾"身上换织锦缎子做的儒袍，听了这话以后，伸手一指没事人似的乔灵均："我没砍，她动的手。"

反应还挺快。

老管家果然把视线落到了进来就抓肉啃的乔灵均身上。

"你也是，怎么……"

"陈叔，我去外头巡逻了，你们慢慢聊。"她将筋头巴脑嚼得津津有味，抱着肉一溜烟地跑了。

老管家这通数落无处安放，只得唉声叹气，也跟着走了。

房内终于清净，自己跟自己玩的陈爵爷却在这时放下了人形木偶。

立冬过后的天，一日寒上一日，垂下的倒柳也因着不养人的节气，没了往日的生气，没精打采地在枝头昏昏欲睡。

陈爵爷也无甚兴致，拢着袍披着氅斜倚进太师椅里，双手交握于袖筒中。他摸到了一沓厚厚的信纸，信是抄家那天他在顾炳怀的书房暗格里寻到的，信中所书内容，沉甸甸地压在他心口，轻易见不得光，也露不得面。

顾炳怀这些年帮顾方志做了不少"买卖"，买官卖官只是小儿科，强占商铺更是家常便饭，若他顺着顾方志的这条线一笔一笔查下去，扯出的人物就沾了"天"字边了。

"下臣事君以货，中臣事君以身，上臣事君以人。"

这一声低喃，又带出他好长一串轻咳。

三日以后，苏州城太守陈怀瑾着人以快马，至京中递上了一封折子。

在此之前，太沧州县令顾炳怀被砍了脑袋的事已经顺着太沧州和苏州城的种种暗线，一字不落地传到了京城。陈怀瑾这封折子上的内容，并未让人意外，真正让人深究的，是他夹在其中的一个写着"吾弟亲启"的信封。

封内没有装信件，信封上的笔迹却是熟识顾方志的人一眼就能认得出来的。而第一时间见到这封折子的，正是顾方志本人。

按理说，苏州城闹出这样大的动静，以顾方志跟顾炳怀的关系，就算素日没有走动，也难逃被彻查。如何能在这个当口，好端端地立于朝堂之上，截下这封奏折？

万事都赶在一个巧字上。

近段时日，圣上龙体欠安，一连七日都在用药食将养，无暇顾及前朝正事，便招了太子监国。

而当朝太子完全是一个酒囊饭袋，本事才学没有一样拿得出手，就连处理奏折一事，都要顾方志先过一遍。京里的大事小情他尚且不管，苏州城的这一桩就更不过问了。

丝竹管乐声里，他摇头晃脑听得几番沉醉。肥硕的身子上，顶着一颗硕大的脑袋，脑门油光锃亮，脸盘挺圆，五官依稀可见端正。

丫鬟回禀顾侍郎来了的时候，他连眼皮都没抬，闭着眼睛在怀里掏，扔出一块印玺，对顾方志说道："没什么要批复的吧？拿着盖去。"

顾方志这次却没敢伸手来接。

本意上讲，他当然是不想让太子看到这封折子的。换句话说，苏州府的太守但凡换作任何一个人，他都敢一声不响地将事情强压下去。

偏生这人是陈怀瑾。他压不了，也压不住。

陈怀瑾是陈国公幺子，除了正四品官衔还挂着一个侯爵，姐姐又是贵妃，他年纪虽不大，正经论起来却是圣上的小舅子。这样一位祖宗，你拿什么压他？

顾方志不是糊涂人，知晓这件事情的严重性。索性"扑通"一声跪倒在地，先在太子面前卖了一副可怜相。

"太子爷，臣今日是来请罪的。"

太子爷赵应礼闭着的眼睛缓慢地掀开了半边，眼里全是醉意。瞧见顾方志跪下，反倒醉醺醺地笑了。

"你今儿唱的是哪一出？闲得没事儿跟爷逗闷子呢？"

"请太子爷屏退左右。"

顾方志中规中矩地叩头，脸色不知是慌的还是吓的，血色全无。

太子照旧躺着。

"什么了不得的事儿啊？"

"请太子爷屏退左右。"

他又说了一遍。

太子混沌的脑子这才清醒了些，犯起了嘀咕，良久，他示意殿内的人都出去。眉头皱了又舒，舒了又展，似是想到了什么，他突然一个猛子坐起来眉飞色舞地问：

"是不是父皇没了？"

顾方志心中一惊："你就见天盼着这事！这话也是能张口就说的？"吓得左右四顾，生怕被旁人听了去。

"是另有要事回禀爷啊。"

"旁的？"

太子没了兴致，"咔当"一声躺回刻着踏云追月九龙图的紫檀木床上，双下巴耷拉到衣领处，像摊托不住的烂泥。

"最好是有什么大事，没有，仔细你的皮！"

顾方志的皮本来就是紧的，听了这话后更紧了。

他说："太子爷，这回的事儿，真闹得不小。"

顾方志把苏州城的事儿，以及他跟顾炳怀私下里的"买卖"原原本本都讲了个遍。明面上看，是个坦白求饶的架势，实则，他背着太子捞的那些，一个字儿都没提。

"前年三月，您说安在丰珠别院的宅子不够排场，要换个大的。属下便着人打听了一下，地价高得吓人，怕换得不合爷的心意，便让我堂弟联系了几名富家子，卖了几顶官帽，才得了您邱风山的湖心宫。

"去年五月，您府里的侍妾要看肺鱼。咱们从江苏一带往京城运，跑腿的人力车马便不提了，只那东西非常不易活，用的水还挑剔，只能单开了道河养着。

"还有今年八月……"

顾方志把他的"买卖"，一笔不差地算在了太子头上。

太子拧着眉心一琢磨，哪个侍妾要看鱼早没了印象。再说开河建坝，这得是多大的工程，所耗财力物力，他就算不"当家"也知"柴米"贵。一时气得跳脚，抬手就把顾方志脑袋上的官帽打下来了。

"我平素糊涂，不管这些小事，你们也是混吃等死的不成？动不动就花银子造府，也不拦一拦？这要让父皇知道了，我不是吃不了兜着走吗？"

顾方志浑身一哆嗦，心说："你喝多了便随意在外应承，我们但凡多劝一句都要挨窝心脚，这是拦得住的吗？"

"我可告诉你，这些是你们愿意孝敬我的，你这会儿说是为了我，我可不敢领你的情！"

太子爷说完就要走，顾方志赶紧拧着膝盖跟上。

"爷，太子爷，您可不能不管下官啊。不说下官伺候了您十多年的情义，单说现下这事儿，下官就是想摘，也难跟您摘得清啊。"

顾方志心道："再者，你若是不保我，我就保不齐供出点儿什么其他的了。"

这位太子不知道顾方志的那些鬼肠子，只看他哭得可怜，屁股一落，又忍不住照着他的胸口发狠踹了一脚。

"事情出来不赶紧想法子，跑来跟我哭有什么用？我是个比你明白的？"

顾方志先前只管卖可怜是因为他知道有些话不能明着点，得让太子先琢磨琢磨。

果然，太子在屋里走了七八个来回，转回到顾方志跟前道："你有什么主意？倒是说话啊！"

顾方志这才接话。

"法子……自然是有的。"他殷殷勤勤地拖住赵应礼的衣袖，哄道，"太子爷，您先坐着。"

顾方志敢来直愣愣地"请罪"，自然也就做好了"请罪"之后的一系列"赎罪"的对策。

就见他贴在太子耳边如此这般地一说，太子眉心的"川"字，便缓缓地松开了。

紫檀木的雕花大床上，再次传出一声"哐当"，是放下心来的太子又安安稳稳地躺了回去。

"我知道你的意思。"他翘起一条腿，抓了桌边一颗葡萄吃，"这叫借刀杀人。"

第四章

借刀
杀人

顾方志要借刀杀人，借的刀不远不近，正是陈怀瑾管辖之下的几个州府县令的刀。

这些人都曾是顾炳怀一党，一口染缸里出的线，一条是黑的，其余的还能白得了吗？

顾方志给在"缸"的几个县令统一送去一封信，信的内容很简单，就是告诉他们，顾炳怀的把柄现如今都握在陈怀瑾手上。有关于他顾方志的，自然也有关于其他人的。

狡兔死走狗烹的道理众人都懂，这时再无动作，他们就只能等死了。

苏州城内的几个县令，很快在避了几日风头后，不约而同地聚集在一起商议起来。

过去，这种会议都是顾炳怀主持的，现在这人说没就没了，只留下一群乌合之众。私下里的"买卖"不敢运作了，富庶的生活也变得"紧巴巴"的，吃惯山珍海味的官僚被逼得要吃糠咽菜，莫说顾方志来了这封书信，即便不来，他们也没想就此"窝囊"下去。

午夜的风呼呼地自窗棂刮过，摇曳的烛火里，几人彼此交换了一个眼神，都将眼睛瞪向了苏州城的方向。三天前，他们就派了一个人去"处理"这桩事情，若推算得不错，应该就是今夜动手！

苏州一带曾有一盗匪名为顾尚，是个梁上功夫绝佳的能人。永修三十二年被顾炳怀抓住收为己用。现如今在边县养了一众"徒弟"，自己做当家的。

"乌合县令们"这次的"生意"就是交由他做。

他们深知一举推倒陈怀瑾是不可能的事情，因此早早将主意打到了信件上。陈怀瑾想要以此告发他们，也要看这些信件能否平安地抵达京城！

更夫的梆子敲了三声以后，偌大的苏州城完全陷入黑暗。夜幕将所有苍翠奢华瞬息掩住，这一日的夜，因着乌云遮月，更显漆黑。

顾尚带着手下十四五名小盗分布在太守府各个角落，这已经不是顾尚第一次来太守府踩点了。按理说，他这样的老手，就算为了稳妥起见踩点最多三次便可成行。奈何这座看似平常的太守府内，山水花草摆的居然是五行八卦的阵势。

假山是活的，拱桥是能拆卸的，每隔一天便会挪动一次，人一旦跳入其中，便八方难辨，逼得顾尚又调了好些人手，才分清南北。

再说陈怀瑾此人，真的极难看透。顾尚曾亲眼窥见他将书信装进一个黑檀木匣中，待到他晚间夜探，翻开盖子，匣子又成了空的。

顾尚一连观察了几日，才将目标锁定在卢林院青瓷瓦当头的房中。

陈怀瑾来这间书房的次数最少，次次都是半盏茶的工夫。那么极有可能，他进去只为查看东西是否安全。

梁上之事需得变通，顾尚知道不在一棵树上等死的道理。即便他确认卢林院的可能性最大，还是吩咐其他人去余下几处"行走"。

"你们两个，在东西跨院多宝阁处寻。你们到南北两院翻找，剩下的跟我来。"

冬夜里的风，凛冽如刀，同天色一同落入黑暗的，还有悄无声息潜进各处的一道道阴影。卢林院也在幽深静谧中，迎来了它的第一批客人。

盗门的人，手都是极快的，一把柳叶弯刀，一根勾绳，几下便可撬开大门。

顾尚带人入院后，便迅速在房间翻找起来。一切都在无声无息中，谨小慎微地进行着。

不多时，派去东西跨院的人来回禀，未发现信件，南北两院的人来回禀，亦无所收获。

房中的众人聚集在一起，都望向一直坐在卢林院书房中，盯着多宝阁的顾尚。

"老大，有没有可能没藏在书房？"

"或者我们找机会潜进那人的卧室？"

顾尚没说话，凝眉细思，突然他拧动了阁上一只高脚花瓶。

没有反应，再试向另一个。

果然不出所料，这间书房的多宝阁有无尽的玄机。各物摆放看似杂乱，却自有道理。顾尚遵循规律，将方口圆肚玉壶鼎自右向左连转三次，有一处机关暗格便应声而开。

顾炳怀的三十六封书信，一封都不落！

"如果不是知道这个陈怀瑾是朝廷中人，我都要怀疑他跟天风山冉兰宫有什么关系了。"

冉兰宫是江湖一大奇门，除了武功路数刁钻，最出类拔萃的是制作机关暗门。江湖人称秦五下的冉兰宫宫主更是个中痴人，最常被人提起的趣事，便是武林大会前夕，拉着弟子在门口摆摊卖暗器，赚了千八百两以后，又拉着弟子回去造机关去了。

他好像总能让自己穷得叮当乱响，但不管穷成什么样，也不肯亏了自己做的东

西，只能常买常卖。时间长了，满江湖都是冉兰宫的东西了。

陈怀瑾多宝阁上的暗格，就很像冉兰宫之物，只是看上去更为精细，不像秦五下舍得卖的那一类。

"此地不宜久留，我们撤！"

将三十六封书信卷好，顾尚便带着人撤退了。

外头的天色已微泛霜白，十几个盗匪自卢林院鱼贯而出，以树木作为遮挡，静悄悄地离去。

然而这次，却没有前几次探路时那么顺利了。

"眼见着天要大亮了，几位不留下来用个便饭吗？"

一道清脆的声音在院中响起，让顾尚和手下的人都吃了一惊，四顾之下却并未见人。

"不知是哪位高人，可否现身一见？"

那人却在这时笑得如银铃声声，似姑娘，又似孩子。

"高倒不高，所以才坐得高了些，你且往上看看。"

顾尚听来者内息浑厚扎实，心中便凉了半截，暗暗拔刀，循声向离他最近的一棵松柏望去。但见眼前刀光一闪，竟有人自树上提刀横劈了下来！

顾尚见状慌忙以柳叶刀格挡，那人的刀忽而转了方向，朝着他颈侧方挥来。顾尚侧身就地一滚，对方却似算准了他的套路，迅速抬起一腿狠压在他的肩膀上，九环大刀随之落到动脉处。

一切动作都在瞬息之间，顾尚的手下甚至来不及有所反应。

"我常听人说，江湖中人分外识时务，要命还是要信，你自己选吧。"

借着逐渐光亮的天色，顾尚终于看清了眼前人。

那是个分外娇小的女子，一张俏脸粉嫩透白，模样看上去还有些稚嫩。脚上的力道和她手里的九环大刀却是男人也要自叹不如的。

她的下盘极稳，单凭一条腿的力道，竟然将顾尚压制得没有丝毫挪动的余地。

"我选命。"

顾尚常年行走江湖，知道此时高下已分，多说无益，手也利落地掏出一沓信。

买卖好做，人命难保，顾尚深知命比银子金贵的道理。

"这位姑娘，东西既然已经给了，在下可以走了吗？"

乔灵均嘴角含笑，反手一拍，刀柄敲在了他的颈骨上。她脚下又是一跃，跳上数米高的大树坐下，一条腿屈膝，一条腿在树干上有一下没一下地晃荡，像个半大孩子。

"你走便是，我不拦你。"

她不拦，不代表后面进来的人任由他走。

卢林院很快被一群官兵包围了。包围圈外，两盏纸面美人灯开道，缓缓走出一人。

男子一袭狐裘大氅，两手交握一只紫金手炉，精致极了。半张脸隐在狐毛中，看似未醒，又似事事都在心中。

"怎么不留饭了？后厨都开了灶了。"

一句话，一串轻咳，再配上那张孱弱清秀的脸。顾尚一连跟了他五天，又怎会不识？

"太守大人好算计！"

顾尚如果这个时候还不明白，便真的是痴傻了。

陈怀瑾早就知道他潜进太守府，所以故意将东西露到明面引他动手，为的就是人赃并获。

"顾少侠过誉。陈某不过是仰慕你的大名，想请你去衙门喝上两道茶罢了。"

随着那话的尾音，立时有侍卫上前，将院中人全部铐住。顾尚没多做挣扎，这是个很识时务的人。过去，他能被顾炳怀收为己用，现在，也能易主。

只不过顾尚心里明白得很，陈怀瑾的这壶茶，注定不是那么好喝的。

一时众人悉数退下，只剩了陈怀瑾和乔灵均二人。

乔捕快还坐在树上，陈太守便拢着大氅在树下石桌边喝起了茶。

"你来得及时。"他没看她，单是将手中一壶药茶倒出一杯。

"不及大人黄雀在后。"树干轻动，乔灵均脚下一点，轻盈落地，脸上是个乖巧模样。

陈怀瑾也笑了，伸出一只手："拿来。"

"什么拿来？"

他静静地看着她。她也回视。

顾尚这一遭，陈怀瑾确实早有安排，但乔灵均在安排之外。他知道她想把东西拿给谁。

"九儿，我不想同你动手。"

"大人，我也是这般念头。"

清晨的风轻轻卷起两人的发丝，和缓，清香。对视的两人，也逐渐缓和下来。

"大人准备如何处置这些书信？"她突然开口，跳坐到他喝茶的石桌上。

"没有处置。"

没有处置？那便是处置了。

乔灵均眨眨眼："我不懂你们文官的弯弯绕，但是东西，我现下已经焐热了，你全要去，我怕是不会痛快地给。"

"不肯给？那便对半吧。"

"当真？"

乔灵均没有想到他会答应得这般爽快。

顾炳怀的这些书信，是给太子党的一记重击，无论信件落到哪方手里，都相当于得到了一副好铠甲。

"当真。"

陈怀瑾用下巴指了指石礅，示意她老老实实坐下说话。

他一本正经的时候，乔灵均便很愿意依着他。落座以后，她将两只胳膊叠放在桌面上，歪着脑袋问道："你有什么条件？"

都是人精，知晓没便宜的买卖大家都不会做。

"按兵不动。"他只说了四个字，她便明白他的意思了。

乔灵均也知道，现在太子正得重用，如果此时有皇子将此信件送上，无疑有争权夺利之嫌。

只是——

"我不动，你的呢？"她弯起一对眼睛看他。

乔灵均暗想：你的要送给谁？三皇子，九皇子，还是其他势力？抑或者，同我一样按兵不动？

他自顾自地斟茶，没再回话。良久他抬手，自她的鼻梁处缓缓刮至鼻尖，答非所问道："喝茶吧。"

顾尚被活捉了。

这个消息传回苏州各县令耳中时，立时掀起了轩然大波。上一次的把柄还没有偷出来，又让他捉了个活的，一时众人的脑子都蒙了。

然而他们又有几分开阔，知晓事情来了不能自己扛的道理，转而又将消息飞鸽传书给了远在京城的顾方志。

"真是不成气候！"

顾侍郎气得把桌子都掀了。各方势力向来不乏精于谋算之人，他哪里想到顾炳怀手下，全是些没有主意的废物，事情出了不赶紧想"下策"，反而一股脑向他求助。

顾方志大抵是忘了，苏州一带的许多官都是从他手中买来的。酒囊饭袋占了七八，纨绔子弟多如牛毛。钱是到手了，可用的人也越发少了。世间因果，不过如是。

顾方志此时没有心情琢磨这些。

顾尚被陈怀瑾抓了，书信证据被他攥在手心。最直接有效的法子，只能是……闭目静思，他招了身边近侍过来。

"去暗影那里挑三十个杀手，去苏州！"

相较于顾方志的心急如焚，苏州府未风楼执酒慢饮的人，便显得越发清雅悠闲。

近些天来，陈太守一直忙于各种应酬。自从顾炳怀这棵大树倒了以后，城内的乡绅大户便立即倒戈，重新奉上一片"赤诚"给这位了不得的太守大人。

大人倒也十分懂得与民同乐的规矩，每宴必到，逢酒便喝，接连几日都是子时方休。

这一日他又喝得醺醺然，宽大的袍子里拢着烫金的手炉，老管家陈放一面跟乔灵均把他扶上马车，一面开始了惯常的絮叨。

"大冷的天，非跟那些油头喝这劳什子，你那身子骨能受得了这些吗？"

他听后还要摇头："我喝的是温酒，烫过的。"

陈放恨铁不成钢地驱车，乔灵均就抱着刀坐在一边打盹。

马车封闭的空间里全是未风楼闻仙醉的滋味，他没喝完，还抱回来大半。

半坛酒随着马车摇晃着，半不着调的人就微垂着眼睛，认认真真地盯着坛子看。

看了一会儿，他发现盯着死物件非常傻，又眼波一转，转到了闻着酒香昏昏欲睡的乔灵均脸上。

"你看我做什么？"

她不用睁眼也嗅到了他靠近的气息。他不说话，她只得把眼睛睁开。

他醉了酒后很安静，不多话，也不笑闹，就是清清淡淡地睨着她，眼里没有人

气，仙不仙妖不妖的。

陈怀瑾长得好看，乔灵均是知道的，知道却没仔细端详过几次。此时他醉眼迷离地凑过来，她便将他完完整整地看了个遍。

男人面相上所讲的英挺清俊他占了三分，剑眉星目占了三分，风流雅韵也有三分，再并一分酒后艳色，是个如烟如雾的人间绝色。

马车的轱辘缓慢平稳地碾过官道，暗夜中的天青华顶依然分外张扬。

太守府的车太好认了，满苏州府就这一辆，借着天黑月冷，晚风徐徐，招摇于深巷，行走于危机。

车外渐渐传来马蹄声。乔灵均侧耳听了听，用刀柄戳远了他的脑袋。

"你要是发酒疯，我就把你从车里踹下去。"

他听后笑了："当我醉了，连大人都不叫了？"

车帘随风轻启，有刀刃的寒光悄悄临近。

她看他仍是个醉态也不计较，嘴角跟着向上弯了弯，是个明媚的小姑娘模样："大人醉了。"

他很喜欢她弯起眼睛的那抹笑，不由又凑近了些，对着香腮嗅了嗅。

"怎么没用香呢？管家没跟你说我喜欢有兰花味儿的姑娘吗？"

这个动作别人做来可能轻浮，陈怀瑾却做得干干净净、坦坦荡荡。乔灵均在军营中长大，从来没有什么男女大防，不躲不臊，直面问他："你喜欢香，跟我有什么关系？"

"姑娘都用香，你不是姑娘吗？"

外面的动静越来越大。她漫不经心地将刀摆正，活动了两下筋骨。

"大姑娘才用香，我还小呢。"

"小吗？"

陈爵爷按住她起身的动作，似笑非笑地说："有几个小姑娘像你这么爱打架的？别急着出去，不止这一队。"

乔灵均这才发现，他根本没有醉。如烟似雾的眼睛此时是完全的清明，身姿还是懒懒的，又窝回了软垫上。

那话的尾音刚落，又一队人马迎面截住了他们的去路。

顾炳怀的死，以及他手中所握的书信注定让他难以安生，他早就料到有"外客"会来。

"我们比比看，谁留的活口多？"

他挑眉，像是得了什么趣味，帘子一撩，率先跃出了马车。乔灵均失笑，也一个鹞子翻身紧随而出。

夜色里的一场刀光剑影拉开了帷幕，乔灵均的刀是出了名的快，所到之处从无活口。这次难得要费些心思，将人打个半死不活。

陈怀瑾的剑如游龙，脚下时而快如疾风，时而轻如踏月。

两队十几个人的小队，在车夫都毫发无损的情况下被全部活捉，蚂蚱似的穿在了一根早就准备好的粗麻绳上。

陈怀瑾和乔灵均还在点着灯笼数人头，想分出个胜负。

"这个是不是我捉的？"

"这是我抓的吧？"

最后发现两人都是不分上下的脸盲，就不数了，拉着一串"蚂蚱"回了太守府。

杀手被俘的消息，当天夜里就从苏州再次传至京城。顾方志只得连夜又找了一批能百步穿杨的善射者。

艳阳之下的苏州官道上，老百姓眼睁睁地看着陈太守的官轿被射成了一只刺猬。

杀手们一击而中，都显得特别雀跃，却在准备撤退之时，被迅速围捕过来的官兵杀了个措手不及。

而他们以为早已成为刺猬的陈大人，好端端地站在不远处，一面把人形木雕从轿子里抱出来，一面对身边的小个子捕快道："像不像草船借箭？"

消息再传来，顾方志急得头发都白了许多。

"窝"里没反起来，杀手明杀暗伏都弄不死一个陈怀瑾，他正要想其他法子的时候，宫里又传出皇上大愈，准备临朝的消息！

顾方志彻底没辙了，太子也跟着慌得如热锅上的蚂蚁。三皇子赵久沉便是在这个关键时刻，迈入东宫大门的。

赵应礼九岁被立为太子，在兄弟之间，向来就有优越感。平日跟谁也不走动，跟谁也不亲近，赵久沉算是他肯抬眼多说几句话的人。

一则，他母妃在后宫势力颇大，母家根基摆在那里。

二则，赵久沉对赵应礼素来毕恭毕敬，让他感觉很有几分颜面。

此时出现的赵久沉，对赵应礼来说便是可以拧成一股绳的亲兄弟，迫不及待地将全部希望寄托在他身上。

赵应礼说："愚兄此次是遭了大难了，弟弟若肯拉哥哥一把，他日为兄登上帝位，必不亏待你。"

要说赵应礼是个十足十的夯货，只能看到门前的一亩三分地。如今朝中党争激烈，三皇子、六皇子各自为政，九皇子是个趁乱掺和的，论势力，最锋芒毕露的就是赵久沉。

赵应礼同他讲"待我登上帝位"，岂不是笑话？

但赵久沉心思极重，前段时间朝中刚刚掀起请求皇上废太子，改立三皇子的浪潮，圣上心中早对他有所猜忌。此时赵应礼的这一桩事，刚好可以让他卖一个人情。

顾方志的事情，他答应帮赵应礼压下，但没打算全压，顾炳怀的死本来就给了赵应礼一记重创，不必他费力去参他一本。他既要让圣上知晓太子一党所为，又要让他的父皇觉得，他是心向太子，并未落井下石的。

至于苏州那边，少不得要打上一遭关系。陈怀瑾又是赵久沉一直想要拉拢的人，借这个机会，活动一下人脉，于他来讲是再划算不过的买卖。

然而此时风口浪尖之上，赵久沉不好动身去苏州，便亲笔书信一封，交由身边最得力的近侍赵嘉骑快马一路赶到了苏州城。

这一日又是大雪。

陈太守照旧拢着他的手炉药碗，在暖风阁中慵懒自坐，昏昏欲睡。

一时风起，窗棂轻动，是有人越窗而入了。

陈怀瑾人还未醒，掌风便已到了。这一掌，不是退敌之势，而是将一张镂空雕花圆木椅"推至"赵嘉跟前。

"贵客临门，有失远迎。"

赵嘉是赵久沉的家奴，见识过大场面，却未料到陈怀瑾的耳力这般了得。怔愣一瞬后，毕恭毕敬地行了一礼，口中回道："侯爷客气。"

漫天雪花在外，静暖温阁中恍若暖春，陈怀瑾缓步自太师椅上下来，为赵嘉斟了一盏茶。

对于赵嘉的出现，陈怀瑾并不觉得意外。甚而，他一直在等赵久沉走这一步。

"与之自来精明，上折子前必已知晓父皇龙体有恙。本王知你为治世大才，此次一遭，无非是敲山震虎。

"今次之事本王也已劝诫过愚兄，若与之愿信本王，大可将书信交付于我，他日陈家若有所求，本王定义不容辞。"

这是赵久沉写给他的书信内容。"与之"是他的字，无形中拉近了两人的距离。

赵久沉是聪明人，聪明人与聪明人交流总是能一语中的。

他知道，陈怀瑾这次若是真想给太子党以重创，也不会将信件留到现在了。就如他养着顾尚及一众暗杀者不急于处置，皆是一手好谋略。

他养着这些人，就相当于牢牢攥住了苏州一带大小官员的死穴。甚至不需要费力再查还有多少人做了见不得人的买卖，只需一条意图谋害朝廷命官的大罪，就能让他们把牢底坐穿。

陈怀瑾深知天下贪官抓不尽，再换一批人，又能比这一批好得了多少？这就是官场上所谓的制衡之道啊。

但是赵久沉如今尚不知晓，陈怀瑾的不动，究竟是不愿卷入党争，还是在审时度势，因此又令赵嘉代问一句——

"侯爷现下可有中意的人选？"

中意什么？自然是他更倾向于哪方势力。

燃着玉檀香的百兽香炉上，青烟袅袅，如一缕丝绢升腾缠绕。陈怀瑾的脸如掩在山岚迷雾之中，看不出深浅，也观不出情绪。

他似乎长久便是一派慵懒寡淡，苍白的脸色在温热的暖阁内依然如白纸。

"我的身子骨不好，经不得细思，也动不得劳碌。万般将养，只盼多活几年。三皇子的意思我已知晓，余下事宜也多仰仗三皇子帮忙置下，至于罪证……"

他抬起方帕，捂住一长串轻咳。

"留在我这等混吃等死的人手中，做古烂土，亦是一样的。"

如此，还有何不明白的？

罪证，他可以压下不呈，但赵久沉也不能从中获利。

这个结果，也是赵久沉意料之中的，因此来时便叮嘱过赵嘉，若"交易"未成也莫再劝。他想趁机拉拢陈怀瑾，便不会在这种小事上轻易同他翻脸。

赵嘉得到答案后，便拱手告辞了。赵久沉的书信随即便被陈怀瑾烧成灰烬，暖阁之内，也只余一缕轻尘，无声无息，恍若什么事情都没有发生过一样。

龙生九子，各有不同。沉稳的赵久沉以及愚钝的太子，注定在将来会掀起一场轩然大波。

乔灵均坐在树上，静静擦拭着手中的九环大刀。

她认得赵嘉，也知晓赵嘉是赵久沉的人。房中的对话她听了个七八，内心翻涌，

亦是忧思重重。

跟赵久沉一样，她也不知陈怀瑾究竟倾向哪方。若说他一心奉行中庸，她也是不信的。同时她亦相信，一个心系百姓之人，不至为恶。她愿意再等陈怀瑾一些时日。

三日之后，圣上龙体大愈，正式临朝。

陈怀瑾的那封折子，也由太子亲自呈到了皇帝的手中。

夹在奏折中的信封被太子扣下，只顾炳怀这一桩，便已令皇上龙颜大怒，不仅当场降了顾方志的职，太子也被勒令于东宫自省。

苏州城内的这一桩贪官案，几经辗转，在几方势力权衡游走之下，暂时落下帷幕。

陈怀瑾这边，自从他砍了顾炳怀的脑袋，打压了各府知县以后，便多了个升堂断案的营生。

这个营生不是他自己要接的，而是在暗中观察了许久的苏州百姓自己找上来的。他们的想法很简单。不求高坐公堂上的这位大人多么德才兼备，只希望他"不贪"和"命硬"。

纵观苏州府历任太守，不是没有到任过两袖清风的官，然而在这片众官皆浊独一人清的土地上，清官们总是会被余下的"污浊"合起伙来算计。或命丧黄泉，或同流合污，他们见得太多了。

因此，当陈怀瑾砍了顾炳怀的脑袋时，没有老百姓来申冤，但当陈怀瑾遭遇伏击，扎了两次没被扎死，还将那乌合之众收拾得服服帖帖以后，他们热烈地敲起了鸣冤鼓。

那鼓，已经蒙了许多年的尘了，就如他们的心一样。

现在这鼓被敲响了，就等同于敲响了他们对新任太守大人的信任。虽然这位看似不着调的大人已经上任一年多，早已不算新了。

而十分"命硬"的太守大人则表示，他可以稍微的，适量的，不要那么多信任。因为自从大家都拿他当个青天大老爷看以后，他就开始了每日鸡鸣就要升堂的日子。

"大人！小人冤枉啊！"

"大人！小人更加冤枉啊！"

大人困得眼睛都眯成一条线了，哪里看得出谁更冤枉？他游魂似的指了指下面人的脑袋，眼无焦点地说："不要生气，给你们倒杯茶慢慢聊，好吗？"

来人的嗓门也没因为那盏茶平和多少，还是一味地急，一味地申辩。

太守大人就迷迷瞪瞪地听着，听到两只胳膊叠在公堂上，快要趴下去的时候，又会被乔灵均眼疾手快地提着衣领子拉起来。

"左边的那个收监，右边那个回家去吧。下一位。"

结果下一位进来又是一嗓子。

"大人，小人冤枉啊！"

他掏了掏嗡嗡作响的耳朵。

"你不要激动，喝杯茶慢慢聊，好吗？"

你也不知道这个看着糊里糊涂的陈大人到底听进去多少，反正经手的案子是没判错过一宗的。

对此，老百姓们乐和了，他们的父母官却有点儿想撂挑子。

陈怀瑾这个人吧，确实是一位精明人物，官场百态，世事道理全在那鬼精的心里。可那鬼精是在药罐子里泡大的，这就难免平添了三分古怪刁钻。

他自幼就被众星捧月惯了，日日被旁人教导着如何休养。过惯了散漫日子，身子骨没那么差了，他还是觉得自己有病，需要养着。

而这种臭不要脸的认知，竟然被他日积月累地发展成了习惯。多做一点儿事就要累死了，多说一句话就要说："我心口怎么这么疼呢？"

医治他的大夫劝他："您都快把这病暗示大发了，您死不了，正常调养就行了。"

他能信你这个邪？朝廷里的官，哪个不是积劳成疾最后累死的？他爹就是累死的，所以他不能那么累。谁说什么都没用。因此，非常经不起累的陈爵爷开始拒绝去衙门了。

乔灵均叫他升堂，他就说自己犯病了，晚点儿再叫人来。

开始的时候，二人还维持着表面的和气，几次以后，耐性都用完了。叫的人没了好动静，躺着的人也没了好脾气，陈怀瑾干脆连病也不装了，直截了当地说："我不起床，你回去吧。"

乔将军站在他床边笑得咬牙切齿。

"大人这话说得是不是有点儿不要脸？"

他以为她想叫他起床？要不是赵久和来信说"陈公生而有惰性，还望灵卿在旁勤勉督促"，她才不会管他睡到三竿。

最关键的是——"你让小厨房不给我肉吃？"

她已经一连吃了三天的叶子菜了！

裹在被子里的那颗脑袋明显僵硬了一下，那是他被她强行拉起来以后干的事儿。然而这种事儿意会就好，当然不会明着承认。

"厨房没肉了，炒不了。"

"你先起来再说。"

她退而求其次地扣住了他的脉门。

"我说了我不起。"

他反手一拂，显了恼意，她蓄力一攻，也不肯惯着。

这件事情最后的结果就是，张城和肖勇带着禁卫和太守府的内侍们，战战兢兢地拉了整整一天的架。

张城和肖勇那日传回去的密报是这样写的：

大人不起，将军扯嗓而唤之。

大人称病未果，被拎堂上。

大人断将军肉，将军卷袖而干之。

大人怒其聒噪日日叨扰好眠。

将军恨其顿顿炒素不让荤肉入口。

互殴至天大亮，食少饭，继续互殴，直至傍晚方休。

远在京城的皇帝神色凝重，只回了一句话。

"下回有事说事，别拽文！"

什么叫"干之"？这是哪个教他的词？

对于此事，宫里的意思是闹起来就拦着，陈家则实际一些，送来了一个颇有才干的师爷刘奉之。

刘师爷是陈府的家生奴才，陈怀瑾幼时的伴读，性子安静沉稳，是个腹有诗书的孩子，处理一些普通的小案也不成问题。

有了刘奉之的陈怀瑾又得偿所愿地过回了懒散日子，偶尔坐坐公堂，会会鸟友。

刘奉之也着实"贤惠"，只有遇上难解的要案才会呈给他。两人一人主外，一人主玩，竟都自得其乐。

这一日，刘奉之从衙门里出来，照旧拿了一张状纸前来商议。赶巧陈怀瑾也没出去，一通交头接耳之后，决定叫上乔灵均一起出去查案。

结果二人来到乔灵均院里的时候，正好看见她大开大合地在院子里洗头。

她好像总不记得自己是个女孩，做事也从来带着股糙劲儿。交领的公服被她解了三只扣子掖在脖子里，青丝垂了一盆，雪白的一截嫩脖子就那么暴露在阳光下，绒毛都看得分明。

刘奉之扫了一眼便迅速背过身去，陈怀瑾也想背身，却在转身时跟她对了个正着。

"今日天气好，你们要出去？"

她大大方方地跟他打了声招呼，又因为头脸都刚刚洗过，透出一股水润的红。

两人自打完那一架后，便过了很长一段彼此爱答不理的日子。但这日子也没有过多长久，一个安安稳稳睡饱了觉，一个扎扎实实吃上了肉，就都冰释前嫌了。

然而他今日却是难得的安静。她见他不说话，便将滴着水的长发偏向一边，一面用帕子擦着，一面走近了两步，看了一眼他手里的状纸。

"去查案子？"

清甜的皂荚混着女儿香一股脑地涌向陈怀瑾，脸是鲜嫩的俏，颈子是白嫩的腻滑，前襟洇湿了大半，再往下移，他转过头去，几不可闻地轻咳一声。

"对。我们去抓鸡，你去吗？"

"抓鸡？"

她以手为梳将湿着的长发利落地拧成一个卷，捆上发带。

"抓哪儿的鸡？"

"苏州城北王来福家地里的。"

"走吧。"

乔灵均将帽子扣在头上，抬脚就要出门，又被陈怀瑾一把拉住了胳膊。

"衣服扣一下。"

她这才想起衣服还掖在脖子里，也没觉得有什么大不了的，大大咧咧地一扯一扣，又说了句"走吧"。

陈怀瑾这次没再说什么，眼瞅着她背手哼曲儿，爷们儿似的迈出大门以后，方缓缓呼出一口气。脑子里反反复复想的都是，她到底是怎么长到这么大的？以及她不经意流露出的那抹娇俏。

乔灵均到了地里比城里要畅快得多。

她不喜欢在四四方方堆满院墙房舍的地方长久地待着，郊外良田广阔，会让她想起当年征战时辽阔的黄土。

一个营生做久了，总会下意识地怀旧，她有些想念那空旷的平原。为了把怀旧进行得更加彻底，乔将军干脆选了一块最高的土坡执刀而立。

风吹来，鸟飞过。她闭上眼，缓缓举起长刀，好像回到了号令千军万马的岁月。

她这次班师回朝就等同于解甲归田了。皇帝疑心她拥兵自重，她少不得要赔小心。

归田的武将现在跑来地里抓鸡了，真是十足的讽刺！

王来福家的人只道太守是来查案的，带来的人却一声不吭地往土坡上立着，不由得小心翼翼地问："那位官爷……"

"忆往昔峥嵘岁月呢。"年轻的太守大人无奈地摇了摇头。

王来福家的案子，起初只是个简单的民状。他是苏州城里的大户，手里攥着几亩田地，田做麦收，地养鸡鸭，供应着苏州城内城外的许多商户。

生意做得不错，买卖上也没出过什么纰漏。这段时间，地里的鸡鸭却总是无缘无故丢失。王来福认为，这是手底下看护的人手脚不干净，私下彻查无果之后，便将一干守地的鸡农都告上了公堂。

这件案子当时是由刘奉之受理的，判了鸡农无罪。因为这么大批量的鸡鸭丢失，不可能是吃了扔了，一定是拿去卖了。而临近的几家商户都没有跟鸡农有过王家以外的任何一笔交易，这足够断定此案与鸡农无关。

然而这案子才刚断不久，王家的人就又来了。

这一次他们损失了整整三百只鸡，鸡没丢，全在鸡圈里，通通被咬断了脖子，凄凄惨惨地躺了一地。

刘奉之预感到此案棘手，便立即上报了陈怀瑾。

王来福还在一边没完没了地哀叹："都没了，我这头刚刚接了柳城一个大单子，还没装车就死了一半，这可怎么得了？"

陈怀瑾不言语，只盯着鸡脖子处的伤痕端详。

这些鸡是被动物的利齿咬断脖子的，那么多只鸡被咬死，鸡农却没有听到任何动静，说明这种动物也必然是结群而来的，并且速度极快。而结群又能如此迅速杀死猎物的，最大的可能性就是……

"狼。"

第五章

狼

出没

"狼?"

王来福惊愕地看向陈怀瑾,愣了一会儿神,又斩钉截铁地摇头。

"我的田庄是离城最近的一处所在,一不挨林,二不靠山,就算有狼也不该直冲着我的庄子咬啊。"

他又看了看陈怀瑾说的那些齿痕。

"会不会是野狗?狗牙也利,也群居,咬死一群鸡也不是不可能。"

"不是狗。"解甲归田的乔将军终于悲怆够了,扛着比自己矮不了多少的九环大刀,"哗啦哗啦"地溜达过来。

"狼和狗都有犬齿没错,但狼的裂齿更为发达,上臼齿有明显齿尖,下臼齿内侧有一只小齿尖和后跟尖。"她执起其中一只奄拉脖子的鸡指给王来福看。

"鸡脖子上的齿痕前后跟狼的完全一致。"

王来福还想辩驳,又见她指了指地面上的爪痕。

"狼奔跑时都以后足发力,扎进地面的那些爪痕可不是鸡那么单薄的爪子可以抓得出来的。"

最近天干,虽不容易在地面留下印迹,但这么一大群东西奔过去,不会一点儿痕迹都不留。她过去行军也遇到过狼群,因此对它们的习性尤为熟悉。

答案显而易见。王来福家的鸡,确实是被狼群围攻的。

得到了答案的王来福,脸色却没有好看多少。

他大概也知道事实难争,一面愁容满面,一面近乎偏执地念叨着:"真遭了狼?怎么就遭了狼呢?真没可能是野狗?"

陈小爵爷晒了一下午的日头,懒得听他絮叨,了解完情况就自顾自地上了马车。他让王来福等他的消息。

乔灵均这次没跟刘奉之一起驾车,而是一弯身,跟陈怀瑾一起钻到了车内藏青的软垫子里。

"这个王来福是不是有什么蹊跷?"她直截了当地问。

常人报案都想第一时间侦破,既已知道了是狼群所为,他为什么还要往野狗身上引?而且查案过程中,他一直闪烁其词,是想掩盖什么吗?还是,做贼心虚?

陈怀瑾正撩开帘子看时辰,听了乔灵均的话以后什么也没说,先埋头给自己倒了碗药茶。这个时辰要补肝脾了,差点儿就耽误了进补的时间。

淡黄的汤汁黏糊糊地灌了满喉,是他最不喜欢的甜腻。不喜欢也皱着眉头喝了,他时刻记得要养生，又倒了杯清水漱了口，才转脸看乔小九。

她还在那儿琢磨呢。没有巴掌大的脸上，两条眉毛几乎拧成了一个疙瘩。

"那上面的齿痕确实是狼牙，王来福为什么……"

武官的性子直起来，果然都是一根筋啊。他有些好笑地倒一盏茶给她。

"王来福没什么蹊跷的，别瞎琢磨了。"

"没什么蹊跷他为什么总引我们朝野狗的方向想？"

陈怀瑾整个人都歪进软垫子里，拨旺他的小手炉。

"那是因为我们想找的是这起事件的答案，而他要的，是这个答案背后有一个主谋。"他抬起眼看了看她直勾勾的眼，"不明白？"

"不明白。"

不明白也正常，她那么长驱直入的性子，哪里想得到这种弯弯绕？

"你还记不记得我们刚过去的时候，王来福说过什么？"

刚过去的时候？乔将军仔细回忆了一下，发现自己当时光顾着摆背影了。

"好像……"

"我知道你不记得，我就是想提醒你，你那个背影一点儿都不英武，特别像傻子，下次不要再摆了。"

她气得横眉一扫就要拔刀，他又收回了嘴角的戏谑，一面看着手中的炭火逐渐红热，一面慢条斯理地道："他刚刚接了柳城一个大单子，鸡鸭还没装车就死了一半。死一半，剩下的一半就要赔钱。如果死的这一半是有人蓄意为之呢？这个钱是不是就有地方找补了？如果死的这一半只是因为遭了狼袭，你说，他是不是只能吃下这个哑巴亏？所以我说，他要的不是这起事件的答案，而是需要答案背后有一个主谋……"

"只有这起事件有主谋了，他的损失才有可能得到赔偿。"乔灵均这才恍然大悟地接口道。

"所以，他才希望咬死鸡鸭的是野狗。因为人或许有可能驯服得了大群野狗，却鲜少能驯服大批野狼。是狼，就很难再往人身上栽赃了。"

乔灵均舒展了眉头，跟陈怀瑾一样没骨头似的歪到了软垫里。

歪了一会儿，她又忍不住爬起来道："他活得这么绕，肠子不疼吗？"

陈小爵爷笑意沉沉，带了几分倦意："都活成你这样，肯定都不绕了。反正有力气去抢。"

他说完翻了个身，是犯困了。

乔灵均也忍不住笑了，笑一会儿，又板起脸准备卸了他的胳膊："就你歪歪肠子多。"

两人一笑一闹地过了两招，没真动怒，聊做切磋。一路暗中跟随的张城和肖勇却不知道里面发生了什么，生怕两人又动手了，一股脑地带人冲到了车里。

"将军，有话好好说！"

"爵爷，算了，爵爷！"

结果发现两人都是分外地心平气和，毫无你死我活的征兆，张城、肖勇尴尬至极，好好的暗卫发展成了明目张胆的拉架团，还有什么脸？又赶紧一股脑地带人跑了。

"据说这些禁卫也是你的兵？"他懒洋洋地支着头问。

"不算正式编制。"她垂下眼猛灌了一口茶，不想承认这些人跟自己有一丝一毫的关系。

"所以王来福的案子就是野狼所为？"她又将话头转回案子上。

他若有所思地摇了摇头。

"现在还不能下定论。王来福有一句话说的是对的。他的庄子是靠近苏州城最近的一处所在，就算真的遭了狼群，也不该他最先遭殃。"

最大的可能就是，狼群本就是冲着他来的。可狼群无人指使，又如何能这样精准地找到他的庄子？第一次是几十只，第二次是几百只。这得有什么样的深仇大恨才至于此？

"明天我们去山上看看。"

在苏州城北有一座高山，名为领月峰。据说在月圆之日在此峰看月最为圆大，因此而得名。初时领月峰还招来过很多文人雅士登高望月，后因苏州雨水连绵，山路陡峭，一连摔死过很多雅士，就没有人为着几首酸诗不要命地爬了。

再说峰上，高林耸立，草木遮阴，是处十分适合野兔野猪生存的地方，也曾有许多猎人在这里猎杀野味到城中卖，后来不知怎么的，这些猎人都消失了。有人说是遭了狼群围攻，也有人说是路滑坠崖，反正各执一词，千奇百怪的答案都有，久而久之这峰也就没人敢去了。甚至有时，哪家大户私下处死了丫鬟，或是饿死了仆役，也都卷着席子一股脑地往半山腰扔。扔到最后，满山都是一股阴气森森的劲儿，转而又被叫成坟岭了。

陈怀瑾和乔灵均去坟岭那天，赶巧是一个大晴天，初冬的雪下过一茬之后，又都化了。山路一路自山脚蜿蜒而上，因为杳无人烟，这片深山之中的苍柏遮天蔽日，杂草都有半人多高，是狼群最喜欢的隐蔽所在。

然而此时的坟岭全然是一派宁静景象，莫说狼群的踪迹，便是鸟儿都未见有几只出来扑腾。

陈怀瑾打算再往高处去看看。

入冬后，狼群会找一处较高的山洞作为取暖栖息地，一来遮蔽风雨，二来可作为储备食物之所。狼白日出去觅食，夜晚方归，他们此时寻找也相对安全很多。

陈怀瑾正准备知会乔灵均一声，运起轻功再寻一寻，却没找见她。

这丫头自打进山以后就愉快得像个疯子，偏生她那个头儿又没草高。于是，陈怀瑾只能皱着眉头喊："人呢？出来说话。"

草丛里很快传来窸窸窣窣的动静，不久就看到她艰难而用力地露出了一颗脑袋。

"这儿呢，你看不着我吗？"

能看见才怪，陈小爵爷摘了摘袖子上的杂草，颇有些后悔，应该在来之前往她那双靴子里多塞几双鞋垫。平时怎么就没觉得她这么矮呢？

"你不要乱跑，深山里很容易迷失方向。"

他都有点儿想把她拴在裤腰带上了。结果这话很快就遭到了反驳。

"我们已经迷失方向了。我不乱跑，怎么知道要朝哪个方向走？你都在同一个地方转了三圈了你知道吗？"

她也是进山以后才知道陈怀瑾是个路痴的。

路痴还不承认自己路痴，非要走在前面，一旦发现走不对了，又要高深莫测地感慨：周遭的树都长成一个样。

陈大人脸上的表情有点儿困窘，嘴巴僵硬地张了又张，不说话了。

双方各有长短板，入山之后的乔灵均很快显示出了她的才干。过去行军打仗，她经常带兵钻山走林，主将若是都能走丢了，那这兵也就不用带了。

日头将落之时，两人终于在深山里寻到了一处洞穴。不知是不是嗅到了人味儿，洞中并未见到有狼出没。咬断脖子的鸡鸭被堆在一处，若不是天气寒冷，只怕这味儿早就熏得人待不下去了。

"它们第一次去王来福的庄子，应该是觅食和囤积过冬的食物。"乔灵均抖落着一只鸡过来如是说。

"傻子都知道，快点儿放下！"陈爵爷没好气地后退了两步，又要咳了。

他对动物的毛发和味道十分敏感，闻不得太久。

不过这洞穴又透着一股说不出的诡异。他自袖中掏出一方帕子护住口鼻，又朝内走了走。

食物被归置在左侧，右侧叠着厚厚的干草堆，草上有大团大团的狼毛和压睡过的痕迹。他知道动物都有取暖意识，可这稻草，是不是摆得太规矩了些？

他开始一声不吭地扒稻草，果然在夹层中发现了一大块棉布。他起初以为是棉被，完全扯出来以后才发现，这是一件打着补丁的女人的外袍。

陈怀瑾是富贵堆里的人精，因此对布料十分了解。这件衣服上的花纹，是早年间的样式了，衣领是右衽盘钮，花样算不上精致，却可以看出并不是寻常布衣人家穿得起的。可若非布衣人家，为何还打着许多补丁？

陈怀瑾迅速想到了两个可能，有人家道中落逃难进山中，被狼群吃了。可狼吃人，怎么会留下这么完整的衣服？况且洞内也并无骸骨。

那么，还有一种可能就是……

"真的有人生活在狼窝里。"乔灵均自洞穴最深处走出来。

她在角落里发现了燃烧过的一小堆柴火，柴火上还架着锅，锅内有数日前煮过的肉。

殷红的霞光布满了整座山林，两人决定先带证物回去，避免在夜间跟狼群产生正面冲突。

而让陈怀瑾和乔灵均没有想到的是，他们前脚刚迈进府里，王来福就带着一众人，气势汹汹地冲到了衙门。

他说："大人，我们找到杀鸡的真凶了!"

王来福说他找到了杀鸡的真凶，并且有理有据地写了一张状纸，状告的是苏州城另一家鸡鸭大户张广进。

状纸上说，他们两家素日里就是竞争对手，尤其在他抢了张广进柳城的买卖以后，矛盾就更加激化了。于是张广进就暗地收买了他庄上的鸡农王坤、谢林等人，故意杀鸡让他做不成这桩买卖。届时，他便可以乘虚而入，将柳州的生意重新揽回手中。

动机是站住脚了，至于狼群……

王来福道，也是张广进暗地找人训练出了一批野狼。具体怎么饲养的他暂时不知，但是王来福的鸡农王坤和谢林等人可以证实，确实有人连夜赶入狼入圈，咬死了上百只鸡鸭。

王坤和谢林等人也对自己的罪行供认不讳，称原本只是以为张广进想搞些小动作，搅黄这桩买卖，他们也乐得赚些小钱，没想到他会将事情闹得这么大。再加上这件事情惊动了太守，他们生怕事情败露，要赔偿这上百只鸡鸭的缺口，因此齐齐跑来招认了罪行。

证人、证词都有了。陈太守在"铁证"面前慢条斯理地进食着晚膳前的最后一道汤药。药有些烫，要凉一凉再喝。

"上次被告的也是你们吧？几百只鸡赔不起，几十只就赔得起了？"

王坤、谢林一时被堵得语塞，王来福连忙赶来接口道："大人，他们是以为无凭无据便可以搪塞过去，没有想到张广进还会再来第二次。"

他又生怕太守不信，便将如何追问王坤、谢林等人的过程也说了一遍。

"他们知道张广进是个碎嘴，接下这桩生意以后必然要四处炫耀，万一哪日他黄汤下肚将他们抖出来，他们也没好日子过。张广进是多张扬的一个人，满苏州城谁不知道？"

"是吗？"

陈怀瑾一口一口地将药喝进口里，药浆浓稠，他喝得缓慢。喝得被这冷凝的气氛越发搅得无措的王来福，沁出了一脑门子冷汗。

"你倒是比当事人还清楚明白。"陈怀瑾缓慢地说着。

堂外又在这时响起了击鼓声，是闻讯而来的张广进带着人来了。

张广进果然如王来福所说的一样，是个张扬的性子，上了堂跪拜了大人以后，抡起胳膊就给了王来福一拳头。

"你家鸡鸭死了供不上货，就拿我们家当替罪羊。怎么，没人补得了你这个缺了是吧？说我花银子收买你家的鸡农，你倒是给老子说说，谁给的他们银子？"

王来福没想到他会来得这么快，本来还想在陈怀瑾面前装可怜相，生生被这一拳头抡出了火气，跳脚就骂："谁给的银子？就是你二儿子张富林，我有证人，能证实鸡鸭死的前一天晚上，张富林跟王坤见面了！"

"胡扯！"张广进撸起衣袖一把抓起王来福的前大襟，"我现在也跟你见面了，我是不是也被你收买了？你早就想下套给老子钻是不是？我告诉你，没门！"

两人就此又是一番推搡。

然而这番推搡又不能真的把谁给推死，当事人就是说一千道一万，坐在堂上断案的那个人才是最终拍板定案的关键。

于是，张扬的张广进不张扬了，"扑通"一声跪倒在地，开始掏心掏肺地喊："大人！小人也要告王来福污蔑！他故意引狼群咬死院中的鸡鸭，栽赃于我。求大人做主啊！"

王来福一看他跪了，那自己也得跪。跪得膝盖骨都脆生生地响。

"大人！您都看见了，张广进因为事情败露，恼羞成怒，不仅动手打人，还反咬一口。求大人为小人做主啊！"

二人一时声泪俱下，像是在比谁更可怜一般，结果号了半晌根本没人搭理，鼻子一抽，还闻到一股子菜味！

两人擦干眼泪一瞅，公堂之上不知何时已经传了菜。陈怀瑾和乔灵均就穿着一身官服公袍，坐在"明镜高悬"四个大字底下，吃得不亦乐乎。

"你怎么不夹这个？"陈怀瑾指着其中一盘肉问她。

"今天的肘子不肥，太瘦了。"她只肯往炒得焦香油脆的五花肉上夹，"这块精肉不错，你不是爱吃这样的？给你。"

她说完以后用筷子一分，肥的归她，瘦的落到了陈怀瑾的碗里。

他见她胳膊伸得费劲，不由得拍了拍软垫："要不要加个垫子？"

"加俩吧。"公堂用的桌子对她来说是有点儿高，椅子离得又远。

"我这么坐着。"她蹲在上头，示意他就把垫子垫在这下面，"再够不着我就站着吃，你不用管我了，今天的青菜叶子挺脆，你多吃两口，累了一下午了。"

一顿晚饭，被他们吃得极为和谐，有滋有味。

乔灵均其实是个很容易放下仇恨跟人好的主儿，大事小情，只要不通敌叛国都能翻篇。对于自己的身高，她也十分有数，因此，陈怀瑾在"关怀"她的时候，语调里没有戏谑，并且不断她的肉，她就可以拿他当自家兄弟一样招呼起来。

陈怀瑾亦然。只要乔灵均不急赤白脸地叫他起床，他也很愿意喜欢她一下。

两人是真饿了，折腾了一天没吃上饭。他们能亏了自己的胃，听你们在那儿唠叨？皆不是肯"舍己为人"的人物啊。

王来福和张广进就只能在下面等着，肚子里生出的那点儿火气，再次一点儿一点儿地被菜味磨没，生出无限的饥饿感。他们真是头一回见识到有人在这儿吃饭的。但没见识过今日也见识了，上头的那位吃足了，撂了筷子，才有你说话的份儿。

"不吵了？"陈小爵爷用茶水漱完了口，终于肯搭句话。

"不……不吵了。"两人也没敢再嚷嚷。

眼见着他慢悠悠地从堂上下来，俯了身，端详了他们一会儿。

"不吵就回吧，有事明日再来，我后院的花还没浇水呢。"

病秧子苍白的脸色因为食物的填充，透出了红润。红润过后，他就该犯困了，一双眼皮都跟着怏怏的，但就算怏怏的也得浇花，所以要赶走一切碍眼的人。

至于主动跑来认罪的鸡农，陈怀瑾垂下眼梢问他们："那日带狼群进庄子的人是男是女？"

他的语调分明平平，却让王坤和谢林各自打了一个寒战。

"男……男的。"

"哦。"他也没细问是什么样的男的，多高多壮，端着冒着热气的茶水走出衙门，只留了一句，"也是倒霉催的。先收监吧。"

陈怀瑾不是一个按常理出牌的人，一句"倒霉催的"，留得恰恰当当，让人好一顿琢磨。王来福没读过几天书，初时还觉得糊涂，待到回到家里一思量，明白过意思来了。

今天王坤和谢林两人的证词，他一个字都没信。不仅没信，还将这里面的道道看得清清楚楚。

他知道王坤和谢林他们就是因着做了庄里守鸡鸭的活计，不得不强出这个头。庄子里的东西丢了要被冤，丢多了，还要迫于压力拉着张家的人一块下水。所以他说他们两个是倒霉催的。

王来福知道陈怀瑾精得像只狐狸，根本不信他的说辞，可王来福也打定了主意将这由头一口咬到底。这庄子里的鸡鸭要真是被没主儿的狼群咬死的，他的银子就得放血似的往外赔，赔了，他也不能一个人遭这活罪。

王家的鸡鸭自从死了以后，张广进便成日地幸灾乐祸，说王来福就算抢了他柳城的生意，也没那个命去接。因此王来福早恨不得撕了张广进那张嘴，张广进今天还动手打了他，他就更要咬着，咬个你死我活，都接不成生意再说！

与此同时，被咬了一口的张广进也在家气得太阳穴一跳一跳地疼，正指着二儿子张富林的鼻尖一个劲儿地骂呢。

"你找不着人说话了？非去找王家的鸡农？这下好了，让王来福逮到机会栽赃了。上头那个官也不知道靠谱不靠谱，万一要懒得查顺手就这么判了，咱们就得干吃

　　张富林被骂得脸红脖子粗。他那天就是上街遇到王坤随口聊了两句，他哪知道王家的鸡第二天就死了？哪里会想得到，这随口聊了两句就硬被说成收买了？

　　张富林被骂到最后，也来脾气了，梗着脖子跟他爹吵了个天翻地覆。气昏了头的张广进根本不知道，老三张春娇正趁着这一通吵嚷，悄悄从后门出去，找上了王家的大儿子王大有。

　　此时的苏州城已经坠入一片黑暗，乌云遮月，没有银盘之光可以照路，只依稀辨得两盏昏黄的灯在郊外相对而立。

　　没有人听到他们说了什么，大概相谈不欢。一时风起，一时叶落，疾风吞没了大声的质问，也吞没了相互推脱的冷嘲热讽。不过片刻，两盏灯便不欢而散了，一个先回了城，一个隔半刻后动身。

　　整个过程由来到去，不出半个时辰。他们自信约在子时以后，约在杂草丛生的郊外是不会被人窥见的。也没有察觉到，蛰伏在暗处，盯着他们的一双双绿油油的眼睛。

　　太守府的大门，是在子时三刻被敲响的。

　　王来福推着血肉模糊、满身齿痕的王大有跌坐在地，哭得什么章程都没有了。

　　他说他的儿子被狼咬死了，仆役发现的时候人就已经断了气。狼为什么不吃鸡，改吃他的儿子了？他又哭了一会儿九代单传，哭了一会儿苍天无眼。哭够了，两眼直愣愣地看向张家大宅的方向，开始指天对地地怒骂。

　　"肯定是张广进让狼咬死的，肯定是张广进让狼咬死了我儿子！"

　　他混乱不清的神志一定要他迅速找到一个可以讨债的人，这一次，无关生意上的纠葛，就只是非要找到一个最有可能的人放声痛骂。

　　张家的人又在这个当口出现了，这次他们并不是闻讯而来，而是张家的三女儿张春娇也在今夜遭到了狼群的围攻。

　　张春娇遭狼围攻，幸运的是，这场围攻发生在城内。响彻长巷的女人的呼救，以及午夜悠长的狼嚎救了她的命。

　　张春娇被闻讯举着火把赶来的夜巡官兵及时救了下来。胳膊和腿部虽然多处被咬伤，到底没有伤及性命。

　　张王两家在一夜之间都遭了狼袭，一死一伤。王来福眼见张家被伤的那位还好端端地站在那里，自己的儿子却咽了气，整个人都自胸中生出一种扎皮挠骨的怨恨和不甘。

"为什么只有我的儿子死了？为什么你的女儿还活着？"

从恨声怨语到声嘶力竭，王来福像是硬要撒出这份郁结在胸的丧子之痛，狠命撕扯着张广进。

张广进也不是任人捏的软柿子。你抓他的衣领子，打他的腮帮子，他必然要有几句还几句，有几拳还几拳。并且要还得比你重，骂得比你凶。

王来福的庄子遭狼，本来跟他们家一点儿关系都没有。他还乐得在外头看热闹，不知怎么就成了热闹里的当事人了。

王来福在那儿扯着嗓子问他"凭什么只有我的儿子死了，你女儿还活着"，他还想问王来福"凭什么你们家的鸡鸭死了，我们家的也要跟着死"呢。

张广进一个晚上接连收到了两个消息，一个是女儿受伤，一个就是庄上的鸡鸭被狼群咬死了大半。

他二儿子随口跟王家鸡农说了句话就被告了状，三闺女和庄子也遭了狼，他找谁说理去？他找谁倒打一耙去？他这祸遭得比王来福更加没有来由。

张广进一时间只觉心中奔涌出无限的邪火，跟王来福打了个你死我活。

两家家仆见状，也都不拉架了，一时之间你给我一拳，我打你一棍，非要弄出几条人命才能安生一般。

"我儿子是九代单传，我们王家的独苗。"

"那是你儿子活该，活该造了孽要还！我女儿难道没有死在你家？你该受的！"

"你还好意思提你那个女儿……"

两人怒急之下都没留神，吐出了从未在人前吐露过的禁忌。吐完以后各自皆是一震，又像是有默契一般，将剩余的话活生生吞了下去。

两家家奴仍在拳打脚踢，没有人注意到这两句冲口而出的秘密。

耳力好的除外，一直由着他们闹的陈小爵爷默不作声地掏了掏耳朵。

陈怀瑾方才检查过王大有的尸体。浑身上下血肉模糊，被利齿一口一口撕扯过。它们咬掉了他的皮肉却不吃，连皮带肉地留在他身上。

王大有的面部完全扭曲，双目圆睁，惊恐异常，可见死前遭受了极大的痛苦和惊吓。

然而一匹狼，或者说一群狼，想要一个人的性命需要用这么麻烦的方式吗？

狼群下山无非是为了寻觅食物，寻到了，却不吃王家庄的鸡，不嚼张家庄的鸭，也不吃人。它们一口一口将肉撕碎，看着王大有痛苦地死去。

那更像是一场恨之入骨的报复，一场蓄谋已久的畅快复仇，非要此人受尽万般折磨后咽下这口气才肯罢休，非要张王两家哭天抢地，不得安生。

更为关键的是，陈怀瑾在王大有的身上，发现了属于人的齿痕！

这些齿痕内也有獠牙的痕迹，如若不仔细分辨很难看出来。在王大有的身上，这口属于人类的牙齿，甚至比狼的利齿撕咬得更密集。

他又将视线转向了躲在角落里的张春娇。

她的胳膊上也有被狼齿咬过的伤痕，脸色从头至尾的苍白。她显然被吓得不轻，但是陈怀瑾知道，让她脸色苍白至此时还无法回色的原因，绝不仅仅是狼。

她眼神中的"惊"是真的，"怕"也是真的，"怕"和"惊"都不完全纯粹，还杂糅着一团浓重的惧意，这团惧意背后应该有所有问题的答案。

"你看到了什么？"陈怀瑾走到张春娇面前，直截了当地问。

她还沉浸在惊惧中，显然没有想到他会过来，慌慌张张地整理好情绪道："我看到狼，一大群狼。"

"你知道我问的不是狼。带领狼群的那个人，是男是女？"

她的眼神开始躲闪："我没看清，天太黑了。"

陈怀瑾不动声色地看着她。

他的属下回禀说，她在呼救的过程中一直反复呼叫着两个人的名字，其中一个的尾音应该是"月"，另外一个因为狼群的嚎叫声此起彼伏，很快被湮没了。

陈怀瑾说："有人看到过他的背影，肢体形态都似狼，有利齿。手指和脚趾都聚如钩爪，动作迅猛……"

他故意引导她陷入回忆，话说得真假参半。真的是，他依靠方才的分析推断出来的结论；假的是，至今没人看清带领狼群的到底是什么。

他见她神色惶恐地后退也不紧逼，只缓声陈述着一个事实："你们的庄子也死了鸡鸭，跟王家庄上的情形一模一样。王来福的鸡鸭死了，紧接着又死了人。你觉得你们家下一个死的会是谁？"

"这……大人难道不会派人保护我们吗？"她还抱着侥幸。

"狼是防不住的，它们行动敏捷，擅长伏击，总是群体行动。而人，总有落单的时候。"

"你知道，它们是冲着人来的。"陈怀瑾的话字字都命中了张春娇的脉门。

"是……是个男孩。"张春娇终于说出了这个答案。

这个答案让她憋闷了很久，也惊惧了很久。出口以后，她又陷入无措。无措到，当她听到陈怀瑾用肯定的语气问"你认识他"时，险些跌倒，连忙又大力地摇头，斩钉截铁道："不认识，我不认识他！"

张春娇说了带领狼群的是个男孩后便不肯再提供任何信息了。再问，也只是摇头。再试探，也是一味地以夜色昏暗为由搪塞。甚而至第二日天明，又将人说成是王家的仆役。案情再次回到了张王两家互相推脱指责的老路上。

陈怀瑾料到张春娇会反口。前有王来福指使鸡农做伪证，后便会有张广进如法炮制。

衙门内，张家的人和王家的人还在没完没了地互咬，咬得乔小九来了脾气，挥着铁链子将人全部关进了太守府的大牢，而后又安排了两队人马巡查，在王张两家的庄上留了人看守。

她大刀阔斧地折腾出了一脑门的汗，捕头帽也不戴了，一面抱着个海碗咕咚咕咚地喝了一顿凉茶，一面走到后衙陈怀瑾的书房里。

"这要换我从前的脾气，肯定挨个拎出来把他们脑袋都砍了。"

这起案件已经从鸡鸭闹到人命了，他们却还算计着自己的小九九。

陈小爵爷正靠在八仙拜寿的沉香木榻上，端详上次在山洞里拿回来的衣服，见她满头官司地进来，不由得笑开了，挪了点儿地方，拍了拍铺着松软棉絮的垫子道："看你那一头汗，躺着歪一会儿。"

乔灵均就歪着，歪得跟陈怀瑾素日里没骨头的样子一样。他往她脑袋底下塞去一只软枕，她就微抬了头让他放。

枕头是缎面的，是他往日小睡时常枕的。榻底的垫子软绵绵的，歪得她有些昏昏欲睡，并且模模糊糊地发现，自己竟然越来越得了他惫懒的真传了。

"张春娇说带领狼群的是个男孩，也是信口胡诌的？"她歇了一会儿乏，又看了一眼他手里的女子外袍问道。

"不像。"

"一个人的眼睛是很难说谎的。张春娇说出这个答案时，眼神里有很浓的惧意。"

陈怀瑾是察言观色的行家，乔灵均很信任这一点。因此他说是，那便是。只

"她为什么不肯道出实情？她瘦得通身就像柴火棍，王家庄的案子还会跟她有关不成？"

"王家庄的案子或许没有，其他的就不一定了。"

一个人极力要想隐藏秘密只有两种可能，一种是不为人道，另一种便是曾经参与其中。

乔灵均此时也有一些福至心灵。

"如果领头的真是一个男孩，狼窟里的那件女人的衣服就一定是破案的关键，对吧？可是，孩子又是如何在那样艰难的环境下活下来的呢？"

山中条件恶劣，常年阴雨，单凭狼群的照管，如何让一个稚儿活下来？

"可能有人救治过他。"

陈怀瑾拿出一个木兰花边的紫檀木盒。这是在女人的衣服内袋发现的，盒中药丸已经用光，盒中药香却经久未散。

乔灵均凝眉，深嗅了一口："是兰心草！"

她辨得出其中一味的药香，这种草药分外金贵，既能固本培元，又有增进内力的功效，是许多江湖大派趋之如鹜的良品。

这样的东西为什么会在山中出现？

"难道说，救治狼孩之人是江湖中人？"

"准确地说，是天风山冉兰宫宫主秦五下。"

第六章

江湖

奇門冉兰宫

紫檀木盒上的清荷云兰，是冉兰宫独有的宫标，秦五下擅岐黄之术，好起炉炼药，狼孩可以平安度过山中岁月，身体强健，必然跟他有关。

乔灵均也听说过冉兰宫的名号，但知之甚少，况且——

"就当如你所言，此药出自冉兰宫，你为何如此笃定，救治他的是秦五下？秦五下既然救了狼孩，又为何不干脆将他带出山中抚养？"

"因为冉兰宫内弟子多喜独居，常年闭门谢客，研究一些机关暗门，唯有宫主秦五下喜欢四处游玩。至于为什么没有带狼孩一同离开……"陈爵爷轻咳一声，颇有几分无奈道，"大概是又迷路了吧。"

秦五下是路痴，方向感极差，众人只当他爱四处游走，一走便是一年半载，并不知他只是找不到回宫的路了。

想来他救下狼孩以后，并非不想带他出山，而是试了多次未果，还把孩子绕丢了。

乔灵均此时听出了些兴味，眉头微挑，对陈怀瑾道："你又怎会知晓得这般清楚？"

认识，相熟，还是……

"我是他座下的关门弟子。"

这句话，陈爵爷说得颇不情愿，紫檀木盒也被他嫌弃地丢到一边。他至今都觉得，自己不识路，跟秦五下有着必然的关系。

"师父，我们是从哪个大门出来的？"

"不知道。"

"我们现在应该朝哪个方向去？"

"不知道。"

"那我们……"

"坐在这里等，总会有人路过看到我们的。"

这是师徒俩当年说得最多的对话，而且，地点就在冉兰宫。秦五下连在自己宫中都会走丢，何况偌大的坟岭？

陈爵爷显然不想再聊秦五下，摸着乔灵均梳得柔顺的头发道："还累吗？不累的话，我们再去坟岭走一遭。"

难怪他今天这么殷勤呢，原来是要让她一起跑腿。

乔灵均半坐起身，也没再问。只戏谑道："先喂草，再让马儿跑？大人打得一手好套路啊。"

陈怀瑾笑得有几分无奈。

"喂草你又要跟我打架，我可没有那么好的身子骨。晚上回来给你吃肘子，肥肘子！"

两人说完都忍不住笑了，不多时便准备好行头，上路了。

是日风和日丽，虽是查案，两人的心情也不由得随了这份万里晴空。

但是有些地方，总是晴空无法照亮的。张家大宅的后院里，张春娇将所有的窗户都关上了。

自从遭袭以后，她便一直沉浸在一种惴惴不安之中。

现在没有人知道，她在案发前曾跟王大有在郊外见过面了。唯一可能会说出这件事的人也已经死了。死人是不会说话的，可她现在又万分希望，王大有没有死。

他不死，她才有可以倒一倒她被搅扰得无法安睡的这口苦水的人。张春娇闭紧眼睛，脑中不断闪现着案发当日的画面——黑夜中青绿的眼睛、迅猛的野兽、锋利的獠牙以及缓缓自狼群中走出的那个男孩的脸。

"你们家里遭了狼，会不会是当年坟岭……"张春娇脑中一时又跳出了她跟王大有在郊外的对话。

"我听说你们庄里遭了狼，狼都是住在大山上的，会不会是……"

"会不会是什么？"王大有不耐烦地皱起了眉头，"你大半夜叫我出来就是问这个？你们女人就是爱瞎琢磨，我们家遭的是狼，又不是鬼！"

"但这狼遭的也邪门啊，你想一下，是什么原因让狼无缘无故只咬你家的鸡鸭？她当年说过，就是死了也要报复……"

王大有的神色有一瞬间僵硬，随即发了很大的脾气。

"什么报复不报复的，你觉得她还能在那样的地方活下来？过去的事已经过去了，你别总提这些有的没的。"

"可这件事情确实发生过，怎么可能过得去？这么多年来，我一直没有忘记她说这句话时的眼神，你做得太绝了，那毕竟是你的妻子，你的儿……"

"别在事后装好人了。"王大有语带嘲讽地打断她的话，"当年的事儿，你全程都在场，现在才想起惺惺作态，给死人看？"

窗外的风突然吹开了窗棂，骤然袭来的冷风让张春娇打了一个结结实实的寒战。

是啊，做给死人看吗？死人，也未见得肯看吧？那死人的孩子呢？

她又想到了那日那个男孩看她的眼神，以及他眼底充斥着的满满的怨恨。

人的长相或许会变，脸上的缺陷却永远无法改变。

"王大有，你在死前，有没有认出他？"刺骨的寒风吞没了张春娇的低喃。

外面的天，要变了啊。

陈怀瑾与乔灵均再度入山。

这一次的坟岭之行并没有上次那般顺畅，暖阳高挂的天，突然就降下一场急雨，拦住了二人的去路。

苏州一带的寒冬很少能落下结实的雪花，偶尔几场雪也都是轻薄的雪花，多数如现在这样，落下含着冰的大颗雨滴。

这一日的雨水来得很急，乌云交汇翻涌，恍若浓黑大幕，铺着满身的电闪雷鸣，将山中苍柏都劈倒了不少。

道路泥泞，山石腻滑，陈怀瑾和乔灵均无法冒雨下山，只能在狼窟内暂时避雨。骤降的雨让陈大人颇有微词，乔灵均见他负手站在洞口遥望远山，猜他大抵是在骂这鬼天气。骂了一会儿，陈爵爷又不得不堆着满脸的"我不能冻着"，将洞里的柴火燃了起来。

洞中储备了干柴，统一被放在一处干燥的角落，柴边有火石。烧柴的地方挂着一扇由简单的木片拼成的木门。

狼怕火，惧光，看样子住在这里的人很懂得如何让自己和狼都生活得自在。

大雨不知道下了多久，像是受了莫大的委屈，非要一次哭得酣畅淋漓，昏天暗地一般。这一哭，就哭到了日落。树丛里传来窸窸窣窣的脚步声，声音很碎，也很迅猛，不像是人的动静。

陈怀瑾和乔灵均料想中最坏的可能出现了。

狼群，回家了。

三十多匹野狼鱼贯而入，钻回山洞。大概习惯了火光，它们并没有在第一时间察觉出异样，冲回来就各自散开，抖着毛，舔着脚，将干草堆踩踏得沙沙作响。

它们很讨厌水，整理皮毛之后，复抬头，发现它们之中唯一需要以火取暖的头领也是刚刚从外面回来，纷纷将头转向了角落中。

洞里有人！

"嗷呜！"

其中一只狼开始以狼语集结狼群，洞内的温度随着野兽森白的牙、倒竖的背毛，以及唇片紧皱于鼻的凶相，骤降到一种极致的森寒之中。

乔灵均已经可以透过木门看到头狼的全貌了，或者说，那根本不是狼，而是一个面貌和动作都跟狼无异的，狼孩！

张春娇果然没有说谎，领头的是个十二三岁的男孩。由于常年弓背以四肢行动，他的身形看上去只有成年狼大小。

他的脸上生长着动物一样的毛发，有明显的利齿，并且唇部有裂痕。那绝对不是捕猎的过程中留下的伤痕，而是天生的兔唇！

兔唇的孩子会被认定为天生的祸患，还有许多迷信的家族会将其说成是不祥的怪物。乔灵均曾在关外见到这样的事件，大家族为了保住颜面，甚至会将这类孩子杀死，或是抛到野外自生自灭。

所以，他是被狼群抚养长大的吗？

乔灵均发现他在移动时，腿部呈现出弯曲状，小腿肌肉健硕，显然时常跟狼一样奔跑。大概还存留着一些做人时的记忆，他的下身处裹着一件脏兮兮的旧衣，此刻他冲着木门的方向俯冲而来。

乔灵均在他冲上来的同时，猛然踹开了木门。他来不及闪躲，被击中头部后发出了野兽般的嘶吼。

周围的狼群见状，也纷纷露出了獠牙，打算一拥而上。

乔灵均步伐稳健地连踏数步，九环大刀瞬时出鞘，横扫而过，将狼群逼退至五步开外。

狼孩再强攻而上，她便毫不犹豫地划开他的皮肉。

乔灵均知道，这不是同情他的时候。他的脑中没有多少人的意识，只能用武力先行压制。因为一旦她有所松懈，就极有可能被冲上来的狼群撕咬致死。

但是狼终究跟人不同，它们就算知道她手上的利刃会断了它们的骨，割了它们的肉，依然在不断找机会进攻。并且，越疼越要撕咬，越疼越要报复。这就是兽性。

再僵持下去也不会有更好的结果，就在狼群第二次围攻上来的当口，陈怀瑾迅速将乔灵均护到身后，点燃了带来的火药。

他没有将火药掷向狼群，而是故意偏了一点点，在洞中划开一道火光，在洞口处炸响了。

一时山石噼里啪啦地坠了一地，有躲闪不及的野狼也被火药轰得趴伏在地。

"这个东西，我有整整一麻袋。如果我存心伤害你们，刚才炸的就不是洞口了。"陈怀瑾在震慑完狼群以后对狼孩如是说。

他没盼望立时就能唤起狼孩的人性，只是用很直观的事实告诉他，你伤不了我，一味攻击只会让你的狼群尸横遍野。

狼孩的眼神也从愤怒转为了惧怕，他大抵也明白了陈怀瑾手中的那些东西的威力。静待一会儿，他有些烦躁地踱了两步，再看一眼他手中的火药，终于呼喝狼群退让。

"聪明的孩子。"陈怀瑾也将火药放回了包裹中。

"你带了好东西怎么不跟我说？"耍累了大刀的乔灵均忍不住抱怨。

"你下次冲得慢一点儿，看我顾不顾得上拦你。"

一有架打她跑得比谁都快。

一时之间两方都未再有更大的动作，僵持片刻，狼孩又在狼群中用狼语"交谈"了起来。

他似乎并不想再跟他们发生什么冲突，逐渐让狼群让出一条通向洞口的路。

他想要他们离开。

然而洞里的两个人在看了看洞外的大雨之后，居然又坐回了火堆旁。

"要烤烤火吗？我们现在也不好下山。"陈怀瑾还像主人对待客人一样，对狼孩招了招手。

狼孩眼中的惧怕又添了一分疑惑。

他自幼便被丢弃，再没同人打过交道，忘光了人语，也不太听得懂对方的意思。但他能感觉到，眼前的人确实不想伤害他。

"我把这个给你带回来了，我想，它一定对你很重要。"陈怀瑾抖开了那件打着补丁的旧衣。

男孩的瞳孔像是被刺痛一般，猛地一缩，脚下忍不住紧踏数步。

"啊……"

仿佛终于找回了失而复得的宝物，他的喉咙中干涩地发出了一声："啊……"

这个"啊"字是旁人听不懂的人语，可除了这个字，他再也说不出其他。

陈怀瑾柔声问他："这是你生命中很重要的一个人的衣物，所以你一直留着它，对吗？"

他没再动，也没有发出任何声音，只是用眼神痴缠又警觉地望着那件旧衣。

"它有些年头了，依照时间推断，这应该是你娘亲的衣服吧？"

娘亲这个词，对男孩来说显然太遥远了，可这份遥远又同时根深蒂固地扎在他心底最柔软的角落。

他记得"娘亲"。

他记得的。

他有些激动地用四肢走了两步，再抬眼，又发出了一声："啊。"

不同的是，这次的"啊"伴着浓浓的哽咽。似泣，似念，颤抖得不成音。

"你们被扔到了山上。你的娘亲死了，而你被狼群抚养成人。"陈怀瑾继续循循善诱。

"啊……啊……"

他不会说话，说不出这件衣服背后更多的苦楚，他只会用这样的单音节，一遍一遍，一声一声，说着旁人永远也不会听懂，只有他一人才知晓的过往。

他突然跑到洞口，仰头对月长啸，他想告诉他一些事情，又因为密布的乌云遮蔽了明月，而无法表达。

"你是想说，你娘亲的名字里，带着一个'月'字吗？张春月？"

"啊……啊！"

他替他说出了那个名字，他真的能听懂他的话！

男孩无意识地悲鸣着。痛苦、委屈、挣扎，全部嵌在那双似狼似人的眼中。他不是不想倾诉，他只是，有口难言啊！

陈怀瑾亲手将旧衣放到了他手边，看到他因为痛苦、憋闷而紧抠着地的利爪。

他似是想将衣服抱进怀里，又因为太久不做这个动作，而忘记了如何拥抱。

他最终还是如狼一般趴伏在了旧衣上，大而空洞的眼中，有热泪一颗一颗地滚落而下。

"啊……啊……"

他甚至连一句"娘"都叫不出。

狼孩不记得自己哭了多久，只知道哭着哭着便睡着了。他睡着时，依旧是用野兽趴伏的方式。四肢蜷缩，埋住头部。他那样小，又那样可怜。

陈怀瑾将他抱到了靠近火堆的位置。

狼群初时还警醒着，直到发现它们的首领没再发出任何攻击的信号，便也逐渐进入了梦乡。

那真的是一种不需过多言语的信赖。

相较于人，狼与狼之间的信任更为纯粹。它们愿意相信它们首领的判断，因此他睡下，它们便可以因着对他的信任无条件地相信了这份安全。

这一夜，很多问题在陈怀瑾的脑海中，逐渐得到了答案。

病秧子是很少会在野外睡着的，他有洁癖，不喜潮湿，但那日不知为何，撑到最后，也莫名其妙地睡着了。

他醒来之后，天已经大亮，被雨水冲刷过的坟岭透着一种沉冤得雪的清亮和洁净。狼群不知何时已经出洞了，跟狼群一同消失的，还有乔灵均！

陈怀瑾的神志因为这个认知猛然清醒过来，他有些急促地走出狼窟。他的身上还披着她的外衣，大概是在他熟睡时她披到他身上的。

可她去了哪里？狼群会不会突然发了狂，伤了她？

他放在包裹里的火药也不见了。

陈爵爷很久没这么急躁过了，甚至忘记去细想，如果真的发生了危险，以他的耳力是绝无可能听不到任何动静的。

好在乔灵均并没有让他担心太久，他很快看到了她埋在杂草丛生的灌木中的脑袋。

她的背上还背着一个巨大的包裹，包裹里有火药，也有她打来的野味和肥鱼。

"你醒了？肚子饿不饿？我烤野猪肉给你吃。"

碧山青翠中，她睁着一双清泉似的眼睛，浑身却像在泥里打过滚似的，自顾自地在洞口炫耀起了她的战利品。

她的身后还跟着狼群，它们没有发起攻击，只在不远不近的位置静静窥视着。

陈怀瑾不动声色地松了口气，说不上那一刻心里是什么滋味，有点儿想发火，又觉得这份火气生得没有来由。

他忘了回应她的话。

乔灵均见他脸色并不好看，不由得踮起脚摸了摸他的额头。

"你不舒服？不会是着凉了吧？"

"没有。"

他轻咳一声，向后退了一步，突然有点儿不想在她面前显得身子骨孱弱，兼之不想再继续这个话题，他指着地上的死猪没话找话："你打的？"

"嗯，这座山里有不少好货，我也好些时日没吃过野味了，你略等等，我把火生起来，一会儿就能吃了。"

她个头儿娇小，但是做起事来从来都是如男人一般大开大合，撸起袖子操刀宰猪，手法利落得很，也娴熟得很。有血喷溅出来，她也只是胡乱地用衣服一擦。她的胳膊上有擦伤，脸上有瘀青，这些猎物并不是那么容易得来的。

只不过她一点儿也不在乎，也从来不说哪里疼。

她仿佛习惯了照顾手下的每一个人，因此事事都冲到前头。但他并没有将她看成将领，他也不是她的兵，甚至偶尔，也希望她可以稍微示弱，被自己照顾。

陈怀瑾将这归结为对下属的关怀。他没有想过，在遇见她之前，他从来都是顶着厚厚的脸皮被许多人照顾着，那会儿也没见他心疼过谁。

当然这种心思是不能细究的，细究就会多出些别的什么。

陈小爵爷愣愣地出了一会儿神之后，就将蹲着的乔灵均整个抱起搬到了一边："你歇一会儿，我来弄。"

结果到扒皮的时候才发现，他完全搞不定这些野味。

他是个连菜都没切过的人，往日的精明心思在杀猪上也发挥不了什么作用，皱着眉头围着猪转，折腾了半天才煺下一小半，是个无从下手的烦躁模样。

他又被乔灵均嫌弃地扒拉到了一边："等你弄完都要响午了，这得这么切。"

病秧子的脸色因着这句话白了又红，生出了难得的困窘。兼之他确实技不如人，没法再抢，只能坐回石头边上继续看她杀猪。

"你下次走的时候，告诉我一声啊。"

他说这话的时候没看她，就盯着猪。好像在跟猪说，你下次得告诉我一声。

她同自己毕竟没有亲密到事事都要报备的地步，他不好直说，他担心她。

然而乔将军可不会细想这种文字上的学问，一面划开猪肚皮一面头也不抬地道："为啥？你一个人害怕啊？"

陈怀瑾听后心中暗骂：你一个人才害怕呢！情商低成你这样也就只能做做砍人的营生了。

陈小爵爷第一次关心别人就被人用话堵成个哑巴，心里着着实实地气闷了一场，气闷完以后，又恢复成了全然没有好气儿的样儿。

"我是怕你出事，这深山老林的，前有狼后有豺，谁知道还会冒出点儿别的什么东西？我醒了，你跟狼都没了影儿，你说我急不急？叼了，咬了，你那么点儿个头

儿，往哪儿找你去？"

那真是一点儿君子风度都没有了。

乔小九这回听明白了，眨巴着眼睛一抬头。

"你担心我啊？没事儿，我背着火药呢。"

她擦了两把手上的血，抖开包裹，拿出火药在手上一托。

"我一亮这玩意儿它们就往后退。"

守在四周的狼群像是听懂了话似的，果然又倒退了好几步。

"下次我再打仗，给我也弄一车来。"

她倒好像得了趣儿，随手从怀里掏出个火折子。

"我愿意听这个响。"

"哎！别点！"

病秧子的话慢了，乔灵均说话间就点了引线往远处一抛，平地之上只听"砰"的一声巨响，天空炸开了一片绚烂白光。

"砰砰……噼里啪啦……"

这一次的"火药"完全失去了上一次地动山摇的威力，虽然也带着响，烟光蹿得老高，却更像个只会喷花的葫芦，数不尽的亮白在灌木中开了花似的层层递进，伴随着漂亮的小火花。

"如果我没有看错的话，这是……烟花吧？"

气氛瞬间就尴尬了，乔灵均僵硬地回望陈怀瑾，狼群也僵硬地望向那团明显毫无危险的"火药"。

"谁让你把爆竹和火药放在一起的？你装错……"

"错什么错？东洋进贡的火药，上头总共就赏给我一颗，你以为真取之不尽用之不竭了？"

那是他用来吓唬狼的。她这一炸倒好，狼的獠牙又都露出来了。

狼孩虽对他们放下了敌意，并不代表当他发现他们无法威胁到自己的时候不会反扑。

一声狼嚎响起，狼群再次集结，并且迅速形成一个包围圈将他们围住。

陈怀瑾无法，只能再从包裹里一通乱翻。

"别找烟花了，吓唬不住。"乔灵均扛起刀，准备再来一场恶战。

他也不搭理她，还是一味地埋头找。在狼靠近他们的下一瞬，陈怀瑾又点燃了什么，用湿帕子捂着他和乔灵均的口鼻。

这一次的"烟花"没有绽放，而是喷涌出无限的浓烟。浓烟之下，狼孩和群狼的四肢逐渐瘫软，没过多久便晕了过去。

"你还带了软骨散？"

烟气散后，乔灵均梗着脖子，乐不可支地望着他。

"这玩意儿也给我来一车！"

陈怀瑾有点儿想掐死她。

陈怀瑾是个很有条理的人，做事做人都不喜欢硬拼。

他在包裹里带了火药，也带了软骨散，打的就是将狼孩带回去的主意。

乔灵均也是这个意思，野猪肉上混了温仙草，本来是想剁开了分给狼吃的，没有想到陈怀瑾比她更简单粗暴。

陈爵爷对此只回应了一个白眼。他也不想粗暴，软骨散的造价很贵，他也想抓一把撒在她的野猪肉上，结果就因她放的烟花，平白浪费了整整一罐。

狼孩被带回了苏州城。

回去以后，陈爵爷就进食了很多药茶。雨后的山路依旧不好走，他身上又背了一个狼孩，对长久不运动的病秧子来说是十分乏累的。

结果这药正喝着，又听到老管家陈放絮絮叨叨地说："体力还不如个丫头呢，她刚睡起来就去帮狼孩剪指甲去了。"

陈怀瑾不吭声，继续喝。

老管家又念："你死不了，人哪里那么容易死？老爷那会儿是心力交瘁，过度疲乏。"

他都有点儿想给死了的陈言之烧一封长信了。你死前交代儿子什么不好，非让他注意身体多喝药，非说体弱多病容易遗传。现在好了吧，闹得他成日疑神疑鬼怕活不长。

陈怀瑾偏就信他爹的遗言，心想：没病我也得喝，死的又不是你们。

陈放看他那副爱答不理的德行，也就不念了，换了另一个话头。

"丫头拎着桶给孩子洗澡去了，我估摸着还得带个刷子，泥太厚，热水一时半会儿肯定泡不开。要不要再多……"

陈放的话还没说完，就见前一刻还恨不得西子捧心的某人，衣袂一翻，放了药碗就往后院去了。

那是个男的，她能不能有点儿做女子的自觉？

狼孩最后是病秧子亲手洗白的，趁着软骨散的劲儿还没过，洗得干干净净、透透亮亮的，终于有了些人的模样。

张王两家的人还关在牢里，关着的这两天他们也都没闲着，隔着一扇牢门互相指着鼻子对骂。待到陈怀瑾再升堂时，两家的人都因为这两天声嘶力竭的骂战，没了精气神儿。

陈大人也没准备废话，一面慢条斯理地喝着茶，一面告诉他们："带领狼群行凶的人已经抓到了。"

这个消息一出，瞬间让声嘶力竭的张广进和王来福再次兴奋起来。因为认定狼群行凶跟自己无关，因此两人脸上都挂了几分沉冤得雪，昂着脑袋等着对方被事实踩扁。他们没有注意到，被传唤来的张春娇脸色苍白，重重地打了一个寒战。

陈怀瑾说："我从坟岭带回来的是个被狼抚养大的男孩，年纪不过十二三岁，行动和习性都跟狼无异，是狼群的头领。"

"狼孩？"

张广进和王来福显然都对这个答案不满意。

狼孩追根究底不还是被狼养大的吗？没有爹娘，哪来的钱能赔他们的鸡鸭？哪够资格赔王大有的命？

陈怀瑾知道他们在想什么，不疾不徐地刮着茶碗说："银子还是有赔付的。狼孩带狼咬死了王家的鸡，就由他外公一方赔；咬死了张家的鸭，就让祖父一方赔。狼孩咬死了王大有，就要狼孩偿命，二位觉得此案这般判决如何？"

王来福和张广进没有想到陈怀瑾会给出这样的判决，脑袋被绕得迷迷糊糊的，心说，他不是才说孩子是被狼养大的吗？哪里来的外公和祖父？

但他既然这样说了，总不可能找来一群狼赔银子吧？一时两人互相交换了眼神，又都拱手道："小的们相信大人会公正判案，只要对方拿得出银子，我们都是认的。"

这是再次提点，你要如何断案都可以，前提是我们两家都不亏。

"银子自然是有的。"陈怀瑾轻笑。

"王家庄鸡鸭损失三百六十余只，折算下来，张广进该赔付三百六十两。张广进家的鸡鸭损失两百七十只，便判王来福赔付两百七十两白银。至于狼孩要不要给王大有偿命，毕竟是你们的家事，便由你们私下论处吧。"

张广进和王来福一听这个判决就蒙了，不是让狼孩的外公祖父赔银子吗？怎么又成了他们双方互赔了呢？

"大人，我凭什么要赔钱给姓王的？"张广进率先发了难。

"大人，我又凭什么赔钱给姓张的？"王来福也紧跟着发问。

陈大人也跟着奇了，说："你们一个是狼孩的外公，一个是狼孩的祖父。银子不由你们赔，难道还找到别家去不成？"

张王两家的脸色都变得铁青，认为陈怀瑾在耍他们，并且无端被安了一个孙子进来，这理可就得细究了。

"我们家哪来的孙子？"

"我们家也没有！"

陈大人盘了两下手里的碧翠扳指儿，目光如炬地道："没有吗？那我们现在就来聊一聊，张家嫁到王家的那个女儿张春月吧。"

第七章

活于狼性，
死于人言

张家嫡女张春月嫁给王家嫡长子王大有为妻这件事，在苏州城并不是什么秘密。那个时候，两家人还没有像现在这样针锋相对，甚至还打着两好并一好的想法，将生意共同做大。

奇怪的是，本来相互扶持的两家，忽然在张春月生下孩子以后就不走动了。

人们私下里议论，说那是因为张春月给王家生出了一个不祥的怪物。张春月也因着这个怪物开始变得神志不清，疯疯癫癫。

种种猜测最终在王家得了嫡孙也不办满月酒，张春月从此未在坊间露脸中，逐渐落了实锤。

张王两家为此还摆出威望压制过，并且一度不肯承认彼此是亲家关系。

此后五年，两家都没有任何生意上的往来，甚至路上见了，都要横眉立目地吐上两口唾沫，而张家嫡女也在孩子五岁那年传出了死讯。

王家对张家的交代十分儿戏，说是人疯了，仆从没有看住，抱着孩子一同在河边溺死了。张广进那样一个暴躁性急的人，竟然也没有深究，甚至连尸首也没查看，就由着王家草草发了丧。

张春月死了以后，张王两家就完完全全成了死对头，无论王家接了什么生意，张家都必然要插上一脚。

陈怀瑾说："我曾在山野村地听人说起过这样一桩传闻。是说一农户家里得了兔唇男婴，以为是天降噩兆，不肯让妇人带孩子出门，孩子父亲每逢醉酒也必要打骂妇人。妇人挨不过，只能求助娘家，娘家人却因她生了兔唇男婴觉得面上无光，不肯收留。妇人求助无门，最终被孩子父亲用麻袋装裹着，扔到了山中。山野之地常有狼出没，妇人必然是不会有活路的，没有想到的是妇人虽死，孩子却被路过的母狼养育成人。农户也在许多年后遭到了狼孩的报复，被群狼分食而死。我初时听到这则传闻十分震惊，心下思量，动物尚有舐犊之情，为什么人竟能心狠至此？我起初还不信世间真会有这样的事情发生，直到在坟岭找到这个。"

他示意乔灵均将张春月的衣服以及那日他们在山中找到的麻袋和一个画着月牙的木牌拿到张广进和王来福眼前。

"这件衣服的用料很考究，乃是十年前苏州一带流行的光锦，领口开右衽饰盘扣，上绣云鸯。莫说是十年前，便是十年后的今日，这样的做工都是数一数二的。而这数一数二的好物件，很多人都曾在张家嫡女张春月的身上看到过，他们说，那是张大小姐的父亲为送女儿出嫁着人连夜缝制的嫁妆之一。"

说到这里，他看向了张广进。

"我想你再糊涂，也不会不认识自己女儿的衣物吧？"

张广进此时的眼圈红得似血。

他怎么会不认识自己女儿的旧衣，他甚至连这件衣衫上何时缝补了补丁都清清楚楚。

那时，他的女儿就是穿着这样一件衣服抱着孩子来求他的。他明知她在王家过得那样不好，却仍旧拒绝了她回家的请求。

张广进要了大半辈子的面子，现在对着这件布满补丁的旧衣，才猛然发现，他这张老脸就算要到棺材里又有什么用？他甚至连女儿的葬礼都不敢参加。

他不是没有想过，女儿和孙儿是被王家害死的，他只是不敢细想，因为那样，他也会因为视而不见成为同谋！

陈怀瑾又在这时指向了放置在地的麻袋。

"做禽畜生意的人，时常要用厚实的袋子从城外进回大批食料和干草。力工们为做区分，都会事先在麻袋上写上各家老板的姓氏，又因为王姓老板颇多，因此王来福家的麻袋，就会有一个特别的福字。"

他看了王来福一眼。跟张广进此时的泣不成声不同，王来福的脸色虽然也是惨白，却并没有太多动容。

他似乎也从这只麻袋中猜想到了之后的事情，可还是一脸的不可置信。

他承认，自从张家嫡女嫁过来诞下一名兔唇男婴之后，他便百般奚落和嫌弃这个儿媳。他们家九代单传，张春月就给他生出这么个怪物一样的嫡孙。

做生意的人大都迷信，也赶巧，王家在得了这个孩子以后，一连做失了好几单生意。他气闷之后很自然地将这个败笔，算在了刚刚睁开眼睛的懵懂孩子的头上。

可他没有想过杀了他们，即便他承认，他确是抱了让母子俩自生自灭的心思。

"所以，大人现在是打算，仅凭这个推断便笃定是我王家将人丢到山上去的？"他还能将话说得大义凛然。

陈怀瑾缓慢地坐直了身子："那就需要另一位人证为我们说明那日的情况了。"

他言罢，猛地一拍惊堂木。

"犯妇张春娇，上前听审！"

张春娇被那声巨响吓得跌倒在地。陈怀瑾完全不给她喘息的时间，差役一左一右直接将她拎到了堂下。

他长驱直入地审问："我且问你，腊月十二日子时，为何你会孤身一人出现在令清河西南弯长巷中？"

"民妇只是出去散心。我前些时日跟夫家闹了点儿矛盾，心情一直不好，才回了娘家。此事家父也是可以做证的。"

"心情不好便溜去了城郊十里坡吗？"

"民妇没有去十里坡。"张春娇急急地解释道，"虽然西南弯长巷是从郊外归来的必由之路，可大人也不能只根据这一点就断定民妇出了城啊。"

"那你脚上的红泥又如何解释？"

他命人呈上了张春娇被狼群围攻时跑丢的绣花鞋，鞋底上沾满了杂草和十里坡独有的红泥。

"你跟王大有相继出事，中间间隔不过一炷香的时间。这也是巧合？"

张春娇无言以对了，她知道这件事情已经掩盖不下去了，但是还有一点可以争辩。

"民妇确实跟王大有私下见过面，可王大有的死真的跟民妇无关啊。王大有死的那天，民妇也遭到了狼群的围攻，也受了重伤，这些大人都是看得见的。"

陈怀瑾根本没有想要拎着这一处发难，而是将话锋一转逼问道："孤男寡女夜间私会你又做何解释？"

"大人！民女同他没有半分不纯的关系！"

"没有不纯，那就是很纯粹地出来谈事。张王两家交恶，你约他谈的又是什么正事？"

"我……"

"据我所知，张家的生意素来是两个儿子在打理，你一个从不过问生意的妇人为何会突然约了王大有出来，还是在张王两家出事的这个节骨眼上？"

"我只是良心难安！"

很好。

陈怀瑾喝了一口茶，润了润喉咙。

张春娇也没有想到自己在逼问之下，竟然说漏了嘴。然而铁证之下，要如何搪塞？她一时像是被撤去了所有力气，瘫倒在地。

这件事情已经在她心里压了太久太久，冲口而出的那一刻，慌乱与惊惧混杂，到最后，竟又像是吐出了一口百年郁结。

她早该将它说出来了。

张春娇交代说，她和张春月都是被张家主母抚养长大的，但她们俩一个嫡出，一个庶出。张春月是张家的嫡长女，自幼便聪慧伶俐，很得张广进的喜欢。张春娇虽然也天真烂漫，却因着家中长姐太过出色，一直被压着一头。

家中仆役都是看上头的脸色行事的，对待嫡庶的态度也各有不同。有好的、俏的物件，都是张春月先选。张春月怕春娇多心，每逢得了东西必然让她先挑选。

春娇却将这看成了她的伪善，她觉得张春月是故意在她面前秀高姿态，因此，即便表面温声细语地叫她长姐，私下里却从未停止过对张春月的嫉妒和怨恨。

甚而极端的时候，还诅咒她早早死去。

她偏执地认为，只有张春月死掉了，她才会被张家人看重。

那时候的张春娇并没有想到，事情真的会如她所愿。

张春月嫁到王家之后，便诞下了一个兔唇男婴。她时常听到下人对张广进回禀，张春月又在王家受了怎样的羞辱。

张春娇听到那些话后非但没有同情，反而生出了一种异样的酣畅。她觉得心里痛快极了，那样一个好出身的女子，那样一个事事都压她一头的女子，如今竟然过得连个乡下民妇都不如。

她很想去看一看，张春月究竟是怎么生不如死的。她也真的那样做了，却无意间看见喝醉酒的王大有将孩子装到麻袋里。

夫妇两人显然经过了一番激烈的争吵，王大有仍旧不管不顾。

"这种妖怪似的东西留着干什么？我劝你赶紧撒手，不然老子连你一起扔到山上去。"

张春月拗不过他，只能跪在他的脚边苦苦哀求。

"大有，我求求你，放这孩子一条生路吧。我保证，以后我们母子再也不出现在你的视线里好吗？我可以带着他住到下人房里，只求你给我们一条生路。"

王大有根本不听，只一心将孩子往麻袋里装。

他厌极了这个还没张口就会露出可怖牙龈的孩子，他像个怪物，更像个厉鬼，尤其他还要因为这个孩子被周遭的人奚落！他不想跟他再有一丝一毫的关系。

王大有一脚踢开张春月就要系紧麻袋，张春月哪里肯松手，使了全身力气抓住袋口。

这里面装着的，是她十月怀胎生下来的孩子，是从她身上掉下来的肉啊！即便所有人都遗弃了他，她也不能弃，即便所有人都嘲笑他们，她也顶得住。

她不怕，也不惧那些人言，只求能带着孩子苟延残喘，只求他能活下来，在这世间完完整整地走一遭。

王大有那一刻的脑子里再没有什么夫妻情义，没有什么血浓于水，或者说，血浓于水在他看来都是一个莫大的笑话。

张春月一味的纠缠让他连她也一并恨上了，索性扯着她的头发将她一并装入袋子中。

"生出这样的孩子，你也没什么好活的了！你不是要养吗？那你就带到山上去养吧，看你能不能把这孩子养大！"

女人的力气是敌不过男人的，张春月挣脱不开，又转而哀求站在一旁的妹妹。

"春娇，春娇，你救救姐姐。求求你们，孩子才五岁啊，我死没有关系，让孩子活下来，求求你们！孩子还那么小，他还那么小！"

张春娇全程都没有发出任何声音，她的脚曾经踏出过一步，却最终又退回了原点。她从头至尾都在旁观，这是一种极度冷漠的态度，她没有加害春月，完全不用负任何责任，但是旁观之后，良心真的不会痛吗？

公堂之上的张春娇至今不敢看春月的旧衣一眼，她的脑海中刻满了张春月临走之前满是恨意的眼。

这双眼睛被她连同那个不为人知的秘密一起，掩盖在光鲜的人皮之下，烂在肚子里，腥臭腐朽。

她以为烂着烂着她就能忘了，却不知，她拼命想要遮住的、没人知道的过往，早已掏空她的皮囊，成了一块血迹斑斑的裹尸布。而这裹尸布之下的腐朽，溃了，烂了，都是她自己在闻。

这就是自食恶果吧。

张春娇自那日开始就再没睡过一个好觉，尤其在她得知王家遭遇了狼群以后，这种惊惧更一日比一日重。她不知道为什么，就是偏执地认为是张春月回来了。

她也许没有死，也许从山上下来了。该来的总是会来，该偿的总是要偿！

她甚至因着这种心理暗示产生了即将得到解脱的快感。可遗憾的是，她连被她亲手杀死的机会都没有。

当张春娇看到狼孩的那一刻，她就知道，春月一定死了。那个孩子，那个像狼一样的孩子，用跟春月当年一样怨恨的眼神看着她。

一场人与人、人与狼、人与狼人的故事，随着案情水落石出暂告一个段落。

两家互赔的最终判定，让张王两家像一对可笑的跳梁小丑。王来福还想再问："大人，那我儿子的命谁来赔……"他的嘴巴几番开合，最终化为一声叹息。

他的儿子杀死了张家的女儿，张家女儿的儿子又杀死了他的儿子。

若说一命抵一命，王大有的命，归根究底是偿了张春月的命。若他还要人偿命，就要亲手杀死自己的孙子。

原来因果轮回从来未曾偏颇，杀人者终要偿命，害人者不得善终。

王来福和张广进两家协商以后，决定共同抚养那个孩子，然而狼孩目前谁也不让近身。

软骨散药效退去以后，狼孩就开始烦躁地在屋中转悠，甚至差点儿在泥石砖地上刨出一个坑。

他想要离开这里，回到狼群中去。他不知道那两个没日没夜趴在窗户外，眼泪汪汪地看着他的老人是谁。

他不太记得他还是人的时候的事情，只知道他一心想要杀掉的那个人死了，想要报复的两个田庄也被闹得鸡犬不宁。

那便够了，也该回去了。

可是这个破房子里总时不时地出现一个病恹恹的男人和一个个头儿不高力气却比牛大的丫头。

男人总是黑着脸为他洗澡，丫头总是粗鲁地帮他磨牙。

他模糊地记得，这些事情有一个奇怪的老头也为他做过。那个老头好像一直想带他出山，骂骂咧咧地尝试了近两年，最后把自己走丢了。

他还是不太听得懂人语，但为他洗澡磨牙的人总说，他已经在他们衙门住了好些时日了，再不老实规矩地跟家人回去，就要收租了。一天三次的念叨竟然也让他开始明白了一些意思。

那个肥头大耳，整日对着他"孙儿孙儿"叫的是他的祖父。

那个方脸阔额有些急性子，总是求他不要趴在地上吃饭的是他的外公。

长相同他娘亲很像的，是他的姨母。他貌似还带着狼群咬过她，可她还是总来看他。他听人说，姨母已经被夫家休了，说她蛇蝎心肠，眼睁睁地看着自己的姐姐被扔

到山上。

她的姐姐，就是他的娘吧。他不知道他的娘还恨不恨她，所以她终日对着他忏悔，他也不知该如何面对。

他的狼众也下山找过他几次，次次都能精准地找到他，又次次都会被发现和驱赶。

因为它们总是在找到他之后兴奋地仰头叫一声："嗷呜。"

一只狼在叫，其余的几只必定都要叫，一时狼叫声此起彼伏。一旦它们被发现了，绿油油的眼里都是直愣。它们觉得住在里面的人太厉害了，是它们无法企及的迅猛，需要再一次悄无声息的潜入，再行营救。

他都想告诉它们别救了，这么明显的狼嚎谁会听不到？可惜狼语里没有这一句，郁闷死了。

再到后来，他逐渐学了穿衣和直立行走。他的外公、祖父和姨母却不知怎么笑了又哭了。反复说着："我可怜的孩子啊。"

"孩子"，他知道这个词，曾几何时，他的母亲也这样慈祥而怜爱地叫过他。

她说过，他是她最宠爱的孩子，是她心头最最疼惜的一块肉。

他的狼众也都有孩子，孩子的身后有着狼爹、狼母、狼族，那是狼的家。现在又有人叫他孩子了，那他是不是也有家了？

娘，我真的不知道要不要恨他们。他们好像都或多或少地伤害过我们。可是我早已忘记了恨一个人是什么感觉。咬死了那个人对于我来讲，就是所有仇恨的终结。

那么可不可以就不要恨了？因为怨恨这件事，真的很辛苦。

狼孩终于回家了。

送走狼孩以后，衙门里很是清净了一段时间。或者说，是陈病秧子又自顾自地给自己放了假。

他后院的那两盆破花要浇了，雀儿该遛了，古玩字画也有好些日子没赏了。

他总有做不完的消遣。

好在乔小九这些时日也没怎么管他。她在忙着给她的"主子"写信。信上的内容自然不肯让陈怀瑾看，只是她又开始在他面前说起了六皇子赵久和的好。

"智者当随明主，好马都需伯乐。我书读得不多，说不出太深的道理，但我爹的话总是不会错的。"

病秧子闲的时候挺愿意听她掏心掏肺地念叨这些，得了旁的乐子的时候，就不爱听了。

"我爹也说我的身子骨不好，未见得能活过四十岁，让我少操那些有的没的的心。"

大家都有爹，你爹说的话要听，我爹说的也不能当耳旁风。

乔灵均早听陈放说过，陈怀瑾他爹死前啥也没干，就留了几句坑死儿子的话，偏生陈怀瑾就信他爹的邪，当下十分语重心长地反驳："不要听你爹胡说八道，你脸上没有血色，不过是娘胎里带了点儿体虚的毛病，没事儿的。"

"你爹才胡说八道呢。"

他还不乐意听，转身就抱着药罐子走了。

一时，两人又因为爹的遗言闹得不欢而散。

乔小九又开始撸起袖子给赵久和写了第二封信。陈怀瑾不用看也知道，这次写的信肯定没有好话。

"冥顽不灵这四个字你会写吗？你都读过什么书，遇到不会写的字画圈吗？"他还要推开窗户探进半颗脑袋去奚落，"握笔的姿势也不对，要不要我教你？"

乔灵均本来想说，我刀可就在腰上挂着呢，别一会儿动了手，你又说我没个姑娘样。

话在她嘴边绕了一圈，乔灵均突然又笑了，仰着脸说："常听人说你草书写得好，今日就教草书吧。"

陈怀瑾着实没有想到乔灵均回的会是这句话，已经迈开的步子忽地停住了。

"真要学？"

"学啊。"

她弯起眼睛一笑，他就情不自禁地走进屋了。

有时候陈怀瑾弄不明白自己对乔灵均是个什么心思，一时愿意喜欢，一时又耐不住嘴贱，再一时动手打一架，又要不喜欢了。

她的眉眼有些锋利，全是英气，没有女儿家的柔和，一旦笑开了，又俏得仿佛能掐出水。

这会儿她就俏着。娇小的身板站在他跟前，是个刚好弯身就能全部搂住的扶柳。

小狼毫半寸之上是她的手，半寸之下是他的。偶尔肌肤相触，沾了她半片腻滑，心思就难全在字上了。

陈怀瑾咳嗽一声就打算撂笔。过去，他摸她的头，抚她的额，犯懒的时候与她歪

在一处头并头地靠着也有过。但那会儿没有这会儿这么喜欢她，当然，这会儿过后不知道什么时候又不喜欢了，反正现在是有点儿不对劲，他总想侧头蹭一蹭她的脸。

乔小九就在这时开了腔。

"陈叔说，三书六草里，你最爱的就是草书。我知有一人的书法也不逊色于你，要不要改日为你引荐一下？"

陈怀瑾漫不经心地"嗯"了一声，将笔往上握了握。

"这个撇要出头。"

"哦。"

她顺着他的手力画开来。

"刘陈窖的《绿山云鸟图》你不是一直想要吗？我知道有个人收着他的真迹，有时间去看看？"

"那是《翠山云鹤图》。"

"鹤不也是鸟吗？"她转脸回头看他，"弄不清你们这些酸人的道道。所以你看，老话常说的同道而盟还是对的。"

陈怀瑾那样精的人，能不知道她绕着弯子说的是谁？面上也不拆穿，只拧着她的脑袋转回到纸上。

"我喜欢的东西，向来都是自己去找。没找来的，便是没有那么爱，没那么爱的，也就不必花心思再去弄、去看了。"

乔灵均也不傻，知道这意思就是没得谈，手指头一松就不打算学了——写字还不如出去打套拳痛快。

结果陈怀瑾没让步，依旧端着笔："还差两笔，写完了再去玩。"

他拉着她的手重新握到笔上，蘸饱了墨，一纵而下，在宣纸上又开了一笔。

她扭头看他，清清淡淡的样子，又透着股书生的执拗。怎么好像有点儿不高兴了？

她只当这是他写字的习惯，便也重新规规矩矩地站好。

"你跟赵久和认识很多年了？"他一面拖着她的手下笔一面问。

"十多年了吧。"这会儿换成她漫不经心了，"我们俩小时候就认识，他比我大九岁。"

"你觉得他很好？"

"我爹觉得他好。"

"你呢？"

"我？也还行吧，赵久和长得好看，他那两只眼睛跟一汪湖似的。"

陈怀瑾回忆了一下赵久和死气沉沉的眼，像湖？她是不是有点儿瞎？

乔小九用事实证明，她还可以更"瞎"。

"你的眼睛长得就没有他好，男人生得跟女人一样漂亮就像妖怪了，你看你那对桃花眼……"

陈病秧子一声不响地扔了笔："写完了，你该干吗干吗去吧。"

她也不知道他生的哪门子气，她不是也夸了他漂亮吗？乔灵均一脸莫名地向前走了两步，又一回身："对了，方才写的那几个是什么字？"

她看着就像一堆杂乱的蚯蚓。

"策之不以其道，食之不能尽其材，鸣之而不能通其意，执策而临之，曰：'天下无马。'"

"什么意思？"

"就是说你瞎。"

于是，两个人差点儿又闹翻了，若不是被匆匆而来的刘奉之拦住，只怕又是一场"你死我活"。

刘奉之说："大人，陈都县县令吴怀远昨儿夜里死了！"

第八章
梁上
对饮西风烈

陈都县是位于苏州城东南方向的一处县城，东临尤碧山，南靠溪水岸，是处依山傍水的好地方。

城中县令吴怀远是个奉行中庸的官，说贪，也没有大贪，说廉，也不是完全的干净。乌合之众联起手来算计陈怀瑾的时候，他也闷声不响地在里面混过。事情败露以后，又知道如何及时止损，老实乖觉。

这是个很懂为官之道的老油条，又在百姓面前做了不少表面工作，因此他这一死，陈都县县城的人竟还哀叹惋惜了很久。

朝廷命官一夜丧命，这就不是普通的民案了，陈怀瑾少不得要来陈都县走上一遭。结果，这一遭刚开了个头就让他不痛快了。

陈怀瑾本身就是不太乐意出远门的性子，这次又要在陈都县衙住上一段时日，一路上就绷着个脸，风尘仆仆地带着一众人马过来以后，还被堵在了门口。

那一日的陈都县特别冷，衙役都懒得开门，只将脑袋从门里探出来，气急败坏地喊："哪来的人？不知道我们家大人死了吗？吊丧也得再等两天，上头还没来人验过尸呢。"

说完，就"砰"的一声关上了门，门外的人来不及解释，即将说出口的话被生生咽了回去。陈府的人再去叫门，足足等了一刻钟，才又有衙役骂骂咧咧地出来。

"不是告诉你……"

"砰！"

陈爵爷抬脚就把门整扇踹开了，门后的衙役也被那一脚拍在了门板上。

"好大的胆子，你知道这是什么地方吗？"衙役爬起来就抽了刀。

未承想，他还没有更大的动作，脖子上就被架上了三四把刀。

男人身后跟进来的"仆役"个个都是练家子，个个都是健壮身板。衙役这回不敢造次了，被吓成了软脚虾。

"你……你们到底是什么人啊？"

没人回答。

他又畏畏缩缩地看向走进去的那个男人。不过二十岁出头的年纪，一身竹青绣云锦儒生袍，外披一件兜头盖脸的狐狸毛披风，面白，带了些病容，手里托着紫金铜炉，不时用金勺子拨几个来回。

"炭呢？"陈怀瑾掀起眼皮开了进门后的第一腔。

"在……在后院。"衙役哆哆嗦嗦地回。

"去拿。"说完这句，他就歪进了"明镜高悬"四字匾额之下的堂凳上。

衙役也不敢斥责他胆大，这会儿衙门里的大半衙役都喝酒赌钱去了，就他一个倒霉催的在这里守门，万一被人砍死了，连个收尸的都没有。

衙役很快端来了一个火盆，挑挑拣拣了几个小块儿的炭，恭恭敬敬地放到了陈怀瑾拢着的手炉里。

宽大的袍袖被陈怀瑾左右交叠在一起，捧了一会儿铜炉，他似乎是缓过来了，脸色也不那么吓人了。

"小九，"他直起脖子在带来的人里找了一会儿，看着那个个子小的，"把我的帽子给我戴上。"

小个子的捕快穿了身男装，挺英气，但一眼就能看出是个女孩——长得太水灵了。

她像个半大丫头似的颠颠儿地跑出去，又颠颠儿地抱了个包裹回来。

"早让你穿着，你非不听，费这个事儿。"

她翻出一顶乌纱帽，身子前倾，戴了几次也没够着，他也不将身子弯一弯，就朝后靠着，像在逗她玩。

她只能踮脚，嘴里忍不住骂了几句，他听后反而笑了。

他心情好了以后，对着别人时，脸色也能好一些，扭着头对傻愣在一旁的衙役说："我是苏州城太守。把你们老爷的尸首抬上来，再传唤一干家眷上堂。"

"你……你说你是……"

谁？

衙役觉得，真是没有更让他长见识的事儿了。他活了三十来年，何曾见过这么年轻的太守，何曾见过这样的官啊？

他看着就像个脾气差极了的贵胄。当然这话衙役是绝对不敢说出口的。

不多时，堂下便呼啦啦地进来一群人。

有案发当日在场的丫鬟仆从，也有吴怀远的妾侍杜风谣以及他的正房妻子柳静姝。

吴怀远的尸首因着还没验尸，只放在一口普通的薄木棺材里，尸身上盖着白布。布料没能完全遮住尸体，他僵硬前伸的焦黑胳膊露在外面。

吴怀远是被火烧死的，报案的是他的妾侍杜风谣。

说来也有几分可笑，死的是这地界开堂审案的老爷。杜风谣没衙门可报，只能往

苏州城递去一封状纸，说丈夫死在了家中。

"启禀大人，我家老爷是腊月二十晚上酉时出的事儿。在此之前，我们刚刚用过晚饭，我因想到再有几日便是我们家老太太的寿辰了，便抱着布料去找老爷，想跟他合计一下用哪块料子给老太太做衣裳。他那会儿正好有公务在忙，我等了一会儿，又不好催促，便先放下料子出去了。万万没有想到……"

她说着便红了眼。

"没有想到，我刚出去没一会儿，便听到家奴来禀，说是老爷的房里着火了。那日偏生又是南风天，火势眼见着越吹越大，等到家奴冲进去的时候，老爷……老爷已经被烧成一具焦炭了。"

陈怀瑾问她："在此之前，没有人听到任何响动吗？"

火不可能是一下子烧起来的，被烧的人肯定是一边自救一边唤人。

杜风谣答道："我们老爷办公时极不喜被叨扰，书房设在正屋的最里间，便是呼救也听得不是很清。待到我们进去的时候，他身边的那几匹布料都烧没了，想来就是这些东西着火着得急，再加上他手边的那些破书，全是沾火就着的物件。"

她言罢又要掉眼泪，泪水涟涟，如何也擦不干净。

"我若早知会走水，是无论如何不会带布匹进去的。可怜我们老爷才五十岁出头就没了命啊！"

五十岁出头也不算小了。再说这个杜风谣，不过二十七八岁，看着是个地地道道的江南美人，说话极有条理，该交代的地方能交代清，该梨花带雨的时候又能梨花带雨。

这种情形正常男人见了，都会生出一些怜悯。奈何，陈小爵爷是个除了不喜阴雨，不能少觉外，最不耐烦听女人哭的男人。

他听了一会儿，转而将目光投向了吴怀远的正房柳氏身上。从头到尾，她都没有在堂下说一句话，只是默默地盯着吴怀远的尸首出神。

她的容颜早已老去，姜黄的脸和脸上明显的细纹，让她整个人看上去都像一抔无声的黄土。没有泪，却写满了凄凉。

她跟吴怀远应该是少年夫妻，少年夫妻的情义总是不同于男子功成名就之后娶进门的那些"花花草草"。

她的悲伤不是浮于表面的，是泪水积满心肺的怅然。

陈怀瑾从堂上走下来，掀开尸体上的白布。

　　吴怀远的身体僵硬，扭曲，但扭曲得并不剧烈，是身体趴伏在地，手臂前伸的姿态。他的身体被整个烧焦了，可见火势极大。南风天加上周围堆满书籍布匹，不小心引发大火，听上去确实十分合情合理。

　　陈怀瑾又抽出银针，分别在吴怀远的喉咙、胃部、腹部做了查验。银针没有变黑，没有中毒的迹象。

　　但是，他走回堂上，下了判定："此案待审，吴怀远是他杀。堂下众人暂回宅院接受监管。"

　　陈怀瑾此话一出，立时引起了轩然大波。他们无法理解，在众目睽睽之下葬身于火海的吴县令，怎么突然就变成了他杀？在此之前，他们一直认为是走水。

　　陈怀瑾将案件定为他杀，那就是有人纵火了！

　　当日救火的家奴，都是穿着统一的灰布蓝裤，场面又混乱不堪。若真有人纵火，纵火者完全可以就势混在人群中堂而皇之地逃走。若真是那样，那这宗案子可就有得查了。

　　陈大人仍旧不慌不忙，抛下了另外一句："吴怀远是在火灾发生前就断了气的。"

　　杜风谣一听这话就掉了泪，说："大人，您这话可是在怀疑我了？老爷出事之前，唯一一个跟他见过面的人就是我，我确定我离开之前他还好端端坐在那里。况且，我一个手无缚鸡之力的女子，如何能将一个身强力壮的男人打死？"

　　陈都县的衙役们也小声议论了起来。有说不太可能的，也有猜测杜风谣悄悄下了毒的。

　　杜风谣见人群骚动，急得脸色涨红："若是我下了毒，为何方才陈太守手上的银针没有变黑？"

　　她说完又猛地往堂前一扑："冤枉啊大人，如果这样就说民妇有罪，民妇是绝对不服的！"

　　彼时，陈爵爷正在神游太虚，他犯困了，脚边的火盆子已经冷了。又困又冷，难睡去，就只能发呆。

　　杜风谣这猛一扑腾，吓了他一大跳。加之她的嗓子本就有几分尖细，耳朵脑袋都被吵得"轰"的一声，他着实不高兴了。

　　"我说一句，你能说十句。你厉害你就自己审自己吧，正好我也累了。"

　　撂下这么一句孩子气的话，这人还真将乌纱帽一摘，不管不顾就往后堂去了。

　　站在一旁的乔灵均知道这人的臭脾气，待要板起脸教训，又忍不住想笑，只得紧

赶了几步，拉住他的袖子道："你到哪儿去？这里还站着一堆人呢。"

"我冷。"他还给她握了握他冻僵的手，"凉的。"

真是睁着眼睛说瞎话。他体寒，手脚长年累月都是冷的，陈叔早告诉过她了。只是这会儿，她打算惯着他，一面拉着他坐回去，一面道："冷我给你焐着，焐一下就暖了。"

实话说，乔小九的手并不光滑，甚至还有些糙。她手心里的厚茧，揉着他的手，其实搓的成分占大多数，也不知在这寒冷的天里，能暖和多少，反正众人发现，重新坐回上头的那位，眉眼瞬时妥帖了。

两人都没说话，她一直认认真真地焐手，他就一直认认真真地看她，看一会儿，又抽出手来点了点她的脑门说："乔小九，你想吃烤猪肉吗？"

"烤猪肉？"

"嗯。"他拉着她站起身，"我烤只猪给你吃。"

陈怀瑾说烤猪肉给乔灵均吃，不是单独两个人去的，而是带着吴府家眷和衙役们，浩浩荡荡地走的。

烤肉的地点，就在吴怀远的那间书房。

他命人去屠户那里买来一头待宰的活猪和一头死猪。两头猪一同放在屋里，点燃柴火烧焦以后再看，活猪死后的嘴巴是张开的，喉咙处吸入了大量的烟，死猪则没有。

也就是说，如果人是被烧死的，会因为感受到灼烫而挣扎，嘴巴也会张开。

吴怀远的尸身虽说也有一个单臂前伸的动作，嘴巴却是闭合的。命案现场的书籍散落一地，帐帘也有被撕扯过的痕迹，吴怀远的指甲里却干干净净的，也侧面证实了，凶手极有可能是故意将他摆出趴伏在地的姿势，打乱屋内摆设，堂而皇之地离开的。

至于火灾，只要将布匹放置在灯烛旁，火苗顺势而上，很快就会燃起来。这一点，可以从立在地上的灯台和烧尽的布匹上轻而易举地看出端倪。

而从头至尾，出入过吴怀远书房的，只有杜风谣一人。

案情查到这里，逐渐显露出头角。最大的嫌疑人杜风谣也只能声嘶力竭地喊冤。

她承认自己是最后一个离开的，可不能排除凶手暗伏在四周，待她走后再伺机行凶的可能。

再者，吴怀远又是怎么死的呢？

他的尸体上没有刀伤，没有瘀血，又验不出毒，完完全全就是被烧死的状态。不解开这个谜团，又如何能服众？

在场的众人乱成了一锅粥。

本该在这时掌控大局的陈爵爷，却不知何时跟乔灵均在旁边又架了一小堆火，蹲在地上，往烤熟的猪肉上撒盐巴。

"真肥，还得再焦一点儿才能吃。"

"撒点儿辣椒面吧，你挑的这块本来油就多。"

众人都傻眼了，他们也不理，好像他们来这儿本来就是为了烤肉的。

"那个……陈太守。"其中一个衙役大着胆子问他，"我们老爷，到底是怎么死的啊？您这……"

好歹也给句话啊！

"不知道。"

他回得还挺快，手里一块带着肥膘的五花肉烤得焦香，喂到乔灵均嘴里。

"慢点儿吃，烫。"

衙役默默地咽下挺大一口唾沫，心想：不知道？他怎么能将不知道说得这么坦然呢？这件案子不是他在查吗？他都不知道，让余下的人怎么办？

陈怀瑾仿佛知道衙役心里想的是什么一般，细嚼慢咽地吃下一块瘦肉后，擦了擦手上的油，站起身，语重心长地拍了拍衙役的肩膀。

"大人怎么可能什么都知道呢？大人又不是万能的。今日也折腾了小半天了，都回去歇着吧，明日晌午带家仆和采买用人过来问话。"

衙役缩脖端肩地应承了一声，眼见着他说完就要走，衙役又忍不住跟上几步道："大人，我们不累，您要是现在提审，也……"

"我累了。我的身子骨这样不好，你看不出来吗？"

陈怀瑾于次日升堂，传唤了吴府家仆问话。初时，跪在堂下的一干人还惴惴不安，对这个大老远自苏州城过来的太守，他们都持观望态度。

一则，太年轻。

二则，官帽太大。

正四品的地方官，在九县十八城素来等同于半个皇帝，加之，这位陈大人本身还

挂着侯爵，是正儿八经的皇亲贵胄。

然而这位太守升堂，竟是官步也不迈，官威也不立，"威武"都没让衙役们喊，说不待见听。

人就松松垮垮地坐在堂上，穿着官服抱着个暖炉，模样是男生女相的那种漂亮，一会儿看看这个，一会儿看看那个，又挂着些书生的随和。问出来的话，更加没有一点儿审问的意思了，就像在闲话家常。

家仆们那股紧张劲儿也跟着松了，他随口问问，他们就随口答答，有时他没问到的，他们也顺嘴说了不少。

他们说，吴怀远虽说后院有三四房妾侍，但最敬重的还是夫人柳氏。

"我们家大夫人信佛，是个慈心人，平日对待下人十分宽厚，从来都没脾气的。"

"我们大夫人跟老爷的关系一直很好，庄上和商铺的事儿，也都是夫人打理的多。"

对柳氏的评价，家仆们的口径出奇地一致。看他们的样子，也不像是装出来的。柳氏确实从头至尾都有着正房的沉稳气魄，读过书，也上过私塾，是大家出身的女子。

至于说到宠妾杜风谣，大伙就都说得含含糊糊了。不说好，也不说不好，及至谈到吴怀远手上的几个商铺，才忍不住带出几句埋怨。

"风姨娘是坊间歌女出身，大字不识几个，但贪权，老爷将后宅让她管了，她还要把手伸到几户商铺上。我们夫人也不跟她争，她要管就随她去，自从药房到了她手里，生意就没好过了。"

"她还时常打骂下人，有时连夫人也不放在眼里，当面顶撞夫人和打骂丫鬟都不是一两次了。"

家仆们这般七嘴八舌地说着，不免又为大夫人鸣了几句不平。

陈怀瑾点了点头，又问吴怀远当日都进食了些什么东西。伙房和采买的用人紧跟着列出了一长串单子。

他们说吴怀远近段时间胃口不太好，晚上的主菜便准备了一道姜辣蛇，余下几个配菜陈怀瑾也都细看了，都是素日常食之物，没有什么特殊的。伙房那日的剩菜经过查验之后，也没有发现任何异常。

这时又有人说了，他们记得风姨娘在去老爷房里时，曾去厨房端了萝卜汤。这汤是她亲手在小灶台熬的，统共就那么一碗，现今查无可查，验无可验，若说是……

后面的话没人敢再说了，矛头再次悄无声息地指向了杜风谣。

案子一经细查，就变得颇为棘手了。乔灵均看陈怀瑾回县衙后就去厨房绕了一圈，又一头钻进了书房，于是也跟着进去了。

他坐在桌前看书，她就在椅子上枯坐着，坐一阵，又挨不住肚子里的疑问，抻长脖子问："看书呢？"

"嗯，看书呢。"他点着头，又翻了一页。

等了一会儿没听见她发问，他便将书放下，去看她："怎么了？"

"我有点儿愁。"她实话实说道，"这个案子目前看来，矛头都是指向杜风谣的，但吴怀远喝的那碗汤，又在火场里被烧了个精光，就算碗里真的有毒……"

"就算碗里真的有毒，我们也测不出来。"陈怀瑾打断了乔灵均的猜想，"食物没有那么容易被消化，吴怀远的腹部就相当于第二个凶杀现场，我们在他的腹中没有测出毒素，那么同理，汤里也不会有。"

乔灵均被他绕得有些晕了："那你现在还怀疑，吴怀远是中毒而死的吗？"

会不会是被另一种奇怪的方式所杀？可他的身上没有任何伤痕，如果不是投毒，又会是什么让他老老实实地闭着嘴巴被杀死呢？

乔灵均琢磨事情的时候，就有一种直愣的憨傻。眼睛迷迷茫茫地瞪着，像个呆里呆气的孩子。

"怎么那么难琢磨呢？"

陈怀瑾本来也在想正事，看到她愁眉苦脸的孩子样，就起了逗弄的心思，手抬起来，假意要捏她的脸。不料手伸过去以后她没动，待到他反应过来的时候，已经捏到一把滑腻香软了。

两人都有点儿傻眼。她没想到他真会捏她，他也没有想到自己真的会上手。一时愣了个大眼对小眼。

乔小九先反应过来，皱着眉毛含混不清地说："陈怀瑾你干什么？"

她的语调因为扯开的腮帮子，有些奶声奶气。他没说话，甚至还有点儿傻眼，苍白的脸上浮现出一层可疑的红。

找个什么由头呢？精明的陈大人犯了难。他最近总想对乔小九"上手"，一时想摸摸脑袋，一时又想捏捏手，就如他对古玩字画、名家墨宝那样爱不释手，不知道怎么喜欢好，就想多摸摸。但是这话说出来毕竟十分不体面，于是他"喀喀"两声，开

始不要脸地扯谎。

"你方才吃什么了？有脏东西在脸上。"

"我没吃东西啊。"

"那怎么有油？"

"有吗？"

她大大咧咧地也跟着揉了两把，不疑有他："你倒是先告诉我一声啊，吓我一大跳。"

这要换了别人，她早断他一只胳膊了。

陈怀瑾这会儿特别乖，点着头说："下次告诉你。那个……刚刚我们说到哪儿了？"

"说到那碗汤，你说汤里验不出毒。"她倒比他有条理多了。

"对，汤里验不出毒。"他敛了敛神，"但是仍旧不排除毒杀。吴怀远的尸体虽然烧焦了，血管却呈现出奇异的突起状。这是心脏骤停对血液造成压力所致，他颈部的大动脉较常人粗了两倍不止，这不是一个正常的现象。"

他又摊开他方才看的那本书。

"《西域杂谈》里曾经提到过一种名叫石凤的草药，本身无味，食之却会对心肺造成极大危害。体弱者当场毙命，事后却查验不出有毒，是西域一带的毒中稀品。"

乔灵均听后凑上前去看了看："可是西域离陈都县数千里。杜风谣是怎么弄到这个的？"

先不说她有没有本事联系到西域的商人，便是这件物品的造价就不是她一个七品官的妾侍承担得起的。

"杜风谣确实没有那个能力买到石凤。"陈怀瑾接口道，"但是很少有人知道，将灵七和忍冬这两味草药混合，也能达到西域石凤的效果。而灵七的产地，就在陈都县城外的碧尤山。"

乔灵均恍然大悟。

"所以，你的意思是说，杜风谣将灵七和忍冬混到汤里，杀死了吴怀远！那我们如何证明呢？杜风谣不会傻到现在还留下灵七等着我们去查的。"

陈怀瑾摇头。

"想要证明杜风谣接触过灵七并不难。这种草药虽初时无味，经过人手却会散发出一种异香，容易招虫，并且香味月余才散。但是杜风谣不懂药理，如果吴怀远真的死于灵七和忍冬，杜风谣就一定有一个熟识药理的同党。"

这个同党又会是谁呢？

乔灵均觉得这么推敲实在费劲，拍着膝盖站起身，正打算说她去把那个杜风谣拎过来闻闻，杜风谣就自己送上门来了。

吴府家眷自那日之后便一直被监管着。

杜风谣在后宅中等待消息，本就等得心烦气躁。今日她又不知在哪处听说，有仆从在陈怀瑾的面前，暗示她有可能在汤内投毒，气得险些背过气去，当下也顾不上追问是哪个胆大妄为的敢"信口雌黄"了，只管一路哭闹过来，非要冲到县衙跟"青天大老爷"当面解释一番不可。

杜风谣说："大人，那些仆人都是看热闹不嫌事大的，想到什么就黑的白的一通胡说。胡说又不担责任，可苦了我这厢百口莫辩。我承认，我这人素日里是有一些专横霸道，许多人都暗地里盼我早死。这会儿他们落井下石，无非是看我们家老爷没了，我没了靠山。再者，亲手熬了汤就有下毒之嫌了？那柳静姝还亲自下厨炒了姜辣蛇呢！"

杜风谣是小跑过来的，气儿还没有喘匀就急于长篇大论地洗脱罪名，脑子里那点儿小九九全用在了嘴上，完全没有注意到她身上散发出一股浓烈的腥甜味。

那是因为人体体温骤升，皮肤散出来一抹异香。香得也不纯粹，内里还混杂着玉兰花香。玉兰味飘扬，腥甜味很沉，细闻就会发现，这两种味道的差异。

兰香是熏在衣服上的，腥甜味嘛，则埋在肌理之中。

杜风谣还在自顾自地说："家里好些时日没买蛇，她突然就殷勤地给老爷做了一道。可笑的是，那人还自诩信佛，佛还杀生？真是自打脸面。"

跟许多家仆描述的一样，杜风谣并没有将正房夫人柳静姝放在眼里，甚至提到她还要连名带姓地叫，眼中还要带出许多鄙夷。

"您没成亲，自然不知道女人之间这些钩心斗角。她那日既做了好东西讨好老爷，我自然也是不能示弱的，这才熬了那碗汤。都下了厨，凭什么我熬的就成了下毒，她熬的就没人说半个不字儿？"

乔灵均默默捡了几颗小食盘里的花生米吃，心中觉得吴怀远实在是傻，居然抬了这样的姜侍入门。杜风谣对他明显是没有一丝一毫感情的，要是有，也断不会用上"讨好"二字。

他们早就从家仆口中得知，姜辣蛇是出自柳氏之手，也找她来盘问过。柳静姝当时的回答是："老爷近些时日胃口一直不好，我就做了一道家乡菜为他下饭。都是五十几岁的人了，经不住这样顿顿少食，没有想到，这人最后也不是因着这些小病小灾没的。佛说三灾八难，祸福难料，都是命啊。"

柳静姝说这番话的时候，手中一直死死握着一串珠子。那是她信佛的同年，吴怀远在庙里为她求来的，她信了多少年，便在手中攥了多少年。现在人没了，还攥着，仿佛抓着生命中最后的慰藉。

柳静姝跟吴怀远原籍都在湖南，吴怀远喜欢吃姜辣蛇也是众人皆知的事情。柳氏的这一盘蛇，做得并不突兀，她自己虽然没吃，但当日在场的杜风谣也没少伸筷子。杜风谣现今还能气势汹汹地站在这里，就是对柳静姝没有在菜中动手脚的最好证明。

杜风谣显然也想到了这一层，又赶紧辩驳说："我做的汤有剩余，都给自己屋里的丫鬟喝了，丫鬟没事不也间接说明了汤没事吗？"

她为自己辩解后仍然要踩一脚柳静姝："柳静姝也不是表面上看上去那么好相与的，老爷死的前儿日，还事事都要抢在前面做呢。她就是不张扬，会装假菩萨，就我做的那碗萝卜汤，还是捡的后厨前两日剩下的食材。她都不肯留些新鲜时蔬给我，你们说是不是故意的？"

陈怀瑾也跟着乔小九在一个食盘里"抢"花生米吃，一面吃一面问："你喜欢熏兰花香？"

杜风谣没有想到自己滔滔不绝的一番"演讲"，最终就得来这么一句，一时又有些愣住了。愣住的当口，又忍不住瞟了一眼认真吃花生的陈大人。

这是她见过的最年轻的一位太守，虽说总是病恹恹的，模样却是说不出的好看，跟那些胖头胖脑的官可不一样，举手投足皆是风流公子气派。打从他来，她便不知偷偷看了他多少次。这会儿被他问到熏香，莫名又让她生出一些小窃喜，心想：他注意到我的香了，那他是不是也注意了我这个人？

杜风谣向来懂这一门盘算，在她的眼里，没有什么绝对的喜欢，也没有绝对的爱。一个靠山倒了，便去找下一个。如若陈怀瑾对她有什么旁的心思，她是"肝脑涂地"都要抓住的。

如是想着，杜风谣不由得娇羞地掠了掠鬓角的长发，对他绽开一个明艳的笑。笑容拿捏得很好，并不显谄媚。

"是熏的兰花，大人也……喜欢兰花？"

语调明显上扬了，尾音百转千回，听得陈爵爷忍不住扯了扯耳朵。

"喜欢。"他下意识地点头，眼见着她朝自己凑近了几步，又蹙了眉，"但是你身上用的这种玉兰香太浓了，你往后站站，我身子骨不好，受不得熏的。"

杜风谣差点儿没气死，刚在腮上荡漾出来的两抹晕红，生生变作了羞恼。奈何这羞恼又无处发作，等了一会儿，见那二人也没旁的话说，就只一味地吃，自己也觉得没了意思，就将脚一跺，愤愤地回了自己的宅院。

灵七草经过人手以后，便会留下一种浓香，香味由淡渐浓，大盛时似甜蜜枣花的腻，又似稠血的腥。香气散出以后，很容易招虫。

杜风谣在回去的第二天就被咬了，她的床上不知道为什么突然多了许多蚂蚁，咬得她皮肤上起了一大片红疹。

她要求让仆从去药房抓一些药来涂抹，还指名让药柜上的一个名为陈帆的伙计抓。杜风谣解释说，这是因为她跟陈帆是同乡，之前管账的时候有过几次交集，比其他伙计熟络。而且陈帆也学过几年药理，算是半个大夫。

徇役不知这事儿该不该允，便跑来请了陈怀瑾示下。

陈大人也没含糊，她让陈帆开，便由着他开，只是开回来的药方要过他的手。

寥寥半日的工夫，陈帆便呈上来一张药方。方子下得很谨慎，都是一些祛湿平肿的药。陈病秧子"久病成医"，看一眼就知道有没有异常。

乔灵均看他拿起来，又递回去，手指在桌案上敲了两下又笑了，不觉也跟着想笑。

"看出什么来了？"她问他。

她知道这个鬼精鬼精的人，定然是有收获的。

他又抱上了那只紫金火炉子，将宽大的外袍裹了裹，暖和妥帖地歪进椅子里，答非所问地说："这几日怕是要降温了，咱俩搬到吴宅去住吧？"

乔灵均应了声好，转头就打算收拾东西去。

他见她收拾得这般痛快，不觉又笑了。

"不问我为什么住吴宅？"

乔小九扬着高高的眉毛，笑眯眯地说："现在能断定杜风谣接触过灵七，下一步，就是去抓她的同党了嘛。"

药方里三味除湿气的药，一味用了茯苓，一味用了防风，一味用了金钱草，各下了三钱、一两、二克。

吴府后院正好有两棵金钱树，是吴怀远请算命先生测了天干地支以后，确定下来的正财位。又因为财不能外流，因此，树后原本开着的一扇小门也就顺势给封了。

这张方子其实就是在告诉杜风谣，"三更"时分，他会暗"伏"在金钱树后的小门外，让她"一"定注意"防风"。

陈怀瑾和乔灵均三更天便守在了离树不远的一处房檐上。

夜里的风吹得十分凉，陈小爵爷特意在暖炉之外又带了两坛烈酒。这次的酒，是西风烈。

乔灵均在关外时最舍不下的就是这一口。为了这一口，陈怀瑾不知着人寻了多远，此时拿出来，也没有刻意去提这一茬，只自顾自饮了一口，辛辣入喉，不及闻先醉绵软，便摇摇头，递给她了。

乔小九初时并不知是西风烈，入口之后眼睛倏地一片雪亮，惊讶地回头看了一眼陈怀瑾。口中反复回香，又灌下一大口方道："你从哪里寻来的？"

这个东西倒不是很金贵，麻烦在于辗转一趟要费的功夫。她也曾想尽法子托人运送，都因为几坛酒过来一趟就要走上月余的水陆两路，最终只能作罢。

"几个从关外过来的朋友送的。"他说得轻描淡写，手里还捧着小手炉，眼睛也看着炉子，突然就有几分局促，"你爱喝这个？"

话是明知故问。

"爱喝啊！"她挨近他坐着，"世间佳酿百样香千种醇，都不及西风烈浓浓稠稠的一口。我在关外的时候，没它就像要活不下去了，没想到在你这儿还能喝上。"

他没再出声，她便一口接一口地饮，饮得酣畅淋漓，饮得恍若又见到了大漠孤烟。

她说："我给你哼一首关外的民谣吧。"

乔灵均的嗓音，有一种干干净净的清透劲儿。这种清透劲儿一旦哼唱起来，便会带出不自知的甜。难得的是，甜得不娇弱，反而硬朗清越。

因着还要听着房下的动静，她的声调并不高，挨在他耳边轻轻吟唱。

她的眼里也是鲜少见的欢愉，十年青春，换来关外一片净土。此间累过，伤过，痛过，现今想来，仍觉那片土地值得她以命相搏。

陈怀瑾一动不动地听着，难得安静，难得温顺，也难得无措。

他第一次听她哼唱便觉得醉了，耳郭酥酥麻麻的痒，仿佛能穿透四肢百骸直达心里，两只耳朵都红了。

乔小九说："很多人都说关外贫瘠，黄沙遍野，但这样的地方其实另有一番惊心动魄的美。水是剔透的清，人是爽朗的直，热气扑腾起来的时候，也是炽炽烈烈的热，冷下来的时候，又是刺骨的寒，什么都是直来直去的。"

她说完又忍不住笑了。

"所以，那样一个直来直去的地方，酿出的酒也不会温软，只会清冽热辣。再来一口吗？"

她将坛子递给他。

他其实常年不喝烈酒，烈酒不养身，却丝毫没有犹豫地接了过来。西风烈是他喝过最烈的酒，乔小九也是他见过的最特别的人。似乎有什么已经在他心里慢慢变得不一样了，她还未觉，他已经先悟了。

"你喜欢吗？"她问的是酒。

"喜欢。"他说的是人。

腊月里的北风呼啸而过，他默不作声地将披风解开，盖住了另一个人的肩膀。

"手冷不冷？"

"不冷。"

"我的冷了。"

"那我给你焐着。"

陈小爵爷看着再次将他的手攥得跟"自家兄弟"似的乔小九，开始悄无声息地转动起了他的精明心思。

这心思，是他过往二十多年都不曾盘算过的——到底怎么让这个木讷的丫头开开窍呢？

第九章

悔教
夫婿觅封侯

杜风谣是三更一刻来到小门处的。

金钱树长得枝繁叶茂，粗壮的枝干由于主人曾经的"纵容"，伸展得遮天蔽日，恍若另一个房檐。

树后的那扇小门也在不久后传出了细碎的声响。

一扇木门，里外各抵着一个人。门外的靠在门上学了几声狗叫，门内的顺势扣出两声三短一长的回应，这便是暗号了。

乔灵均坐高望远，可以清晰地看到一道黑影，迅速翻墙而入。

"怎么在这个时候叫我来？宅子外头都是巡逻的官兵。"男人进来便埋怨了一句，声音不大，但习武之人的耳力素来都好，即便是窃窃私语，也能听得清清楚楚。

"我不是心里没底吗？自从姓吴的死了以后，底下那些仆役也像要造反了，无端告了我的黑状，非说是我下的毒！"

杜风谣这句话的语调，跟前两日跑来陈怀瑾跟前"喊冤"时是一样的，甚至还加了一些咬牙切齿。

"毒难道不是你下的吗？"陈帆似乎比她还要惊讶，声调也高出许多，"灵七和忍冬可是我亲手交给你的！"

树下传来几声烦躁的脚步声，她显然是急了。

"我下的？我还没有拿到店铺的房契我为什么要下毒？怎么现在连你也怀疑我了？"

"不是我要怀疑你，而是当初咱们说好了的，掏空了吴怀远店里的银子就走人。现今那破门面就剩下一具空壳子，他又紧跟着死了，不是你做的还能有谁？"

杜风谣被堵得百口莫辩。

她承认，她确实是动了杀吴怀远的心思。那个老东西不是个好伺候的，心情好时对她心肝宝贝地叫着，不好了又要动手打骂。她年纪轻轻，不想一辈子守在这么一个喜怒无常的人身边。

妇人的去留都是男人说了算的，腻了，厌了，都只能在后宅里活活老死。只有他死了，她才能有机会离开，或是改嫁，这才动起了歪脑筋。

近些年，她逐渐接管了他手下两个药房的生意。发现可以钻空子的地方很多，便伙同陈帆暗地里私吞了不少银子。

陈帆也不只是她的同乡，还是杜风谣的远房表弟。杜家将女儿卖到歌舞坊以后，他还时常惦记着这位表姐，常常送些东西过来。因此杜风谣嫁入吴府以后，跟杜家把界限划得清清楚楚，唯独对这个表弟与众不同。

不过，杜风谣的这个唯独，也不是独得那么纯粹。她需要有一个"自己人"与她里应外合，不然也不会一面装作跟陈帆不认识，一面又安插他到药房去了。

这会儿陈帆会怀疑她，倒也不是完全没有道理。只是她现在只有他这么一个同伙了，是万分不想让他倒戈的。

"我真没下毒，灵七和忍冬都让我埋到后院的老槐树底下了。老东西死前刚答应我，把一户店铺过到我儿子名下，我会傻到还没拿到房契就杀了他吗？"

杜风谣在吴宅另一个受宠的筹码，就是她为吴怀远生的那个儿子，孩子今年也有十岁了，生得聪明伶俐，十分得吴怀远的喜爱。

杜风谣虽一直打着早早脱离吴宅的算盘，却也不得不为她的儿子做长远打算。得鱼者，坐吃山空。得网者，方是长久之计。

她虽没读过书，其间的道理却很剔透明白。

陈帆此时还有些将信将疑，端看杜风谣的神态举止又不像在撒谎，一时也不知道该说些什么，想了一会儿，方又问："那老东西，真的是被烧死的？我怎么听外头传闻，是毒杀呢？"

杜风谣闻言，颓丧地叹了一大口气。

提及这件事情她就忍不住后怕，眼前一晃一晃的，好像那日诡异的一幕再度浮现。

她对陈帆惨然一笑，说："火是我放的。"

但是人真的不是她杀的！

杜风谣说，她那日确实是因知道柳静姝亲手做了姜辣蛇，才连忙在晚饭后又熬了碗萝卜汤的。吴怀远刚刚应承下来店铺的事，她当然想极尽所能地讨好他，又怎么会想让他死？

结果，就在那日，吴怀远不知为何，喝了她的汤之后突然一头栽到了桌子上，气息全无了。

"你想啊，在那样的情况下，我如果跑出去叫人，我还有活路吗？他吃的最后一口东西就是我给的。我当时也蒙了，不知道怎么办才好，情急之下只能弄乱了屋里的东西，制造出他挣扎的假象，又将烛台放在沾火就着的布匹底下烤着，匆匆离开了。"

吴怀远时常同一些乡绅老财在背地里做一些见不得人的勾当，因此书房就设在后

宅最僻静的角落，不准用人随意出入。也正因如此，他房内的大火才会烧到几乎木门炸裂，才被众人察觉到不对。所以做人做事还是要心怀坦荡，不然追根究底，也无非"害人害己"四字。

对于吴怀远的猝死，杜风谣也是满头的疑问，她对陈帆指天对地地发誓："我真的不知道他是怎么死的。我敢保证，送过去的汤是干干净净的，什么东西都没放。"

为此，她还特意将剩下的半锅汤赏给了丫鬟，丫鬟喝后也安然无恙。这个结果俨然让两个人都变得忧虑和恐慌。

杜风谣一气吐出了满肚子的"冤屈"，人还活在思绪里，没魂似的说："现在我就是众矢之的了，没有人肯信我，我又不能将真话讲出来。老东西身上一点儿毒都验不出来，你说这事怎么就那么邪性呢？他莫不是知道我有害他的心思，死后在我头上扣我一盆脏水？"

害人之心不可有，这是报应吧？

相较于杜风谣的"没魂"，陈帆倒是尚存着"七魄"。这件事情说到底，他顶多是个从犯，事情就算败露了，也不至于被砍头。再有，杜风谣也无意间给他提了个醒，如果事实真是这样，那他就要想办法跑路了。

然而杜风谣也不是个没有防备的，两人从吴家"掏"出来的那些钱，都存在同丰钱庄里，没有她的票据，他也拿不出钱来。

因此，陈帆在面上依旧殷勤地安慰她，但心里的那些打算，一刻也没有停止。

天色泛青时，鸡鸣了。陈帆和杜风谣也各自散去了。在房头坐了一晚上的乔灵均和陈怀瑾二人，也得以活动一下筋骨。

这一夜的冷风吹得并不好受。杜风谣的一席"肺腑之言"，给出了一些线索，也断掉了最为关键的一条。

吴怀远不是死于灵七和忍冬，又会是什么导致了一个好端端的人猝死呢？

案情兜来转去，又回到了原点。乔小九跟着陈怀瑾一起仰头躺在房檐上，伸了伸腿脚，都有些无奈地笑了。

乔灵均说："要不要再去看看杜风谣的院子里有没有灵七？"

陈爵爷抬起一只胳膊盖到了额头处，摇了摇头："不找了，睡一会儿吧，醒了以后去药房看看。"

如果吴记药房的账目在近一个月内没动过大手脚，就说明杜风谣所言非虚。她要给她儿子留一户商铺，就不会再琢磨着将铺子"搬空"。而且陈帆这个人，要尽快监管起来。

陈怀瑾似乎是个出了多大的事情都不慌不忙的性子，这会儿推测有偏，也不急。乔灵均原本的急躁也随着他的不急，安下了心。

"回去睡吧，这里风大。"她坐起身拍了拍他的手臂，打算把人拉起来。

他不知怎么就犯了懒，反手握住她的手又拉着她躺了下来："我又不是纸糊的，不是还有炉子吗？就这么睡吧。"

乔灵均被他那副无赖样逗得咯咯直笑。

"你不是？你见天装得命不久矣似的。"

"那是我不想多干活。我爹说了，少会一样，就少遭一样罪。"

她抬手就往他腮帮子上掐了一把。

她有时会觉得他特别浑蛋，特别欠揍，有时又觉得他那副清清淡淡、我行我素的样子，有一些可爱。

"成日就知道你爹说，你爹还说什么了？"她一面笑着，一面又使了一些劲。

"我爹还说，遇见喜欢的姑娘，就会想一直对她好。"可是他没说出口，腮上两抹红光不知道是不是被掐出来的，他也不让她细看，闭着眼睛拉下她的手。

"你掐我干吗？"他学着她那日的话问她。

"就想掐你一下。"她说话不喜过脑子，有什么便说什么，坦坦荡荡。

他没再说话，就在乔灵均快要睡着的时候，才听到他漫不经心地问："你之前掐过别人吗？"

"掐过吧。"她已经快要睡着了。

"掐了谁？"

乔小九困得两眼一抹黑，也懒得睁眼："掐过十方。他特别爱哭，一哭我就想掐他。"

十方的脸，比陈怀瑾的要肉一点儿，没他滑，但是真肉啊。

十方？陈小爵爷不甚痛快地翻了个白眼。

柳十方，兵部尚书柳致远的小儿子，乔灵均麾下第一军师。去年还挂了个武将的军衔，实际身家功夫奇差。

陈怀瑾跟他在一个先生手下读过书，知道他是个极会扮猪吃虎的人物。

陈怀瑾将披风又往乔灵均身上裹紧了些，不言不语地琢磨着，睡醒以后怎么编派柳十方。

127

一晌好睡，两人再睁开眼睛的时候已经是晌午了。乔灵均先醒的，又叫醒了迷迷糊糊的陈怀瑾。一时又拖着他跳下房檐洗漱，用了"早饭"打算朝吴家药房去了。

因着都没有睡好，二人脸上都挂着困倦之态，出门时还差点儿撞到吴府厨子的身上。

厨子手里还拿着一只鸡，正在跟柳氏房里的大丫鬟灵犀说："夫人上次要的鸡血还留不留了？怎么一直没听到吩咐？"

灵犀被问得哭笑不得，直说这人呆头呆脑："那都多早的事儿了，您也是个实诚心眼子，再放下去不都臭了？赶紧倒了吧。"

陈怀瑾刚迈出去的脚又收了回来："你们夫人要鸡血做什么？"

丫鬟老实答说："回大人，这个咱们也不知道，大约是觉得宅中有些邪性，驱邪的吧。"

陈怀瑾又问："什么时候要的？"

丫鬟答道："腊月二十，就是我们老爷死的那天晚上。"

陈怀瑾点了点头，还是一副困倦模样，拉着乔灵均出门了。

鸡血驱邪，这是道家的说法，柳静姝信的是佛。而且，吴怀远还没死她就急着驱邪，有没有那么巧的事儿？

陈都县不算什么大县城，从吴宅出来过两个街口就能望见仁惠堂的招牌。

陈怀瑾和乔灵均今日都穿着官服，远远就见着账上的伙计点头哈腰地迎了出来。

"请大人、官爷的安，不知晌午过来有何吩咐，小的定当全力照办。"

话说得十分讨好，模样也不招人烦，乔灵均观他身形，一眼便认出，这就是昨夜翻墙而入的陈帆。二人也没有多跟他寒暄，不动声色地跨到里屋查账。

陈帆也表现得不显山不露水，他们看着，他便自去后面煮茶招待，机灵得很，也很有眼力见。

陈帆说，他素日只管一些药柜上的支出，或是去进些药材，药房上的事儿另有一位王管事在经管。责任推搪得很巧妙。

陈怀瑾不言语，只管看账。

仁惠堂从前年三月开始，生意就逐渐惨淡下来。先是常年合作的药材供应商突然抬高了价钱，接着又出现真假草药掺卖的情况。小小的一个药材商人敢卖做官的假药，这不成了稀罕事了？

　　陈怀瑾不用细查也能猜到，这里面必然有猫腻，最后也必然不了了之。不然，后面的买卖不会越做越亏，越经营越不善。

　　陈怀瑾用了半天时间圈点出了几处，这几个地方的漏洞最大，假账也掩盖得最深，甚至有些用力过猛了。想来吴怀远也不是完全不知情，只是手里的"其他生意"比这个的进账大得多，因此懒得查。

　　另一方面，陈怀瑾发现从今年腊月初开始，仁惠堂却少了些亏损，并且多了几笔生意进账。由此可见，杜风谣说吴怀远应承她将店铺转到儿子名下是真的。

　　她只想"掏"吴怀远店里的银子，一旦店铺变成了自己儿子的，那就要改成"守"了。

　　陈帆说："大人，您在这账目上……看出什么不对头的了吗？要是有不对的地方，我叫我们管事的出来问问。"

　　面上是一味地恭顺憨厚，实则是在试探。

　　陈怀瑾听后合上账本，从善如流地说："去叫吧，我正好也想跟他说说话。"

　　陈帆没有料到是这样一个说法，他一直觉得账本上的东西被他做得天衣无缝，这会儿听陈怀瑾叫管事的来，心下跟着一沉。

　　他不知道他看出了什么，但是说到叫管事的，他倒是不怕那个老东西能说出什么有用的话。于是他也不怠慢，不一会儿就扶着王怀玉走了出来。

　　王管事也是七旬老人了，耳朵脑子都像是不灵光，走起路来都颤颤巍巍的，好像管他自己都费劲，更别提管"事"了。

　　"大人？这是多大的大人啊？有我们家老爷大吗？"

　　王怀玉迈进门后的第一件事，就是睁着一双浑浊的老眼，上下左右地端详陈怀瑾。病秧子也不躲，及至他看够了，才敲了敲旁边的椅子示意他坐下。

　　"你们家老爷没了，你知道吗？"

　　他问得直截了当。

　　王管事偏着脑袋一愣神："知道？不知道啊！什么时候的事儿啊，怎么没见到发丧呢？"

　　陈怀瑾低头捻了两下大拇指上的扳指，笑了。

　　"丧早晚得发，但你要是一直这么装糊涂，他就得放到臭了。"

　　王怀玉搭在扶手上的手紧了一下，又侧了耳朵凑上前来："您说什么呢？我怎么一句都听不懂？这人老了啊，就不中用了，能用的地方没多少咯。"

陈怀瑾也不急着较真，抬手一指站着的陈帆："要是把他抓起来，你是不是就有能用的地方了？"

王怀玉还眯着一双老眼，眼中的浊色闪过一丝不易察觉的清明。

"抓他？为什么抓他啊？又偷了人家东西了？年轻人手脚不干净也是有的，随口说说也就罢了。"

陈帆未料想这话头会落到他的身上，也没工夫搭理那满嘴疯话的王怀玉，只管对陈怀瑾道："大人，小人犯了什么错啊？为何……"

"偷得年头久了，你也睁一只眼闭一只眼，这会儿眼瞅着店就要空了，你还装着傻呢？"

陈怀瑾依旧看着王怀玉。

陈帆做的假账，但凡有点儿眼力见的老管事一眼便能看出端倪，他们是两两对账的关系，上下支出皆要亲自过手。王怀玉没看出来，那就不是看不出来，而是不想看出来了。

王怀玉一时没了言语，陈怀瑾也不催他，只将手里的账本反复摩挲了两个来回，轻描淡写地道："仁惠堂伙计陈帆伙同吴府妾侍杜风谣，私吞财物，倒卖珍稀药材，三年侵吞七百三十两白银，着令收监。"

一袭话落，立时有待命衙役冲上前来抓捕陈帆。

陈帆没想到事态发展得这般迅速，吓得人都快没魂了，嘴上还在极力争辩着："大人，万事都讲求证据。您说我侵吞财物，那账目上可都干干净净的啊。"

陈怀瑾似笑非笑地说："你就是将账做得太挑不出错了，才露了马脚。不过你没遇事就像你表姐杜风谣那样哭啼吊嗓，倒是很得我的喜欢。"

陈帆被带下去之后，屋里就清静得没了杂人。

王老爷子还有些发傻，他好像才刚坐下，就"送"走了一个人？

"王老，回神了！"陈怀瑾故意扬高声音道。

"哎哟，我这耳朵，差点儿没给我震聋了。"王怀玉吓得一激灵，回过神来后搓了好一会儿耳朵。

"我听得见，听得见，您就别故意调侃我了。"

这是个眼贼的后生，王怀玉看出来了，他年纪虽轻，但称得起头上的那顶官帽。有些事情总是避无可避的，既然人来了，他也正好倒一倒这口苦水。

王怀玉对陈怀瑾说："大人，这么跟您说吧。我是柳家的家奴，只想管柳家的账。姓吴的就是亏了，烂了，烂没了，我都只拿双眼睛看着。说句不怕招嫌的话，我就等着他死呢！"

王怀玉说，吴怀远手底下的这两家药房，都是他们大小姐柳静姝当年的陪嫁啊！吴怀远还只是个一穷二白的穷酸书生的时候，柳静姝就嫁给了他。她说她相信他是有鸿鹄之志的男人。

吴怀远考了三次科举，柳静姝就守了三年药房，真是事事安排妥帖，样样伺候得滴水不漏。

吴怀远那时也真的很用功，夫妻俩的感情也十分好。吴怀远读到最后，竟然真的如愿以偿当上了大人。但这人得了官，有了银子，尝到了权力的滋味，就变得不一样了。

吴怀远在上任的第二年，就娶了歌舞坊的杜风谣做妾侍。此后每隔半年都有一个新妾侍进门。柳静姝多年无出，吴怀远便一味地拿想要孩子做搪塞。偏生柳静姝又是那种不会撒泼的大家出身，心里就算憋着再大的委屈，也说不出。

王怀玉说到这里，义愤填膺地攥紧了拳头："我们大小姐不是没有怀过孩子啊。只是这孩子，没有福气来世上走一遭。数九寒月的天，大小姐还要挺着个大肚子四方周旋生意，那得是多强悍的身子骨才撑得住的？"

柳静姝一连掉过两个孩子，再到后来，就生不出了。

柳氏对此大概也心灰意冷了，吴怀远再抬妾侍，身边环绕着多少莺莺燕燕，也不再垂泪了，终日只是吃斋念佛，不过问宅中事。

王怀玉说着说着也掉了泪，年过七旬的人，哭得老泪纵横。

他是眼见着柳家大小姐一点儿一点儿长到亭亭玉立的，那么好的一个姑娘，那么赤诚的一片心，就换来了这么一份狼心狗肺的回报，他替她不值啊！

陈怀瑾着人将王怀玉先行送了回去，自己点灯坐在药房中。他需要一点儿空间认真思考一些事情。

作为旁观者，他十分同情柳静姝的不幸。一个女子一生所求，无非是一个体贴的丈夫，一群可在膝下承欢的孩子。柳静姝一样都没有得到，人到中年反要同青灯古佛相伴。

可身处局内而言，他还是这件案子的主审。如果王怀玉所言非虚，那么这起案件最大的嫌疑人就是柳静姝了。

狠心的丈夫，终身无子的伤痛，以及那碗案发前备下的鸡血。

陈怀瑾可以肯定柳静姝的鸡血，绝对不是为了驱邪而备的，她不会惧怕吴怀远死后找她"索命"。

那鸡血的作用，又会是什么呢？

陈怀瑾的鼻端在这时嗅到一股菜味，是不知道在哪里得了饭菜的乔灵均进来了。

她似乎饿得够呛，正抱着个海碗大口大口地扒饭。肉香混着菜味，就在陈怀瑾的边上飘。飘得他哭笑不得。

"你在哪儿买的饭？"

海碗上头隔了许久才露出半个脑袋和一对直愣的眼睛。

"对门啊，包子铺左边的饭馆，油泼肉还不错，你要不要尝尝？"

"我不尝，你脸上吃得都是油，拿帕子擦擦去。"

吃开了就囫囵吞枣，哪有一点儿女孩子的样子？

乔小九不管那个，继续大口大口地嚼，含混不清地道："吃完再擦吧，这会儿擦了过会儿还会沾上油。你怎么看个账本看这么久？我饿得快没人样了。"

陈怀瑾刚准备板起的脸又绷不住了，笑出声来："一下午也没见你，进来就报委屈。这不是也吃上了吗？像我不给你钱似的。"

乔灵均刚想说"我还真没带钱"，就见对门饭馆的老板娘赔着笑进来了。人倒很懂规矩，先福了福身，才道："官爷，对不住啊，我们店里要打烊了，您这海碗和饭钱……"

乔小九赶紧又扒拉了几口，伸着手指头一指："找他要，那是我们大人。"

陈怀瑾站起身，抬手就给了她一个榧子："慢点儿吃，等下噎着了，又怪我催你。"

老板娘常年在坊间识人眼色，哪里听不出这话里的意思？嘴上也不念叨了，就站在边上候着。

她是过来人，听得出那位爷话里的宠溺，心里暗暗嘀咕着，这俩莫不是两口子？两口子怎么还让夫人出来做捕快呢？

小老百姓的脑子里就这么点儿弯弯绕，她正暗自揣摩着，又见自家儿子满头大汗地跑了过来，傻模傻样地说："娘，我刚又想出道新菜。想用酸萝卜和蛇肉一块炒着试试。蛇肉腻滑，用酸解腻岂不最好？"

老板娘一听就急了："这可万万使不得，你喜好琢磨菜固然好，但蛇肉万万不能跟萝卜配，便是萝卜汤都不能一起同食，会要命的！"

蛇肉和萝卜……

"就我做的那碗萝卜汤,还是捡的后厨前两日剩下的食材。她都不肯留些新鲜时蔬给我,你说是不是故意的?"

陈怀瑾的脑中再次响起了杜风谣说的话。

他现今终于有了答案。做姜辣蛇是有意为之,萝卜汤,也是。

临近年关的夜,总是很冷。

乔灵均和陈怀瑾一左一右地走在街上,都披了件毛皮披风。

她是稍晚些反应过来其中的意思的,说不出那一刻心里是个什么滋味,就是好像嘴里的肉怎么也嚼不香了。

"明日升堂吧。"良久,他对着她惨然一笑。

她亦回以一个无力的笑容。

这真的是他们最不想得到的结果。

陈太守自从来到陈都县,就没有正正经经地升过一次堂。这次的堂升得还是没什么体统。他虽是一身官服坐在上面,身形做派也都像在拉家常,还是就着饭聊。

他在堂下摆了一小桌宴席,宴请了吴府的一干女眷。

依照后宅的规矩,柳静姝本该坐主位的,可她吃斋,就单起了一桌。往下是杜风谣带着她的儿子,以及余下几个侍妾依次而坐。

风姨娘还摆着她宠妾时候的阔绰劲儿,眼皮子朝上看着。孩子则比她谦逊得多,陈怀瑾注意到杜风谣的儿子吴瑜进来以后先对着柳氏行了全礼,柳氏颔首后,才坐到桌前。

杜风谣彼时尚且不知陈帆被抓的事,甚至觉得陈怀瑾这顿饭,是因着查无可查,摆出来稳定人心的。她当下也没觉得有什么不安,守着菜上全了,上头的陈太守开了第一筷,便也跟着吃了起来。

"小妇人在老爷身边伺候了这么多年,还是头一次在公堂上吃饭。真是景也新鲜,人也新鲜。"

杜风谣开的这一腔没有人回应,她也不觉得无趣。

她今日不知为何,陡然有几分愉快。若是案子就这么成了无头公案,那她往后的日子也还是能顺顺利利地过。

毕竟,就算没有那家空药房,她在钱庄存的七百多两银子也足够她挥霍个几年

"菜也摆得新鲜。雄黄酒配姜辣蛇，大人这是要蛇在我们肚子里现形不成？"

她多喝了几杯，话就更密了，醉眼迷离地四下瞅了瞅，竟是抬手拉了柳静姝的衣服一把："姐姐也别一味捻那佛珠了啊，荤腥都亲手做得了的人，怎生就吃不得了呢？"

"姨娘，你喝多了，莫再说醉话。"

柳静姝没言语，反而是杜风谣的儿子看不下去拦了她的话头。

柳氏无子，吴瑜便是长子。几房姿室虽也有孩子，却都没有吴瑜这份教养和气魄。

吴瑜倒不像是杜风谣能教养出的孩子，陈怀瑾暗暗打量着。

杜风谣的脸色因这个人、这句话，完全地沉了下来。

她大约是真的喝多了，语调里撒泼的意味很浓："怎么，她教了你，你就真拿她当亲娘了？我生了你，你反倒不认？你爹都死了，你还管我叫姨娘？出了吴府这个门，你的娘就只有我一个！"

原来真不是她养的。

众人见杜风谣耍酒疯似的指上了吴瑜的鼻尖，都忍不住过来劝架。她倒像是越劝火气越大，干脆几步冲到柳静姝的桌前。

"姓柳的，你不说话在这里装什么假菩萨？当初抱了我的儿子到自己房里养着，不就是为了看今天这样的场面吗？"

她早在心里对柳静姝恨得牙痒痒了，或者不止她，还有死去的吴怀远她也一并恨着。她恨他们夺走了她做母亲的权利。

柳氏仍旧不说话。她本就不是爱争辩的性子，过去吴怀远在时，她尚有一些不甘要诉上一言半语，这会儿人没了，跟旁的人愈加没什么好说的了。

正室夫人教养长子不是没有先例。杜风谣出身于舞坊，吴怀远担心她教导有偏，这才将孩子归了柳氏的名下。

况且，长子到正室名下，地位由庶出转为嫡出，吴瑜又被养得翩翩少年，没有丝毫纨绔之气，本就不算亏。

"姨娘……娘亲……"

吴瑜左右为难地僵在中间，不知该说什么好。

在场的全部让杜风谣"息事宁人"，当事人又不声不响。杜风谣见闹不起来，恼羞成怒之下又一头扑到了陈怀瑾跟前。

"大人不知道我的苦楚，就因着出身低微，连个孩子都养不得，教不得……"

大人确实没工夫知道她的苦楚。大人正在给他的小个子捕快挪椅子。

跟在太守府时的情况一样，"明镜高悬"底下搁的宽椅长桌之间间隙太宽，男子倒是可以坐得四平八稳，对乔小九来说，就太远了。桌子高，椅子矮，伸着筷子扒拉半天，还不如用手抓的快。

陈怀瑾又不让她蹲着吃，容易伤了胃，一时又命人抬了个高凳，摆在桌子和椅子中间，这才都坐稳了。

"我跟你过得都精细了，关外那会儿都坐地上吃。"

她夹了一筷子椒香里脊，吃得满满足足。口里的还没咽下去，又被他塞了一口脆笋。

"精细点儿没什么不好，女儿家偶尔也要娇养些。吃点儿菜，成日就知道肉啊肉的。"

乔灵均闭着眼睛狠嚼了一会儿，她就不爱吃这些"草"似的东西，他偏生要她每顿咽下去一点儿。那真的是硬吞才吞下去的，乔灵均每次都嫌弃得不行，再来一口都要翻脸。

好在陈怀瑾今日也没有想要逼到她翻脸，她方才说：我跟你过得都精细了。"跟你过"这三个字用得最得他喜欢。所以他打算让她吃得舒坦一些。

陈病秧子真高兴的时候是不会摆在脸上的，生气就会，看不顺眼也会。属于那种自己独自开心，别人惹了他一点儿都别想好过的性子。

这会儿他自己在心里美了一个来回，美够了，对着堂下哭哭啼啼的杜风谣就没那么厌恶了。

他说："你歇一会儿吧，大伙都吃饭呢。嗓门再高一点儿都能搭个戏台子唱戏了。"

"可是大人，我这心里着实不舒坦。人生来家境父母不可选，富贵贫贱不可选，我做错了什么才会连孩子都不能自己养啊？"

生而贫贱并非她的过错，那将别人的东西掏个干净呢？

陈怀瑾不动声色地敲了敲桌子，扬声道："给风姨娘上盘萝花顺顺气。"

所谓的萝花，其实就是用萝卜皮精心雕琢出来的花样子，不是什么稀罕物，也不是什么正儿八经的菜。杜风谣却受用得很。

别的桌子上都没有的，只有她有。这个"优待"就让事事要强的她找补回一些颜面。她素来喜欢这种旁人没有的"风头"。

杜风谣又坐回了位子上。吴瑜还傻站着，她也不骂了，拖着他的胳膊坐到自己身边。

自己的孩子当然还是要哄的，她方才撒泼也不是冲他，就是无端看坐在那里的柳静姝不顺眼而已。

"娘方才也不是真的要骂你。你也知道娘亲就是这样的性子，娘下次一定改，好不好？"

杜风谣专心哄起了孩子，完全没有注意到，柳静姝手中的佛珠自冰冷的手中掉了下来，视线也直直地落到了那盘萝花上。

"想吃白萝花还是红萝花？"杜风谣抬起筷子。

"白的吧。"

吴瑜不好拂了杜风谣的意，他怕一旦推搪了，又要惹得她发脾气。对这个亲娘，他真的是惧怕高过亲近。反而他跟柳静姝的关系更好一些。

大夫人是个多才的人，通药理，懂文章，两人私下的交谈也从来没有隔阂。

柳静姝没有将他当作别人的孩子看待过。

"瑜儿刚吃过蛇，还是不要吃生冷的为好。"从不爱多管闲事的柳静姝在这时站了起来。她的面上还是一贯的冷，脚下却一连迈出了几个踉跄。

"哟。"杜风谣已经将白萝花放到了吴瑜的碗里，似恼非恼地说，"今儿说新鲜还真是样样都新鲜。这会儿要显你的慈母德行了？平日里怎么没见你这么会做样子呢？"

柳静姝不理会杜风谣，只看着吴瑜，语带急切地说："听话瑜儿，不要吃冷的。你的身子骨自来寒着，吃生冷要害病的。"

柳静姝的全部注意力都在吴瑜身上，让刚消了火气的杜风谣又来了张狂脾气。她将筷子猛地向下一摔，正好落在柳静姝的脚边。

"来劲儿了是吧？我的儿子身子骨什么时候寒过？你便是不想让他吃我夹的东西，也找个好点儿的由头！"

柳静姝这次却没有退让，脚下又是紧跟几步："我说不能吃！"

吴瑜生怕两人再僵持下去又要吵起来，情急之下连忙抓起白萝花放到嘴里。

"娘，姨娘，你们别吵了，我吃就是了，不碍事的。"

在他心里，杜风谣是十分难哄的，他不想将事情闹大。

"别吃！"柳静姝的声音都走了音，几步跨过去就要掰开吴瑜的嘴。

杜风谣依然没有察觉到她的失常，眼见着她跨过来，还要挺起胸脯去拦着："怎么？你就这么气不过？"

"瑜儿！别吃！"

吴瑜已经做了吞咽的动作。

柳静姝整个人都像是傻了，她听不见杜风谣还在说什么，也看不见她嘲讽讥诮的脸，眼中布满了血丝，像是要溢出血来。

她一生都没有生过孩子，不知道孩子承欢膝下的感觉是什么样的。当吴怀远抱着尚在襁褓中的瑜儿，交到她手上的时候，她甚至以为自己会失控。

她没有想到，她真的养大了丈夫跟别的女人的孩子，不是带着恨意，而是带着希望，希望这个孩子一切都好。孩子是无辜的，再怨，再恨，也该是上一辈的事。

眼见着吴瑜一口咽下萝花，柳静姝再顾不得其他，提起裙摆冲到了后厨。她不能让瑜儿死，已经死了一个了，不需要再死了。

她像是失了魂，杂乱无章地翻箱倒柜。她的手在抖，浑身都在抖，再晚，就来不及了！

"你是不是在找这个？"

陈怀瑾跟乔灵均同时出现在她的面前，他们的不远处，静静放置着一碗鸡血。

"蛇肉与萝卜同食会让人心脏骤停，唯一抢救的法子就是立饮鸡血。"陈怀瑾一步一步走近柳静姝，"吴瑜不会死，桌上的也不是蛇肉，而是鳝鱼。"

柳静姝不动了，眼中的慌乱逐渐转为惊愕，再到，了然。

"幸好。"在明显暴露了自己的罪行以后，她说得仍旧不多。

幸好，桌上的是鳝鱼。

幸好，瑜儿不会死。

柳静姝仿佛被抽掉了最后一根筋骨，颓丧地坐到地上，她说："陈大人，民妇认罪，但是不认错。"

她承认吴怀远是她杀的，也承认她蓄意谋划，让杜风谣背下这桩死罪。

"我用了半生的岁月证明了一生白活，我认了。我为了让他安心赶考，辗转于寒冬腊月，一连掉了两个孩子，我也认了。但是我的嫁妆，是我最后的精神支撑，就算

是被糟蹋成一具空壳子，我也要留着。这是我最后的执念。"

柳静姝在仁惠堂的问题上，跟吴怀远有过几次很大的争执。她只想苦求他将父亲留给她的产业完整地保留下来。他的手中分明有那样多的产业，任意一间给瑜儿，都比这间药房值钱得多。

她也知道杜风谣一直在暗中掏空仁惠堂，但是她年纪大了，没有那样的心气再去管了。一个女人亲手建立的"王朝"，正在被另一个女人肆无忌惮地挥霍掏空。

不痛吗？不恨吗？

恨跟痛和血吞咽，归根结底，痛苦还是源自那个自己选择的男人。

"你不是也将瑜儿当作自己的骨肉了吗？还有什么是不能给的？你们女人就是爱在这种小事上钻牛角尖。"

"你不是信佛了吗？信佛者难道不该宽广大度？后宅那么多事儿都容了，还差这一件？别没事找事了，我忙得很。"

后宅那么多的事儿都容了？如果可以选择，她会想容吗？会愿意容吗？

吴怀远当日的话仍在耳边，柳静姝现今想起来，依旧噬心。那种感觉就像是上万只蚂蚁爬上心窝，一口一口地咬，一只一只地钻。钻到最后，成了一团鲜血淋漓的蚁巢，疼到钻心，疼到麻木，疼到抓不到掏不出！

这两间铺子，是她用两个未出世的孩子的命换来的啊！两个孩子的命，换来了他今日的功成名就。

她不求他感恩，甚至不求他顾念什么夫妻之情，只求可以让他留下它们。

她也是在那一刻才知道，她不是不恨他，而是恨得太深，埋得太久了，一旦被挖出来，就要决堤！

腊月二十那一天，她一直守在吴怀远的书房附近。手里一碗鸡血，抬起又放下。她卑微地发现，甚至在最后一刻，她还在犹豫着要不要救他。

大火最终吞噬了一切，她静静地站在火光前，看着火舌肆虐，看着那个男人永远地离开。没有悲，没有喜，她就那样看着熊熊大火，烧尽了她一败涂地的一生。

"闺中少妇不知愁，春日凝妆上翠楼。忽见陌头杨柳色，悔教夫婿觅封侯。"

柳静姝缓慢地闭上了眼睛，落下两行清泪。

柳静姝被判了斩立决，行刑当日，陈都县下了极大的一场雨。雨水绵密，大颗大颗地滴落，似是对她这一生的怜悯，也似悲鸣。盛极，也悲极。

她走得很安详，面带微笑，望着远方。

没人知道她在那片虚无中看到了什么，只听到一声碎语轻喃："如果有来生，一定不要再遇见了。"

或许是对自己，也或许，是对曾经对她许下一生一世一双人承诺的、年轻的吴怀远，最后的告别。

杜风谣虽未害人性命，也没能逃过法网的制裁。她伙同陈帆意图架空仁惠堂，且恶意纵火，两人分别挨了三十大板以后，被判了流放。

相较于干干脆脆的死，这样一无所有地活着，对于杜风谣来说无疑是更加可怕的惩罚。

贪婪与欲望，本就是人心中的魔障。心若是满的，则处处能见到富余。若处处攀比，事事精算，再满的月儿都觉得是缺的。

不义之财空手进，荣华富贵转头空。希望杜风谣可以逐渐明白这个道理。

这起案子的最终，其实还有一点是柳静姝没有在人前吐露的——吴怀远的官是买的，当时商铺的所有盈利都用来为他捐了这个官。

这顶官帽，不是在死去的顾炳怀手中买的，而是在他进京赶考时，通过一个叫刘世茂的人买下的。而刘世茂，是三皇子赵久沉的幕僚。

门人的胆子不是与生俱来的，如果背后没人撑腰，诸如顾方志、顾炳怀之流，都不敢轻易赚这种要命钱。

柳静姝死前，曾将一张契书交给陈怀瑾。上面记录了刘世茂所应官职与交易凭证。

赵久沉不久便亲自来陈都县，以酒相邀同陈怀瑾用了一顿"便饭"。席间百般试探，均被陈怀瑾四两拨千斤挡回去。

赵久沉只当他确实并未得到任何证据，并不知晓当天夜里，陈怀瑾便将这封契书捆于飞鸽脚上，送到了另一个人手中。

京城这条线，他暂时不能涉及。若要彻查，那个人，却是最佳人选。

案子落幕以后，乔灵均和陈怀瑾便回了苏州城。回城当日正值腊月三十，辞旧迎新。两人下车的时候，都快子时了。

陈爵爷由于一路颠簸，脑子还混沌着，耳里忽然听到一声爆竹的炸响，轰得他蒙了好一阵。

乔灵均也蒙了。两两对视都是耷拉着眼皮的痴态，一时也没想起今天是什么日子，统一地扭头看向接车的陈叔。

"花多少钱雇的？赶紧撤了去，好睡觉了。大半夜搞什么排场，噼里啪啦跟过年似的。"

陈放哭笑不得地说："爷，今儿可不就是大年三十。大伙儿都守岁呢，不然早躺下了。"

陈怀瑾瞪着眼睛望了一会儿，抬步朝着二门走去。他打算洗把脸，再拉着乔小九趁着热闹放两挂鞭炮。

结果他刚进到门里，又被陈放拉了回来。

"您且等等，府里有客，现在还在正厅等着呢。您见了再去？"

"有客？"

陈怀瑾驻足，看陈放的意思，这客似乎他认得。

"我的人缘不是很差吗？哪个不……"

哪个不开眼的大年三十的跑过来找我？

最后一句话还没来得及问完，"不开眼"的人就已闻声从里面跑出来，迅速抱住了乔灵均："三宝！"

人影冲近以后陈怀瑾才发现，这人还不止一个，背后还跟着一长串土豆似的"东西"。人影跑，他们也跟着撒开了小短腿追着。

病秧子没工夫看"土豆搬家"，甚至都没细看对方是谁，反手就是一记掌风将乔小九抱了回来。

待他细看，眉头轻皱，巧了，眼前这人他确实认识。

"十方？你怎么来了？"迷迷糊糊地被抱了一个来回的乔小九揉了揉眼睛，再打眼一瞅，笑歪了，"你身后为什么拴着一串孩子？"

柳十方的腰上系着一条粗壮麻绳，绳子后面一个挨着一个，系着好几个短胳膊短腿的小娃娃，都是两三岁的年纪，都有些傻。他方才不管不顾地冲出来，可累坏了这帮"土豆"。

柳十方跑得也有点儿喘，若你再细细端详，便会发现他是好看的少年模样，脸是白里透着嫩，身量是清瘦的薄，一袭青衫，再配着似雾似雨的眸。不似陈怀瑾的风流绝艳，自有一派温润清澈。平息了一番后，他绽开一副人畜无害的笑容。

"你当时说兵分两路进京，自己倒甩了我跑来苏州，我不寻你，难道要等你寻我吗？"

说完以后又拱手对老管家陈放施了一礼，拿了他手上的灯笼，提到乔灵均的跟前去看："我细瞧瞧，瘦了没有？"

乔灵均被他那副较真样逗了个前仰后合，抬手在他腮上掐了一把道："怎么非要打着灯笼看？"

十方被她笑得有些不好意思，摸摸鼻子将灯放下："你又不是不知道我的眼睛不好。"

乔灵均大笑着说："谁让你读那么多书的？"

柳十方还是笑，笑得特别乖，也特别纯良。

在场的大概只有陈怀瑾知道，他那双眼睛根本不是看书看的。

柳十方可不是什么省油的灯。他喜欢研究火药，身量没个板凳高的时候就带着药包去后山炸鸟，再后来炸鱼，再大一点儿，炸人。

那双眼睛不知道是什么时候炸"瞎"的，反正他总是一个人在小木屋里瞎研究。木屋里头白光闪过几次，屋子被炸了几次，他的眼睛就不怎么好了。再加上他白天懒得起，晚上挑灯夜看野史小段子，看着看着，也就几近于瞎了。

外界传他看书用功时，他就定然会摆出这种不要脸的神情默认。

"孩子也怕看丢了？"乔灵均又指着他身后的一众土豆笑。

十方点头："嗯，路上捡了两个，后来越捡越多，就拴起来了。"

他还提了提绳子："每天都数一遍，正好十二个，不会少的。"

乔灵均只管笑，脸上有种抑制不住的兴奋劲儿。

柳十方他爹是兵部尚书，所以柳十方十五岁就靠着关系入了军籍。她还嫌弃过他是关系户。后来发现他很有本事，时间长了便也不嫌弃了，甚至还发现了他的好。

两人只差两岁，相识得早，并肩作战也数年了，除了她爹，柳十方是唯一一个喊她"三宝"的人，说是青梅竹马也不为过。

柳十方在这时将视线转到了陈怀瑾身上。

他们也是旧相识，十五岁前的柳十方跟陈怀瑾还做过同窗。只不过，一个成日眼

高于顶，抱着手炉药罐子过活，一个见天埋头琢磨火药。都是自己跟自己玩儿的性子，却总是看对方不顺眼。

柳十方还悄无声息地炸过病秧子，没炸死，被病秧子拎着衣领扔到河里几次后，老实多了。

要说这两个，皆是天生的聪慧孩子，偏生一个觉得自己命不久矣，一个认定活着就得折腾，闷声不响地气人。私塾里见天药味混着火药味，逼得先生险些上了吊。要不是后来柳十方被他爹送走，还不知要闹到什么地步。

"陈爵爷，久仰。"十方拱手，施了一礼。

"柳军师，客气。"陈怀瑾颔首，还了一礼。

彼此都装作不认识，也都看不上对方。

柳十方当然知道陈怀瑾跟乔灵均的婚约，就为此事，特意回京拿着火药跟他爹闹过。他守着一个女孩那么多年，终于守到关外太平了，能眼睁睁地看着她嫁给别人？

"我喜欢乔灵均，你去跟皇上说情去，不然，我就炸了这个家。"

十方他爹也是个干脆人，不动如山地坐在椅子上道："把你手里面的石头放下来，先看看眼睛吧。"

石头跟火药都分不清楚了，还追姑娘呢。

柳十方能受得了这种气？当天晚上就启程朝苏州来了。

奈何他是个半瞎，又不识路，五天的车程走了将近半个月，还把车夫和禁卫弄丢了。又找了半个月的车夫，没找着，反倒摸到了苏州城，脑子里就没别人了，带着满心满眼的"三宝"进了城。

只是这话柳十方不会当着陈怀瑾的面说。他要私下里跟他的三宝念叨，念叨的时候还要加工一下，说得颠沛流离一点儿，三宝会疼他。

柳十方在太守府里住下了，跟他一同住下的，还有捡来的一长串孩子。

在此之前，十方和乔灵均都以为，陈怀瑾会斩钉截铁地拒绝这个要求。

十方这边自不必说，两人少年时就相处得鼻子不对鼻子眼不对眼，从头到脚没有一处能让对方看得上的地方，嫌弃是必然的。

乔灵均则觉得，陈怀瑾会不大喜欢孩子。他是那种窝里独大的性子，不喜欢被叨扰，一旦有人让他不自在了，就要撂下脸面。

陈怀瑾这次却出乎意料地好说话，当天夜里就把乔小九住的独院给了柳十方。

他说："我没带过孩子，宅子里又没丫鬟。孩子们既然是柳军师带过来的，便跟军师同住吧。一则方便照顾，二则也熟稔些。"

当然这后面还有话。

"小九跟我住大院，你那独院本就不大，总不好跟柳军师去挤。"

不跟他挤，跟你挤？

柳十方眉心舒展着看他，眉毛无声地一挑：就你会算计。

"柳军师意下如何？"他笑得那样和善。

"理应听爵爷吩咐。"柳十方当着乔三宝的面也笑得温和极了。

两人都是智斗里的行家，今日你将了我一军，来日，定当要还的。这么两个人守着一个乔小九，往后的日子可就难消停了。

柳十方在次日清晨起了个大早，大年初一，正是万家张贴对联，互道新年康健的时候。他带着一长串孩子，浩浩荡荡地排成一纵列来找乔三宝写对联。

他知道她有早起的习惯，不必惊动"人精"，单是等在院里就能把她等出来。

一时红纸摊开在院外石桌上，三宝撩开袖子磨墨，磨好了，又搓着手跃跃欲试。十方就将笔蘸饱了墨递过去，及至发现一排字被她写得歪歪扭扭，十方笑了，她便把纸揉成团，铺张新的让他写。

十方写得一手好字，擅长行楷，狼毫笔在他手下挥洒自如，一幅字行云流水又张弛有度，笔锋英挺俊朗。

因为看不清楚，柳十方写字时眼中另有一种深邃专注。不知道这人是个"半瞎"的话，会觉得他很有风姿。

乔灵均就蹲在石头凳上看着，写好一张就纵身一跃挂到树上晾着。待到陈爵爷睡醒以后，入眼的就是满树的红。

"醒了？"乔灵均抻着脖子跟他打了声招呼。

陈怀瑾哑着嗓子应了一声"嗯"。其实没有全醒，没全醒，就已经想把柳十方顺着墙头扔出去了。

不过扔的事儿都在心里，脸上还是一副神游太虚。迷迷糊糊地仰着脸在院里站了一会儿，转了头。

"豆子们打来时就没吭过声，你们没发现吗？"

他不直接说，乔小九你过来，而是抛出一个问题吸引她的注意力。

"你还别说，我真没注意。"乔灵均的眼睛果然从柳十方那儿落到了孩子身上。

她没养过小孩，也没带过，因此不怎么了解孩子。可没养没带，不代表没看过。坊间两三岁的孩子正是牙牙学语的时候，是不该老实成这样的。再者，就算有那么一两个老实的，也不可能个个都老实。院子里站着十二个呢。

"会不会是病了？"乔小九跑到陈怀瑾跟前。

病秧子就顺势抓住了她的手，露了笑模样："带进来看看不就知道了。"

柳十方也默不作声地过来，乔灵均又反手扯上了十方。柳十方走，后面那一串也会跟着动。三人并肩而行，各有各的心事。

乔灵均捏了两把陈怀瑾的手指头，问："怎么刚起来手就那么凉，你的炉子呢？"

"刚洗漱完，听见外面热闹就直接出来了，忘记拿了。"他说得随意，她听后又少不得要皱眉。

"那怎么行？等下手又要打战，今日可不暖和，我给你拿炉子去。"

她记得他有一次也是没带，身体就受不住了，还病了两三天。

乔灵均是个行动派，说拿就拿，双手一松就往正屋去了。陈怀瑾也不拦，依旧朝前走着，身边并排跟着另一位"纯良的爷"。

"把她支走是有话要说？"

十方进去以后便找地方坐了，两条腿舒展开来，跷起二郎腿。眉眼里没有了"无害"，单是坐着，就不像个善类。

陈怀瑾同他相对而坐，自斟了一杯茶，也不拿正眼瞧他。

"孩子哪儿来的？喂了什么东西？"

柳十方除了精通火药和鬼精的心思以外，就是熟知药理。"丰功伟绩"无数，还把陈怀瑾的鹦哥"毒哑"过，以至于好端端一只鸟，见天像个含着浓痰的老爷子，张嘴就只是"嘎嘎"。

陈怀瑾当然也没让他好过，直接把他制药的炉子给炸了。

柳十方的爱好，全然就是冉兰宫培养起来的。如果较真去论，柳十方还是陈怀瑾的同门师侄。只是，他比陈怀瑾晚入门三天，没赶上做秦五下的关门弟子，就拜了秦五下的大徒弟薛青禾为师。

只是这会儿两人都心照不宣地懒提旧事。

柳十方低头摆弄了两下腰上的绳子，认认真真地笑了。

"这事儿可别往我身上扣屎盆子，这几个打捡来时就是不言不语的，我没看出毛病，就拉到你这儿来了。"

"你这张嘴我还是服的。"陈小爵爷垂下眼睑刮了刮茶盖，"你是奔着乔灵均来的，顺道给我找点儿麻烦。"

这几个孩子细查之下必是有些毛病的。而且毛病，目测不小，不然不至于柳十方也解决不了。

"这么快就信了不是我下的药？"十方眨眼，挺无辜的样儿。

"我信的是你不敢在她眼皮子底下做混账。"陈怀瑾放下茶杯，睨他，"你是怎么在她面前装了这么多年的？不累？"

问完又各自沉默了。

一个男人这么费力地表现自己的好，隐藏自己的坏，除了爱一个女子，还能是什么？

"婚约的事你怎么看？"良久，十方状似无意地问。

"当正事看。"陈怀瑾抬了头，回得没有丝毫犹豫。

"正事？"十方放下手中一直玩着的麻绳，眼中荡出一抹玩味，他突然凑到陈怀瑾跟前，鼻尖对着鼻尖，"我跟她朝夕相对多年。"

陈怀瑾袖子一抬将他拂远。

"追了那么多年都没结果，你有什么赢面？"

柳十方索性挨着他坐下，吊儿郎当地道："你们那是政治婚姻，三宝就算嫁你也是因着一纸婚书。"

这倒是真的。陈爵爷点了点头。

"谁让你姐夫不是皇上呢？这门亲就是成也要成，不成，也要成。你心里明白得很。"

他时常喜欢用自己的背景去压制别人。爹是国公，姐姐是宠妃，他是皇帝的小舅子，是扎扎实实的皇亲贵胄。那话说起来也非常贱，语调是肆无忌惮的随意，偏生又噎得人无话可说。

柳十方笑得更浓了，浓得像发了狠。要是袖子里有包火药，他能立时炸死他。

这时没有火药，他也在袖子里掏着，大概是在找某种药粉。

上学那会儿他就总想毒哑他。他一直认为陈怀瑾是被鹤顶红喂大的，正常人生不出这么毒的嘴。

然而掏着掏着，柳十方眉眼上的荫翳又换作了乖巧。

"爵爷说的是，十方受教了。"

陈怀瑾也换了个姿势，微笑颔首。

"柳军师客气。"

要说这两人怎么忽然又转了性，当然是因着心尖上的人抱着手炉子进来了。

"炉子里都没炭了，你也不想着让下人加一加，我还得现生炉子，废了半天劲。"

她打着帘子进来，没什么好脸色地握了握陈怀瑾的手，发现还是冰凉的，将手炉往他怀里一推，又裹紧了他左右两边的宽袖子。

"平日不是照管自己照管得好好的吗？怎么今日就发了傻？"她最不喜欢做这种"细活儿"。

陈怀瑾只管抱着炉子，不还嘴，也不争辩。耳朵里灌着唠叨，嘴角勾起一抹笑，满足妥帖得很。

三人又各自找位置坐下了。

陈怀瑾抱炉于案前，专心查找医书。柳十方就和乔灵均一左一右坐在红檀木的椅子上。

柳十方是人精，看得出来乔三宝将陈病秧子当作了自己人。她是不懂什么叫男女大防的人，摸了手，拢了衣，也当作寻常。但是就是这点寻常，又让柳十方心里不寻常起来。

他知道陈怀瑾是个什么样的人，心思、手腕，本就不同军中那些大老粗。他打着他家三宝的主意，又比他多了一纸婚书，且极不要脸。这样一个人横亘在他和乔三宝之间，简直碍眼死了。

所以，柳十方面上虽还是非常"听话"，嘴上却跟乔灵均专捡只有他们两个聊得来的过往说。

军营里的事儿，是乔灵均最感兴趣，也是陈怀瑾最插不上话的。

两人暗地里较的这点儿劲，都是不动声色的。谁也没比谁舒心多少，谁也别想舒心。

话要聊开了，时辰过得也快。日头眼瞅着从中天落到了半山。陈怀瑾自书堆里抬起头，抱了一名"土豆"在怀中端详。

不出所料，孩子的事情着实有几分棘手。

按药理来讲，确实有几味药同时服用会让人痴傻，不言不语。江湖中，用单黄、尤七几味药制成的五味寒石散便有这样的药效。

但是这种药的量还要掌控得合理，用在孩子身上更要小心谨慎，一旦用多了，就有丧命的危险。

这些孩子现在还能好吃好睡，好好地站在这里，足见下药的人对剂量掌控得很精准。

"你是在什么地方捡到这些孩子的？"陈怀瑾问柳十方。

"有三个是在魏县，两个是曹城，其余的是在一处路口。我识路的本事有限，也记不是很清了。"

柳十方说的是实话，就连他记得魏县、曹城也是因着当时城门楼上有名字。

线索就提供到这里，对陈怀瑾来说足够了。

"你说的应该是姚碧山的路口。"他摊开一张地图，点了其中一处位置。

姚碧山又名摇臂山，因山形如一只粗壮的手臂而得名。

姚碧山地处魏县、曹城、灵宝县三县交界，山中住户不多，只有一个名为"绫罗"的村落。陈怀瑾查访顾炳怀在魏县的地下黑市时，曾到过那里。

陈怀瑾说："绫罗村虽叫绫罗，却并非人人皆有绫罗可穿。相反，那个地方特别贫穷，百姓常年靠山中野物过活，村民也多是猎户。重男轻女的观念极其严重，一旦生得多，养不起了，就会找些渠道卖掉。"

"所以你怀疑，是牙婆子所为？"乔灵均走到陈怀瑾身边，若有所思地摸了摸小孩子的脑袋。

这么多孩子被偶然捡到，当然不可能是谁家弄丢了娃子。

牙婆子是成日以倒卖孩子为"营生"的人，会成批成群地收孩子，同理，出了闪失，也是成批成群地丢。

可如果真是牙婆子所为，她下的"本"是不是太大了？

陈怀瑾抬起三指，又把了一遍怀中孩子的脉。

脉位表浅，是为浮脉。轻按可得，重按则减，除了不能言语，行动吃喝又与常人无异。若推测不错，应该是服了单黄和尤七所致。

这两味药，一味是用于麻痹神经，一味是进补良药，一补一损，皆不是寻常人家吃得起的。

牙婆子便是一日卖上上百个孩子，又能喂得起多少？再则，如果只是单纯地倒卖，有必要费这么大的周折吗？

"现在还不能确定。"良久，陈怀瑾方回过神来，同乔灵均道，"要究其答案，只怕要往绫罗村走一趟了。"

柳十方在魏曹灵三县交界捡到的孩子最多，那么很有可能，这个交界，就是牙婆子常来常往之所。

三人正月初二便启程去了姚碧山。

去的时候，三人出于暗中打探的考虑，没有着锦衣，换了一身寻常百姓的布衣。马车抵达山脚以后也不再上前了，徒步爬上山。

然而这山，却比想象中难爬许多，日中而至，日头完全落在空林中，还是没寻到那个绫罗村。

"爵爷不是之前来过？怎么还不记得路？"

十方揉着酸痛的双腿，靠坐在树下。眉心处堆满了不耐烦，脸上还是个笑模样，看不出恼意。

"柳军师之前不是也来过？"陈怀瑾轻描淡写地回他一笑。

装什么装，识路这种事情你有资格嘲笑我吗？

"十方的眼睛是个半瞎，确实难记路，倒是爵爷如此自信地拿着张地图带我们兜圈子，着实让人大开眼界。"柳十方眯起眼睛。

陈怀瑾没搭理他，原地一坐，将地图摊开在腿上，继续皱眉研究，并不想沦为"半瞎"一类。

他十分坚定地认为，自己跟柳十方的路痴程度是不同的。他能够记得大体方位，能断清一些路口，虽不识东南西北，但绝对不承认看不懂地图。

乔灵均从开始就没对这两人抱什么希望。她早就发现了，这两个人精，一旦到了深山老林里，就变作了完完全全的废物。一个天色微暗一点儿就要撞树，一个瞅着另一个撞树也不吭声，就知道闷头走自己的，并且特别拗，一定要由着性子"指点江山"，直至彻底"亡国"。

"灯笼给我。都把嘴闭上！"小个子将军终于发飙了，是个谁再念叨一句就要拔刀收拾的架势。

陈病秧子本来也累了，她要灯笼就给她。自己跟在后头，专心扒拉手炉里的炭。

柳十方则比这位爷会示弱得多，抓着乔灵均的一只袖子，一面装"瞎子"一面道："三宝，你慢点儿，我看不清的。"

乔三宝果然吃他这一套，当真慢了许多。

过去夜里行军时，柳十方就喜欢这么抓着她的袖子。抓的人习惯了，被抓的人也习惯了。剩下一个孤独的陈病秧子，低头看看手，莫名觉得空落落的了。

他盯着手炉看了一会儿，趁着乔灵均没注意，直接扔到了草丛里。

"我手冷了。"

"手冷不是有炉子吗？撑一会儿，再往上去应该就是绫罗村了。"

乔灵均头也没回。

"炉子找不见了，可能是方才掉了。"

"掉了？"

乔小九打着灯笼回身看他，发现他说完手冷就没再动地方，揣着袖子在后面站着。模样还是那副清淡样儿，脸色是一如既往的病态白，一双眼睛在黑夜里也是晶亮，妖妖娆娆的，美如烟。

乔灵均跟他也处了一段时日了，十分懂这个表情是翻脸的前兆。倘若她不理他直接走，就算摸到了绫罗村，也还是得折返回去找这位爷。

陈怀瑾跟柳十方不同，这是个能作的，不像十方那么乖，什么都顺着她。

"我给你焐着，到村里再想法子取暖。"乔灵均抓了病秧子的手，抓之前有些气不过地在那只手背上打了一下，"就你事儿多。"

陈怀瑾笑了，她又绷不住脸，嘴角歪了歪，也跟着乐了。

由此，乔将军一手拉着陈怀瑾，一头袖子"拴"着柳十方。她像驴拉磨似的拖着两位公子爷。

本来她的个头儿最矮，出的力气却最多。心里琢磨着，这要是在军营，她肯定把他们都扔到外面冻着去。

乔灵均这般一路拖着两位爷往前走，竟然很快就看到了亮光。

光亮在一块木质匾额之下最盛，上面歪歪扭扭地写着"绫罗村"三个大字。

"八成是哪个不成器的秀才写的。"

"字无笔锋，撇捺无力，执笔的姿势肯定也不对。"

两位爷竟然站在底下评论起了上面的字，双双被乔灵均跳起来打了后脑勺以后，都不敢吭声了，老实巴交地跟在她身后进了村。

"大娘，我们兄妹三人是落难至此的，您家可有地方能略住住吗？感激不尽。"

乔灵均的巧嘴，十有八九都"送"给了外人。刚刚她眼见着有人过来，便连跑带跳地紧走了两步。

她的俏脸笑起来是娇娇俏俏的可爱，甜得很，因此这副样子也很讨人喜欢。

只是，这次的甜嘴似乎不那么好用。被拦住的这位老大娘不甚买账地向后退了一步，将信将疑地说："逃……逃难？穿这么好？"

好吗？

三人彼此对看了一下身上的衣服，再看看对面那位老大娘。恍然发现一个问题。他们的衣服没有补丁！

对面的老大娘一件衣服上打着十七八个补丁，他们的布衣笔挺干净，料子也好。逃难的比有家的穿得还体面，确实是很难说得过去的。

柳十方在这会儿默不作声地走出来，一双眼睛虽常年像蒙着一团雾气，却水润如山泉一般，微一皱眉就像要哭了。他还极自然地擦了一把莫须有的眼泪："大娘，我们真是逃难过来的。路上衣服烂得都没法穿了，身上这身都是路过乱葬岗时在死人身上扒下来的。你看我兄弟二人饿得清瘦，妹妹又一直没长起来，都是风餐露宿熬的。"

他模样凄楚得仿佛百十来里都找不出这么惨的几个孩子，又仗着天黑灯影暗，将乔灵均往老大娘跟前一推。

"我妹妹今年都十九岁了，看着就只有十二三岁的身量。我光是看着，都觉得对不住爹娘啊。"

柳十方平时若摆出一副可怜样子，连乔灵均都能糊弄过去，面前的这位更不必说了。老大娘当场就落了泪，一面唉声叹气地安慰，一面道："不瞒你们说，这个地界啊，也不是什么能长待的地方，穷得很。村里的男人都以打猎为生，有运气好的，赚了点儿小钱就往山下县城里去了。剩下的这群，要么好吃懒做，要么得过且过。能供遮雨避雪的破草房子却是不少，你们且跟我来，我知晓有一处地方还能住。"

老大娘拄着木棍一路探过去，指着村东老槐树下的木屋说："这村里，里外就那么十几口。上头这屋里的，前些时日去县城买了房了，你们就在这儿歇脚吧。"

三人听后连忙拱手相谢，一时安顿了行李，乔灵均担心天黑路滑，老大娘不好走，又送出去一段，送的时候还问道："这户人家是猎到了什么稀罕东西了？怎么就在县城买了房子？"

她记得周边县城的房价也不低的。

老大娘沉默许久，摇了摇头，道："稀罕东西？也算吧。谁家的孩子都算是稀罕东西。只可惜啊，当爹的没人性，当娘的也舍得。他们家，一连卖了几个孩子，谁能想到卖孩子也能算作赚钱的门路了呢？"

乔灵均闻言一凛，嘴上紧跟着道："卖孩子？"

"对，卖孩子。"

老大娘敲了敲腿脚，在村口一块石头上坐下。她看这个丫头面善，不免就想多聊两句。

"卖孩子在这儿也不是什么新鲜事儿，谁家里生了丫头，长得半大不大就会找牙婆子来换些银子。卖出去的伢子们呢，运气好的，就能去大户人家当个使唤丫头。不好的，谁知道能到哪儿呢？左右爹娘都不操这个心，咱们也懒于费这个神。只说近一年倒也怪了，新来了一个十分挑剔的牙婆子，不要半大丫头，只捡两三岁的孩子买。男童女童不挑，模样长相也不挑，出的价钱也高，待要问将孩子送到哪儿去，又板起脸来，没个准话。

"村里有些没心肝的，认钱不认人，能卖就卖了。其中就数那户木屋的混账人家卖得最起劲。家里三个大的，两个小的，一气儿全卖了，你说是不是黑了心肝了？这样的人，便算是得了好去处，就不怕无子送终？"

生而为人母，不问孩子去向死活。赚亲生骨肉的钱，还配称为人吗？

乔灵均在心里狠狠啐了一口，再听这话的意思，牙婆子改收两三岁的孩子，已经有很长一段时日了，有时一次就能带走七八个。

七八个孩子，能卖得过来吗？

先不说苏州府有没有那么多乡绅员外要仆役丫鬟，单说她只收稚儿，就已十分蹊跷了。

"这么大点儿的孩子，一不能端茶递水，二不能挑担拉柴，卖给谁用呢？"

老大娘说："这哪里晓得，我只知道她每隔一月半月便要上来一次。谁家的媳妇怀孕，谁家的快要临产，也都记得清楚。不过说起这事儿……"

她琢磨了一会儿，说："张二家的和冯五家的娃子也快两岁了，估摸再过十来天，牙婆子就该来了。"

乔灵均将大娘送回去以后，就跟陈怀瑾和柳十方说起了此事。

三人决定在这里守株待兔，等牙婆子来了再探虚实。然而这个决定一下，又多出了许多麻烦。

他们没有带被褥，包裹里也只有几件"拿不出手"的换洗衣物。要暗访就不能扎

眼，夜里这身"体面布衣"就将老太太吓了一跳，锦衣就更加不能上身了。

洗得白净的锦衣只能铺在床上，剩余的几件也得抓紧打上补丁。既然要一连住上十天半月，总得有几件替换的。

于是，几人连夜点灯撕起了衣服，好不容易弄出一堆的窟窿，又都傻了——没有人会缝！

"三宝，你不是女的吗？女的不都会做女红？"十方傻傻地拿着一堆破布条来找乔灵均。

"谁告诉你女的都会女红？我就不会！"乔灵均头痛地摆了摆手。

她十岁就跟着她爹下军营了，抡圆膀子打架会，穿针引线的，她大姐才在行。

柳十方又看向了盘腿坐在地上扒拉大炭盆的陈怀瑾。

他好像去哪儿都得带着这些玩意儿，生怕自己冻着。布衣里头还穿着毛皮坎肩，清瘦的身子骨倒是不显臃肿，还是一派公子范，到哪儿也没个落魄的样子，正守着进补的时辰喝药茶呢。

"他就更不会了。"乔灵均出声拦住了十方的口。

问题绕了一圈，最终还是落到了柳军师身上。他过去给乔灵均的衣服缝过边角，虽也像蚯蚓似的歪歪扭扭，大抵不至于和其他两个一样，连针都不会穿。

一时，柳十方又成了香饽饽。两个人给他举着灯，他眯着眼睛费劲地穿针引线，模样神态都像个年过半百的婆婆。

点得大亮的小破屋里，时不时传出这样的对话。

"这地方还少几针，都快掉下来了。"

"我知道，别催我，我扎手了。"

"实在不行，用胶粘一下吧？"

"不行！那东西干了有一股子酸味儿！"

如是缝到后半夜，总算有一两件看得过眼的了，新的问题又紧跟着来了。

这木屋，里外就一间屋子，仅供两人睡的大床边上，摆着一张破木桌子，灶台都在外面。

乔灵均肯定是要睡床的，其余两个自然是睡在地上。但两男一女共处一室，其中一个男人在另一个男人眼里，就变得无比碍眼了。

"看我做什么？我还能出去睡？"

两位爷一左一右地并排躺下，中间隔着挺大一段距离，谁也不愿意挨着谁。

柳十方趁着乔灵均没注意，还白了陈怀瑾一眼。陈怀瑾也白他，彼此相看两厌，要是没乔灵均在里面，估计能打起来。

然而那天，注定还是消停不了。

三人各自睡下以后，乔小九沾枕头就梦了周公。其余二人各怀心事地合不上眼。

陈怀瑾第一次跟乔灵均在一个屋子里睡，侧头微仰就能借着月光看到她的睡颜。小九睡着了越发像孩子，身上披着几件他们强行盖上去的衣服，脸蛋儿睡得白嫩潮红。

病秧子的手又想就近掐一掐她的腮帮子了。上次的腻滑触感还留在指间，总是隔三岔五地让他痒一下。

眉眼怎么生得这样好？

陈怀瑾睁着一双妖里妖气的眼，默默地想着：月亮再亮些就好了，还能再细看看。

这般琢磨着，乔灵均的脸上竟然出现了一只灯笼。

柳十方不知什么时候悄无声息地爬起来，打着灯笼去看乔三宝了。他的眼神不如陈怀瑾的好，即便是有月亮的夜对他来说也是全然的漆黑。他也想盯着乔三宝睡觉的样子，就只能把灯笼提到她的脑袋上。

柳十方的背影也极其讨人厌，光看着还不够，干脆整个人坐在了床边上探头探脑，将乔灵均整个挡住了。

"十方，走开。"

乔灵均睡得快，觉却从来不沉。常年行军打仗的人，警觉性都很高。从十方挪了步子过来时，她就听到了。

她的眼睛也不睁开，不睁开就能知道打着灯笼的是他，过去在军营他就这么干过。

那会儿还是一人一个帐篷，他总无声无息地进来，打着灯笼看一阵，又坐一阵，实在困了才走。

初时还被乔灵均撵过，撵不走，便睁一只眼闭一只眼算了。乔三宝总将柳十方当孩子看，虽然他比自己虚长着两岁。

"三宝，我睡不着，就看一小会儿。看完便睡了。"他轻声哄着，手还伸过去有一下无一下地拍着她的肩膀。

乔灵均很快又睡过去了。柳十方却并没有得偿所愿地看她看到困。

他被拢着衣服站起来的病秧子连人带灯笼拎到了屋外。

"想打架？"十方的脸完完全全地冷了下来。那是完全不同于素日的一副样子，荫翳的少年面。

他很快抽出了一条软鞭。鞭子上淬了毒。

"六味噬骨散。"陈怀瑾嘴角微掀，眼中全然是讥诮。

柳十方在习武上一直是个半吊子，但毒方药理学了个通透。六味噬骨散沾肉必腐，寻常退敌是足够了。

但陈怀瑾跟乔灵均一样，身家功夫都是以快著称，下盘又稳，脚下如踏月，任柳十方如何强攻皆不能近他身。

陈怀瑾又从来不顾什么君子风度，明知道柳十方是个书生骨头，打不过他，还是一剑都不少出，一拳头都不相让。

十方呢，鞭子没有剑快，药粉没有拳头狠，僵持到最后就变成了完完全全的单方面挨打。但是柳十方另有一种不要脸，一面挨打一面告诉他："你别以为是白打，明日三宝醒了，且等着我怎么告状！"

"告去。"陈怀瑾冷哼。

他管你这一套？明日再想明日的辙，他反正是不会让自己白白不舒坦的。

两位公子爷就这么一来一往地打了许久。十方的药撒了一地，内心无比闹腾，为什么就弄丢了身边的禁卫？不然，他怎么也能跟病秧子打个平手。

与此同时，在夜色中的另一边，有一群身穿黑衣黑裤的禁卫目瞪口呆地看着两人激战。他们正是从太守府得到消息，巴巴赶来暗伏在四周的张城、肖勇等人。

他们本是为了防止将军杀了爵爷而在四周埋伏的，这会儿爵爷跟军师打起来了，他们要帮谁？

"圣上没下这个旨意啊，管不管？"

"我也不知道啊，要不，再看看？"

这一看，就看到柳十方被揍趴下了。病秧子轻松愉快地回了屋，几人又赶紧跑过去捞剩下的一个。

"柳军师，没事吧？"

"军师！"

柳十方云里雾里地被一群人拽到草丛里，又被火急火燎地上了一通药。他脑子还蒙着，反应过来以后龇牙咧嘴地推开他们，站起来就往屋里追，嘴上还骂骂咧咧的：

"大半夜的不睡觉有病啊？拽我干什么？打架的时候怎么没见你们出来帮我？"

众人心想：军师，其实你挨揍真的是有原因的。性格太不讨喜。

乔灵均睁开眼睛就看到柳十方鼻青脸肿地坐在她床边发呆。

他说："姓陈的打我，昨儿你听到动静都不出来？是不是有他就没我了？"

以乔三宝的耳力，是不会不知道昨晚闹得多大的。

"昨儿太困了，懒得起。"乔灵均揉着眼睛坐起来。

你当她不知道柳十方不是个省油的灯？这人也是个披着兔子毛皮的鬼精，左右没什么要命的事儿，装装傻也能糊弄过去。

"懒得起你就不管了？看他给我揍的。"十方挑了眉毛，凑过脸来，"眼睛、嘴角，乌青的！"

乔灵均也就近看了看，是下了狠手，皱眉思量了一会儿，语重心长地对十方说："他就那样儿，你打不过他就不要总是凑过去。实在气不过，背地里下点儿毒就得了。"

说完以后又觉得好像不对，拍了拍十方的脑袋，加了一句："不能毒死，赵久和稀罕他稀罕得紧。"

十方在床边盘起了腿，单手支着脑袋："你呢？你稀罕不稀罕他？"

乔灵均在他脸上掐了一把，没正面回话："他跟你一样，都是有本事的人。"说完便伸了一个懒腰，打水洗脸去了。

有本事，就是百姓之福。

柳十方知道，乔灵均是胸中有大爱的女子，此时再说其他就显得不大气了，因此决定近段时间闭门造车，争取毒哑那个"被鹤顶红养大"的混账！

与此同时，"吃鹤顶红长大"的小爷已经在洗漱了。

他是没吃过什么苦的人，冰冷的地面太硬，以至于他整晚辗转，没睡几个时辰便醒了。

因着休息不好，陈怀瑾脸上的白更接近于惨白。一双艳色眼睛直愣愣地盯着地面，正在用竹盐漱口。

"没睡好？"

乔灵均也沾了一些竹盐。

"嗯。"

"昨夜里打了十方？"

"嗯。"

他困眉困眼地应了两声"嗯"，坦然得跟没事儿人似的。

"下次出手轻点儿，哪那么多大不了的事儿？"

乔灵均含了两口水，漱一漱，吐出去。他随手拿了袖子里的帕子给她擦。

"你不是也告诉他，背地里下毒吗？"

他的耳力向来很好，她也没有刻意不让他听见。

"那就都消停点儿，怎么无端像带了两个孩子？"

她说着就笑了，阳光底下的脸明艳艳的。

"那就少让他招惹我一点儿。"

他也不觉笑了，手指顺着她披散的乌发一路向下，他宠极了她，却不自知。

第十一章

不入虎穴，
焉得虎子

在绫罗村的十天半个月，于三人而言都不是那么好过的，陈爵爷尤甚。

陈爵爷睡不得硬地面，每日待乔灵均醒后，都要躺回床上再睡个回笼觉。

陈爵爷的药茶还是从不间断，有时皱着眉头在院子里熬药，人参味儿太重了，见到路过的村民，还要赶紧抱着药锅往回走。

他那件顶贵的毛皮坎肩也不敢穿在外面，天气冷时又要裹着柳十方缝得满是补丁的破棉絮大袄。脸色是一天比一天黑，没发脾气就算是忍到了极致！

乔灵均和柳十方就看着这位爷成日维持着这些精致的臭毛病，有时看他愁眉不展地唉声叹气，都忍不住想调侃两句。

好在这日子也不需长长久久地过，正月十五以后，牙婆子终于上山了。

绫罗村不大，有什么风吹草动也会变成遮掩不下的"热闹"。加之各家为牙婆子准备孩子，都如献供似的一手交钱一手交"货"，孩子哭喊得地动山摇，想不知道都难。

乔灵均就坐在村头最高的树上看着，眼见牙婆子乐不可支地装车套马，快到村东头时，跳了下来。

"这位大娘且慢行。"她一蹦一跳地迎上前去，笑眉笑眼地道，"敢问您可是泸州城来的菩萨娘娘？"

"菩萨娘娘？"牙婆子勒住马，审视了乔灵均两眼，"我是泸州城来的不错，可是你方才说菩萨娘娘……"

"那就必然是您了。"

乔灵均堆起满脸的笑，半大孩子似的凑上前去，摇了摇她的手臂。

"我兄妹三人是前些时日落难至此的，早听村里的老人们说，有位菩萨似的娘娘每隔一月半月就会来这儿收娃子进城。小九听着马车里有小孩子的哭声，您又慈眉善目的，好不亲切，便暗暗思忖，必定是您，错不了。"

牙婆子常年在山野村地里行走，鲜少遇到几个灵巧会说话的。再见这丫头长得也娇俏，说的话落在耳里更觉妥帖，只是这姑娘年纪看着太小，十二三岁的样子，又有些不明白了。

"我确实是收孩子，丫头家里也有两三岁的娃子不成？"

"我不就是娃子嘛。"乔灵均整个人都依偎上去，"小九知道您只要年纪小的，但大户不也缺伶俐丫头吗？哥哥们平日砍柴狩猎十分辛苦，小九看着不忍，万求菩萨娘娘行行好，就买了我去吧。换来的钱一则让哥哥们过得宽裕些，我进了大户人家也比在山涧挑水担柴的好。"

原是这么个章程。牙婆子点了点头，又紧跟着犯起了琢磨。

她已经许久没有卖过半大丫头了。实话来讲，卖丫头比卖娃子赚得多。娃子都是给雇主的，一个就是一个的钱，价钱定死在那里，没有抬高的余地。面前的这个水灵的姑娘，倒是不愁没有大户人家收。粗粗算来，也值五六个娃子的钱了。

但她要是收了，就是自己私下里的买卖，又担心被查账，她的雇主不让她再接旁的生意，不免又踟蹰起来。

乔灵均见牙婆子有所松动，脸上的笑意更浓了，温温软软地贴在她身上往屋里拉："菩萨娘娘不如屋里坐坐吧，喝口水歇歇乏也好。"

她给她琢磨的时间，顺便让屋里的两个"哥哥"跟着一块儿卖一卖惨。三人个顶个地口齿伶俐，不怕糊弄不了一个牙婆子。

结果脚才迈进院子，乔灵均就后悔了。

陈病秧子不知道什么时候，把草丛里暗伏的张城和肖勇给拎出来了。正盘腿坐在地上，盯着锅里的肉汤颐指气使。

"快点儿炖！再下点儿青菜进去。这肉怎么这么肥？"

"哥！你干吗呢？"乔灵均赶忙跑过去，踢了他一脚。

她不过就是去守个人的工夫，他就摆了这么大阵仗？

陈怀瑾刚想说，我吃肉呢，你踹我干吗？回身一看，全明白了。面上也没有什么惊慌之色，很快站起身来，自然和气地道："请回来了？这不是昨日听你说，菩萨娘娘要过来嘛，便特意将打好的野味煮好了，给菩萨娘娘留饭。哥哥又是个手拙的，便请了二狗和肖三两位兄弟来帮忙，你看，正好就赶上了。"

好端端的两个皇家禁卫，转眼就变成了二狗和肖三。张城和肖勇也不敢言语，脸上就只能露了傻笑陪着，生怕一个配合不好就要挨揍。

这里面住着的这三位，他们可一个都惹不起。况且事关重案，也儿戏不得。

绫罗村的人常年以打猎为生，猎到野味也不是什么新鲜事。牙婆子忙活了一个上午，竟赶上了肉吃，心里对这户人家越发喜欢了。

再看看丫头的哥哥，眉目生得如山水墨画，有些女相，却并不显阴柔，反而添了清俊，举手投足自有一番气派，不由得问道："读过书吧？我看着少年人很有点儿学识的样子。"

陈怀瑾将人向里面让让，面露惭愧之色："是读过一些，不过都是些无用的书。

大灾之年，一家就饿剩下了兄妹三个，再会咬文嚼字也不如身子骨壮硕好活。您小心脚下，这里有道门槛。"

牙婆子今日着实舒坦极了，好像真将自己当成了"菩萨娘娘"，看看左边的丫头也顺眼，右边的书生也体面。

打开门再一看，还坐着一个呢！

那也是个俊俏的少年，一双眼睛雾气昭昭，山泉似的剔透，正眯着眼睛在窗户边上缝衣服呢。

"我就随便缝缝啊，我眼睛都快瞎了。"他还盯着手里的"活计"，头也没抬。

再看那针脚，确确实实是不好，好好的一件衣服，补得线头都露在外面。针还要拿到眼前再缝，但他手里拿的料子……

"怎么，你们家还穿得起绸缎？"牙婆子警惕地向后退了一步，睨了"兄妹"二人一眼。

那"孩子"手里拿的衣服，可不是寻常富贵人家穿得起的。

"二哥！"

"二方！"

两人异口同声地呵斥："你又跑去山下偷东西了？"

这反应也是够快的。

柳十方的耳朵没这两个功夫好的灵，不知道还有外人进来。听到两人呵斥，吓得一哆嗦，针头扎了手指头。

"啊？"他老老实实补衣服招谁惹谁了？

哆嗦完以后再一看屋里的牙婆子，立刻就明白了，他一面甩手，一面仰着脸无辜至极地道："没偷啊。你们忘了？这不是前几天去山里打猎的时候，遇见大户经过，捡了一件嘛。"

乔灵均从善如流地接话道："就是张员外的车歪在土坑里的那一次？"

"是啊。"柳十方答得脸不红心不跳。

"那日是个雨天，张员外带着妾侍回魏县，车轱辘陷在了水坑里，衣服落了一地，沾满了泥浆，我不就顺手……"说完以后，柳十方又"不好意思"地看向牙婆子，"让您见笑了，咱们小门小户哪里见过这种好东西。说是偷，也不算。但……到底也是没知会人家。"

牙婆子听后又放了心。姚碧山处魏县、曹城、灵宝县三县交界，山脚坑洼不平，雨天陷了轱辘也不是没有的事。她之前便陷过一次，还丢了几个孩子。

衣服的源头找见了，肉也熟了，牙婆子便安安稳稳地在"三兄妹"家吃上了饭。车里几个娃娃还在哭闹着，她也不管，兴致勃勃地抓了好些肉吃。

饭毕，牙婆子打了个响亮的嗝，开始聊正事儿了。

"丫头真愿意跟我走？你看我这车里娃子的价钱虽高，半大丫头可不值多少。"

乔灵均心知，这是她打的一手好算盘。便宜收来高价卖，他们这类人都是赚的这种黑心钱。

她面上假意做出无奈之态："菩萨娘娘只管看着给些就好。哥哥们年轻力壮，还是有些赚饭食的本事的。小九就是不想再做拖累，只求您给个好去处就行。"

乔小九这话一出，两个"哥哥"少不得要做出惭愧模样，"二方"干脆见坡下驴地抱着"妹妹"哭了："哥哥对不起你啊，竟连顿饱饭都给不了。"

"大哥"饮了口茶，袖子状似无意地一抬，便震开了"二哥"。手腕一翻，反手一扣，把个心怀鬼胎的柳十方拉到自己边上。

"你也莫哭了，若菩萨娘娘真能给小九找户好人家，倒也不失一桩幸事。"

于是，谈钱的事儿就落到了陈怀瑾和牙婆子之间。为了不至于太假，价钱还是要谈的，最后陈爵爷以五两银子的价钱，卖掉了乔灵均。

照例，卖了以后还得再歇斯底里地哭一场。柳十方负责哭，陈怀瑾就将"妹妹"拉到一边贴着耳朵叮嘱。

他告诉她，他们会一路尾随牙婆子的马车进城，让她务必小心。车里给了什么药，闻了什么香，都要注意。

路上能套出话来便套，套不出来也不必强求，以免被怀疑。

乔灵均都一一记下了，仰着脑袋乖巧温顺地点头，让陈怀瑾又忍不住摸了两下脑袋。

牙婆子方才为她打扮了一番，着了布裙，梳了发髻。双环髻上垂着的两条水色长带，这会儿就随着风，从他唇边、眉宇一一拂过。

牙婆子说："姑娘上车吧。"

陈怀瑾没动，看着她。

婆子又喊了声："姑娘该上车了。"

他才缓慢地松开她的手，面上还是一派清淡，垂下眼睑，掩下一团似妖似仙的激滟缠绵。

"听话些。"他轻声叮嘱。

画面最后停驻在她探出脑袋，笑靥如花地一挥手。

"下次给她做身更好的穿。"十方的眼里心上全是她女子装扮的娇憨恬淡。

"好。"陈怀瑾回了一声。

这大概是他们俩第一次如此一致的决定。

虽然，这并没有让二位公子爷相处得更为融洽。

"菩萨娘娘"带着两位爷心尖上的人走了，两位爷下一步自然是要去"追"的。

陈怀瑾会轻功，暗随牙婆子的马车是十分容易的事情。柳十方则不然，这位爷此生最大的痛就是"飞"不起来。他得赶车跟着，又因为不肯让陈怀瑾事事冲到前头，非要拽着病秧子同行。

不过柳十方也不傻，知道什么时候用什么样的话和模样哄着陈怀瑾。

他对陈怀瑾说："你看我这车，里面有软垫。铺这么厚，不比你凉风寒日地从这棵树踏到那棵树强？读书人怎么能学武夫那一套？多不体面。"

他指着他在村里找到的那辆驴车，一股脑铺了好些厚棉絮进去，说垫子厚的时候，还特意用手比画了一下。

"这里面还有火炉，你不是怕冷吗？我在车后备了炭，冻到了算我的。"

他又殷勤地捧出了炭，样子乖巧又老实。

柳十方是个明白人啊，他"半瞎"，还不认路。陈怀瑾要是这会儿丢下了他，他上哪儿找人去？

"我知道你看我不顺眼。"柳十方看陈怀瑾不说话，又挡在他跟前，位置站得不偏不倚，就在院子正中，"我不跟你坐车里，我在外头赶车，爵爷只管坐着行。"

"你"字都换成"爵爷"了。柳家这位小公子，着实算是能屈能伸中的一把好手。

陈爵爷笑得挺和善，一只手提溜起他的衣领子，便"扔"到了一边。

"你赶车？看得清楚吗？"

天稍黑一点儿就得撞树，哪辆马车禁得住这么撞？柳十方前些时日在林子里撞出的大包，现在还在脑袋上肿着呢。

柳十方被"鹤顶红养大的崽子"堵了个哑口无言，心里憋闷得又想掏药粉了。但是他知道，掏了也制服不了他，因此继续装老实。

"咱们可以雇个车夫，草丛里的那些人随便拎出来一个都能用！"

张城和肖勇觉得，他们遭到了侮辱。他们是暗卫啊，能不能别每次都装看不着，一旦要用到了，就准确无误地扒拉开草垛子，点着他们的鼻尖说："你给我出来！"

他们甚至觉得，这种行为等同于当众被扒光了衣服！

柳十方就扒了，半瞎的眼睛找人倒是一找一个准，拉着其中一个道："这个就行。"

陈怀瑾只管眯着他们笑，笑够了，步子一抬，纵身跃上高处便没了踪影。

柳十方气得在地上直打转，再回头一看张城，眼睛又变作了清清澈澈的"无害"。

"你会轻功吧？"

"会……得不精。"

"不用你精。"十方弯起眼，"带我追上前面那个就行。"

张城想说：我不敢！话还没来得及说出口，就见柳家这位小公子掏出了鞭子，眼睛也只看着他的鞭子："你说，我打不过他，打不打得过你呢？"

十面阎罗似的少年，大白天都让人冷出了好几个寒战。

然而张城带他跟上了，他也没老老实实地跟着，先后给陈怀瑾下了几十次毒。他似乎打定了主意要毒哑他，又因为速度不快，身边可用之人唯有功夫同样不怎么样的张城，因此，总时不时被陈怀瑾扯出来暴揍一顿。

十方挨揍亦锲而不舍，以至于本就不怎么分东南西北的陈爵爷跟丢了牙婆子好几次，张城和肖勇也没少被殃及。

此后，张城和肖勇在密报中声泪俱下地控诉：

"城中出要案，将军引牙婆子而出。军师爵爷暗随其后，军师善妒，不停捣乱。爵爷揍之，军师被揍后不服，继续捣乱，爵爷再揍。臣等无能，不知当如何处置，万请圣上示下。"

二人不知，圣上得此信后，竟于九龙案前大笑许久，大笔一挥，留下一句：

"这个热闹好看，尔等需常来书信，让朕欢愉。"

张城、肖勇欲哭无泪。

另一边，"被卖掉"的乔将军已经跟着牙婆子到了广平地界。

这地方是两广交界，内有一处名为陵水城的地方最为富饶。乔灵均伸着脑袋看了看，似乎是要进城，一面机灵地为牙婆子点了口旱烟，一面道："菩萨娘娘这是要送牙婆子吧嗒出两口烟，悠悠说道："陵水城虽说也是处好地方，相较于广东省其他大城可就差远了。咱们有更好的去处，比这里的人阔绰多了。"

乔灵均听这话的意思，知道是不放她在这儿"落脚"了，那车里的那些孩子……

"您是打算把娃子们放在这里吗？"

牙婆子吊着眼梢看了她一眼："你倒是爱打听。"

有些话是不能对外人说的。

"哦。"乔灵均娇憨地摸了摸鼻子。

牙婆子见她被数落了，还是那副笑模样，没什么心机的样子，又沉吟了一会儿，心下想，这个丫头左右都是要被卖掉的，说两句让她警醒些也好。便磕了两下烟锅里的烟灰，眯了眼道："是在这儿。卖了他们才好卖你。一会儿仔细着点儿，我这个雇主不喜欢我收私活。"

乔灵均对她的吩咐都一一应"是"。再坐一会儿，她发现牙婆子突然转了山路，在山脚停了下来。

"来来来，喂点儿粮食好上路喽，没得在城里吵出了动静。"

牙婆子撑着腕，慢悠悠地下了马车。马头挂着一个不起眼的布袋子，她伸手就向内捞，一连捞出三四个小木盒。

"丫头别愣着啊，搭把手。"

乔灵均就等着她这一声招呼。

这个婆子是个面上糊涂心里很有打算的主儿，若是方才她主动上前帮她拿，只怕此时她说的就不是这句话了。

车里的那些孩子还在没完没了地哭闹，牙婆子似乎并不惆怅，一扯帘子，逐一向孩子嘴里喂进一颗黑色的药丸。

大约是将交"任务"了，婆子面上的神情也放松了些。耳听着娃子们的哭闹声逐渐变小，她又跳坐回车边上，双手缰绳一甩，喊了声"驾！"

又上了路。

"丫头不问我，给娃子吃的是什么？"牙婆子似无意地问。

乔灵均帮她松了两下肩膀，睁着圆润的眼睛说："菩萨娘娘想说与我听的，我便听。菩萨娘娘不说的，便是不想让我知晓，我便也不问。"

"哟，哪里去找这么乖巧的孩子？"牙婆子心情甚好地拍了拍乔灵均的手，"坐着吧。"

牙婆子夸虽夸了，其他的还是什么都不肯说。乔灵均倒无所谓，她方才顺手拿了一颗药丸，有陈怀瑾和柳十方在，不愁验不出里面的成分。

不过说起来，这两个人又跑到哪里去了？

她记得马车行至聊城那会儿还见了病秧子的，怎么这会儿……乔灵均很快在摇晃的马车中，看到了两道玉树临风的身影，不觉失笑。

还真是经不起念叨啊。只不过，这两人好像不是追着她来的，倒像是迷路了？

乔灵均眼神好，耳力灵，模模糊糊听到几声争执。

"我看着应该没在城里，昨儿夜里不是还朝南走的吗？今儿就拐弯了？"十方在原地转圈。

"你相信你在夜里的眼神？"病秧子扔了柳十方继续前行，是一点儿也看不上他。

他从未跟丢过什么人，跟柳十方在一起时除外！但他现在已经揍他揍到没有兴致了，潋滟的一双桃花眼，此时全是漠然。

"你就知道是在陵水城里？"柳十方追上前几步，跑得有些喘。

万一找错了，不是又浪费好些时间？

陈怀瑾还是信步向前，不知道为什么，他总感觉在这座城里能闻见乔小九的味儿。

熙熙攘攘的街道，川流不息的人走走停停，光影交错，陈怀瑾的眸四顾着，突然停在一个地方不动了。

他就觉得有她的味儿。你说怪不怪呢？她分明连香都不熏。

乔灵均也在这时看到了陈怀瑾，马车里探出半边身子，单膝支起，豪放地对他扬了扬眉。

他在人群中专注地望着那抹娇小的身影，眸中明艳一片，愣了又笑了，无声地说了一句话。

"喂！"十方终于再次追上他，"那就在城里找？能找得着吗？"

陈怀瑾不动声色地收回视线："能啊，想找，总能找得到。"

乔灵均也在这时撂下了车帘，嘴角扬起，也跟着笑了。

"那你给我点儿银子，我饿了……我想买几个包子，肉包子！"

尚不知情的柳家小爷，还在惦记着抚慰他的五脏庙。他的钱袋在路上丢了，生怕

陈怀瑾不给他钱。

"就在同顺居吃吧，他家的烧鹅不错。"爵爷心情好的时候，对周围的人都会善良许多。

柳十方未料及他今日这般好说话，傻傻地盯着他，咽了一大口口水。

"其实我有的时候也没有那么讨厌你，走走走，回头爷还你。"十方也是从善如流里的行家。

当然，这是在他不知道又被陈怀瑾摆了一道的前提下。

婆子在入巷之前又换了一次马车，车身上还放了一些稻草，看上去，就像是为大户人家送牲口饲料的。

乔灵均很老实地坐着，背部贴着车身，看似假寐，实则在马车一晃一晃掀起车帘的缝隙中，默不作声地记忆着路线。

车经过了什么摊子，耳边闯进过什么叫卖声。乔灵均眯着眼，抿着唇，事事都在心中。

"您老倒是再来得迟些！"

不多时，马车驶进一条宽巷，牙婆子刚敲开一扇黑漆大门，便有一道尖锐女声入了耳。紧随声音而至的，是个穿着花团锦簇玫红裙，外披睡莲荷叶小袄的三十岁上下的妇人。

妇人的妆画得跟她的衣着一样浓艳，柳叶眉下生着一对丹凤眼，妖娆也是妖娆，可惜薄唇冷眼，显了几分刻薄相。

"请六奶奶的安。"婆子连忙上前福了一福。

妇人也没拿正眼瞧她，不冷不热地道："前次不是说好了，东西要得急，改成半个月来送一次，这都过去两个月了，你才慢吞吞地来。上次给的孩子就不够数，你不抓紧反倒越发拿乔。怎么，在外头得了旁的好营生了？不想当我们这边的差了？"

想来那妇人有些身份，牙婆子遭了挤对也不敢吭声，只一味堆起笑脸："六奶奶这话可折煞我了，再不敢用请的。我这厢也不是故意托大，只您也担待担待我们的苦，娃子们都是十月怀胎得的，不是现成的果子，要买也得等着结啊。"

"听听，这倒是我的不是了。"

妇人拢了下发髻，脚底下打了个转，扭着水蛇腰率先向前走了两步，看牙婆子没敢跟进来，还老老实实地候着，气儿倒是缓和了些许，复又回头道："进来说话吧。"

牙婆子这才敢迈进门槛。

一时，马车轱辘滚进了后院，妇人扭头同婆子说话，眼风一扫，"哟"了一声。

"让我瞧瞧，这是哪里来的水灵丫头？"她侧头，目光如炬地看向后下车随牙婆子一同进门的乔灵均。

"张妈妈，有主意了啊。外头私活都敢接了。这是在村里一并顺来的半大丫头，等着卖？你好大的胆子！"

张婆子就知道这个妖精似的人不好糊弄，因此也没刻意藏着乔灵均。藏了，反倒坏事。

"瞧奶奶这话说的，我就是有这个心，也没这个胆儿啊。咱们做的是上头指派的活计，我有几个脑袋经得住砍的？这是我三侄子家二房的闺女，小名钏儿的那个。"

"钏儿？"

妇人眼皮子微掀，示意她带着乔灵均一同进正厅。

"对，我之前跟奶奶提过的，奶奶贵人多忘事，想是忘了。"牙婆子说完，又对着乔灵均使了一个眼色，"还不过来见过六奶奶！"

"见……见过……"

乔灵均战战兢兢地福了一下身，话还没说完，就躲到了张婆子身后，没见过什么世面一般。

除了模样，行为举止都像极了小门户里养出来的闺女。

妇人坐到主位上，顺了两下蔻丹染红的长甲，没看婆子，单是问乔灵均："你姓什么？"

"姓张。"

"张什么？"

"张钏儿。"

"大名？"

"未曾起过大名，家里都钏儿钏儿地叫。"

"你爹娘的名字说一遍与我听。"

乔灵均便将下车前婆子叮嘱过的信息都说了一遍。问一句答一句，不多不少，不伶俐也不迟钝。面上还装着怕，小心翼翼地端详着妇人的神色。

张婆子又赔着小心说："六奶奶见谅，我年岁毕竟这样大了，这次这桩'生意'

赶得又急，生怕出了什么闪失，这才带了丫头过来，帮我搭个眼睛的。"

妇人闻言又细端了一会儿两人的神态，左手叠在右手上，点了两下，松了眉。

她不信牙婆子有这么大的胆子，敢在她眼皮子底下睁着眼睛胡沁。殊不知，这普天之下的胆子，都是银子撑起来的。

她是，牙婆子也是。

只是这会儿她还安逸着，脸上重新有了笑意，拍拍膝盖站起身。

"罢了，既是你自家的孩子我便不多说什么了。不过说到小心，你可要把来时的'尾巴'扫干净了，娃子也万不能在路上丢了跑了。你知道这里面的事不能同外人讲，若是哪日我听了什么风吹草动，可不会饶你！"

牙婆子的嘴角几不可闻地僵硬了一下，妇人没注意，站在她身侧的乔灵均看得清清楚楚。

想来，丢孩子的事情牙婆子一直没敢言语。不然，前头有着这么一位厉害的奶奶坐镇，婆子怕是早被扒掉一层皮了。

"那是自然的，自然的。"

张婆子很快恢复了常态，点头哈腰地又跟妇人去了后院。

此时马车已经由另一票人赶到一处空屋外了。婆子将孩子抱下来，逐一让妇人过目检查。没有断气儿的，看着也还康健，妇人便点点头，送到了屋里。

一时钱货两清，牙婆子拿了钱，又去另一间屋子，将药袋子装了个满。

"路上仔细着些，你的命都不值这药的钱。"

妇人悠悠地撂了话，婆子也是不住地点头，悄无声息地装车套马，从后门转出了巷子。

马车驶出城外，牙婆子点了一斗烟，重重吸上一口。

"不值这药的钱！呸！"她胸中郁结着一口闷气，和着浓烟吐了出来，"老婆子要是真死了，看谁给他们抓娃子去！"

他们这些整日坐在宅子里的，只当这些娃子是好看着的？虽不言不语，不也能跑能跳？什么东西能保证万无一失？

六奶奶埋怨她两个月才来一次，殊不知，一个月前她曾往绫罗村、古角村，几处她常去的村落收孩子。只是下山那日雨水落得又大又急，车翻了，她忙着捞轱辘，再回身时，孩子已经趁乱跑了。

她事后也不是没有沿途找过，奈何大雨一连下了三天，哪里还寻得着？

再者，牙婆子也抱着几分侥幸，觉得丢的那些孩子左右都活不成了。他们便是能吃能喝，也得有能喂的人在，不然，也会在路上活活饿死，能被抓到什么把柄？

"今日的事儿，你全当没瞧见。你也见着里面那位什么样了，我只告诉你，比她厉害的大有人在。你年纪还轻，别嘴上没个把门儿的，趟了这浑水。"婆子缓了一下神后，对乔灵均如是说。

那是有点儿威吓敲打的意思了，寻常人家的孩子听了必然唯唯诺诺。乔灵均也唯唯诺诺，口中言道："您的话九儿自然全听的，今日也从没见到什么事。"

婆子听后心稳了，便不再说什么，继续驾车。不多时，便行至芙蓉城榆林县两地交界处。路口有一条窄小土路，土路旁是官道，她专拣坑洼小径走。粗看像是要上山，细端详才会发现，走来走去还是在山脚。只不过枯木缠枝蒙蔽了视线，熟知地形的人才能发现。

"办完最后一件事我们就能走了，在这里等着。"

婆子在一处山洞前停了下来，抽出一把铲子，跳下车，搬开洞口的老枯枝，吹亮了一根火折子。她在进去前，点亮了一盏灯。微弱的灯光到了阴暗漆黑的山洞内便显得大盛。

这里面藏着十来个没送去的孩子，个个喂过药，此时都是安静木讷之态，山洞最北角摆着木托，上面放着几个馍馍和米糊。

洞中阴凉，婆子多日不来，食物表面微泛着一些绿毛。

洞里的孩子不知日夜时辰，只傻傻呆呆地待着，饿了便自己拿吃的。如此放养，一众孩子熬到皮包骨头，竟然也没有断气的。

张婆子在六奶奶面前常年一副唯唯诺诺的样子，实则心中自有计较。这里面的孩子是她故意养着的，她不能一次性都给他们。给多了，就显不出她的用处了。

做"生意"讲求长久，苞谷大麦尚有遇天灾地旱之时，一旦娃子难收了，她也有"备用"的可以补上。

牙婆子的心早就被一个名叫"银票"的饕餮悉数啃食殆尽了，不关心孩子进气少出气多，也不管这么熬着孩子有多痛苦，就算真死了几个，也还有新的收上来。

然而这次，她似乎失算了。

她先是举着灯挨个检查了一遍，孩子们个个都像摊没骨头的烂泥，没精气神，但只要有进气儿，买卖就不会亏。

婆子再从包裹里掏粮，仔细看一看木托，吓了一大跳："怎么会？"

她险些跌倒在地上，以为自己眼花了，再举灯看过去时，发现木托正中确实摆着几碗新鲜的菜叶糊糊、碎肉及玉米面窝窝！

有人进来过！

"九儿！九儿！"牙婆子慌得大叫，一面一手一个地将孩子抱出来招呼乔灵均，一面往车里塞，"把洞里剩下的也抱出来，快！"

这个洞已经不安全了，她必须快些离开。她不知道进去的人知道了多少，如果只是单纯地将里面的这群当作被丢弃的孩子喂养便也罢了，若是察觉到了什么，她真的就吃不了兜着走了。

牙婆子细思恐极，有手从车里伸出来接孩子，她也不分辨，急急地递过去，口中还要埋怨："不用你接，你赶紧进去把剩下的孩子……你们怎么在这里？"

牙婆子目瞪口呆地看着不知何时出现在车里的乔九儿的两位"哥哥"。

方才她递过去的娃子，竟然是他们伸手来接的！

他们今日的打扮也同上次完全不同，一人身着石青过肩纹素锦长衫，持脉细听孩子的脉象；一人着湖蓝连珠纹儒生袍，外披鸦青色大氅，也在皱眉细观，手中三枚银针，精准地点入最虚弱的一个孩子的穴位处。

"还有救，丹参丸给我。"

身着石青长衫的少年听后手不离脉，另一只手从怀中一掏，扔过去一个盒子："半颗就好，多食会燥。"

二人就这样当着牙婆子的面，旁若无人地救治起了孩子，山洞中的其余几个，也在这时由一群黑衣禁卫急急抱了出来。

张城和肖勇回禀道："马车已备好，按爵爷的吩咐，事先熏了谷草、廖花、陈丹皮三味草药，三位大人移步吧。"

牙婆子这会儿什么也听不懂，什么也听不见了，脑中"嗡"的一声炸响，来来回回只有"大人"二字。

古来唯有高位者方能被称为大人，婆子乡野出身，不是没见识过官绅一级着的什么绫罗，穿的什么绸缎，只是那些绫罗绸缎竟是连面前这两位公子的靴子上的用料都不如。

他们到底是什么人？

是官？多大的官？这么年轻的官？

她不敢再想了，脚下静悄悄地挪开一步，再一步。

"菩萨娘娘，再走，可要割破喉咙了。"

乔九儿的刀，恰在此时，无声无息地架在了她的脖子上。

在过去的这几天中，牙婆子一直觉得这道声音清甜悦耳，此时听来，却恍若一道地狱招魂之音。面前的丫头当"乔九儿"时的乖巧不见了，取而代之的是，如猎豹看向猎物的凌厉。她的眼睛微眯着，嘴角一抹淡笑。

此时再看她，再不像是十二三岁的娃儿了。

"你……你到底是谁啊？"牙婆子后脚跟都软了，哆哆嗦嗦地瘫到地上。

乔灵均没有作答，而是"陪她"一起坐到地上。刀尖插进土里，一腿屈膝，她侧了头："谁让你接这桩生意的？那个被叫作六奶奶的，上面的人是谁？"

婆子不吭声，眼神闪闪烁烁的就要向后退。被没什么耐性的乔灵均一把抓住衣领拖过来，指着马车上的人与她道："着青衫的那个，是乔家军麾下军师柳十方，官拜正四品，武将衔，他爹是当朝兵部尚书柳致远。穿大氅的那个，乃是苏州城太守陈怀瑾，当朝正四品文官，陈国公的小儿子，皇帝的亲小舅子临清侯。你上面的人再大，大得过他们吗？"

牙婆子张大嘴，瞪圆了眼珠子，彻彻底底地傻了。

她上头的人，哪里大得过这两个？

这些都是正儿八经的皇亲贵胄啊！她哪里见过，哪里有这个福分见？若放在平时，她便是匍匐在地上给他们擦鞋的机会都没有。现在机会来了，却偏偏在她做了这等要不得的买卖的时候！

"我……我只是帮忙跑腿，跟白廖辉那边，再没什么干系的。"婆子下意识就想撇清关系，牙齿抖个没完。

"白廖辉？"乔灵均抓住其中一个关键词，下巴搭在刀柄上，"那便来说说这个白廖辉。"

婆子这会儿还有什么胆子再隐瞒？乔灵均问，她便老老实实地答。

她说，这个白廖辉是两广一带有名的乡绅大户，城里的那个六奶奶秦月清，就是他的第六房妾侍，往下数还有好些个，只是这位六奶奶为人泼辣精干，便单为她置了一户别院，管着陵水城一带的"生意"。

白廖辉是个有钱人，手底下有几十间发财的店铺，人却谨小慎微得很。不露财，行事也低调，因此他在城中鲜少被提及。

近几年白廖辉不知道为什么，突然做起了"孩子买卖"，要说这人也着实不该缺这个钱的，孩子弄到手了也没见他卖，单是一拨一拨地送到外头。

张婆子没见过白廖辉本人，只知道她送过去的孩子凑足十五个，就会由秦月清亲自送走。她不知道这里面还有什么旁的官司，好似还要再转一次手，给谁过个目，之后的事她就真的不清楚了。

乔灵均听这话里的意思，应该是白廖辉上头还有人。那这个人，要这么多孩子做什么呢？

案子似乎更疑云密布了，不过查到这里也不算全无收获，至少他们暂且救下了一部分孩子。现在需要做的，就是及时止损，救下芙蓉城中余下的孩童。

至于牙婆子说的话，乔灵均最笃信的，就是她只是一个负责跑腿的，"上头"就算有什么深不见底的盘算，也不会同她细讲。这一点，从秦月清对她的态度上就能看出来。

该问的问完了，人也该处置了。

乔灵均站起身来，招了张城、肖勇等人过来，吩咐道："用锁链绑了，暂押入太守府大牢，路途中务必小心谨慎，不可让在场以外的任何人知晓。"

陈怀瑾也自车上下来，让柳十方、张城和孩子坐一辆车，肖勇和婆子一辆，先行回苏州。这些孩子需要及时救治，柳十方通晓药理，是最合适的人选。

柳十方一听安排就知道，陈怀瑾这是要留下乔灵均跟他一起查案。然而这种安排他又挑不出错处，恼得在车边转了好几圈，扯了乔灵均的袖子，愁眉苦脸地将她拉到一边说："让我救人，你得应承我件事。"

乔灵均笑问："何事？"

他就掰着指头说："不许跟他太亲昵！我说的亲昵你懂吧？就是搭膀子，拉手腕，别把你在军中豪放的那一套用在他身上，他不是什么好东西。"

"嗯。"

"还有！吃饭的时候他给你夹的菜不准吃！自己夹自己的，听到没有？"

"嗯。"乔灵均又应了一声。

他夹的她本来也不愿意吃，总塞叶子菜。

"还有……"

"没有了。"乔九爷小手一挥，拦住他的话，"都两件了，再没多应承的道理。"

眼见柳十方的眼里又泛了水光，知道这货又打算掉两滴眼泪戳她的心，乔灵均少不得捏了一把他的脸，哄孩子似的道："此次案件非同一般，你也多加小心，看护好孩子。"

柳十方预备的泪眼立时没了，雾气昭昭的眼睛美成了一片烟。

一番交代后，两拨人马各自启程。牙婆子直愣愣地瘫在马车里，车动起来，才猛然回神。

她知道入了苏州城也没活头了，但好歹得让她弄明白："那个娃子似的半大孩子到底是谁啊？"

她死也得死个明白吧？

牙婆子问这话的时候，陈爵爷恰同乔灵均驾马而过，这个问题他倒十分愿意回答。一时勒住缰绳，压低身子对婆子道："半大孩子？她是奉天朝的护国将军，临清侯的未婚妻，乔灵均。"

"乔灵均！她竟然是乔将军！"

牙婆子一天之中见到三位人杰，也算了无遗憾了。

坐在马车中的柳十方却听不得陈怀瑾如此介绍，差点儿要从车里冲出来跟陈怀瑾拼命。要不是张城死拽着，估计当场就要驾马追回去。

"鬼才是你的未婚妻，你少在那里胡说八道！"十方的声音响彻山谷。

马车挥着尘土和着柳军师的不甘和咒骂走远。陈怀瑾和乔灵均并驾齐驱，马蹄声中，是乔将军懒洋洋的一声轻笑。她也听到了陈怀瑾说她是他未婚妻的事，带着三分调侃与陈怀瑾道："听人说，你在苏州也爱拿我当挡箭牌，挡了不少桃花。"

"嗯，我爹说了，媳妇就是用来炫耀的，我有了，自然也想让旁的人也清楚明白地知道。"

"哦？"

乔灵均未料到他回得这样认真，反倒不知后面的话该如何接了，索性转了话题："山洞里的吃食是怎么回事？有人给娃子们送饭吗？"

陈怀瑾点头。

"山中有位跛脚的老人发现此地，因怕惹是非，也不敢声张。"

乔灵均审问牙婆子时，老人刚巧下山，看见面前这么大的阵仗还吓了一跳。知晓他们都是当官的，老人才安下心来。

"那可安顿好了？"乔灵均放缓了马速，"莫要走漏了风声，连累了他。"

"自然安顿了，我给了他些银钱去外省度日了。"

陈怀瑾的一些银钱，必然是不会少了。乔灵均宽了心，没提防被他拽住了手中缰绳。

"你问我的我都回了，我今儿问你的可还没回呢。"

她知道他说的是今日于陵水城中匆匆一瞥，他无声问出的那句话。

她知道，却想装装傻。

乔小九挑了半边眉毛，笑问道："什么话？我只见十方来了，你便转了脸，没见你说过什么。"

陈怀瑾停下来看她，惯常清淡水墨般的眉目，此时却如桃花灼灼："想我了吗？"

面前的男人确是生得一副好皮相，她曾说过他的眼睛没有赵久和的好看，是因为赵久和看着她的时候，不会这么有"攻击性"。

陈怀瑾的桃花眼太妖，太艳，也太会撩人。

"想了啊。"乔灵均转过头，甩开长鞭，大笑道，"也想十方了，还有陈放叔和苏州城的西风烈。要不要比试比试，谁先到芙蓉城？"

陈怀瑾笑意沉沉，又恢复了往日的惫懒。

第十二章

孩子的「买卖」

乔将军识路的本事是一流的。

十五岁的时候她便经常带兵于山林野地行走，满山遍野一片绿海，她都能第一时间认出是否绕行过哪一棵松柏，小小一个陵水城自不在话下。

天色微暗时，两人便已坐在秦月清所住的宅院房上饮酒了。

广平一带比江南还要多几分闷，严冬里的风不冷，也不沁骨，喝上两口烈酒反觉出燥了。

秦月清没怎么在院子里走动，收上来的孩子也早被牙婆子喂过了药，此时都昏昏欲睡。

牙婆子说，这次上头要"货"要得急，不出意外，今晚便会有所行动。乔灵均一直谨慎地静听着宅中的动静，反观陈爵爷就显得懒散得多了。

他连续赶了几天的路，又加上时常迷路，四处寻她寻得脚脖子都疼了。脚脖子疼本不算什么大毛病，他却十分当回事，坚持要喝他的药茶补身。一时药炉子被他从包裹里丁零当啷地掏出来，自己不会引火，就让乔灵均帮他点。

顾长的身体蹲在倾斜的屋顶上，分明如履平地，实在看不出虚弱到哪里去。

"别喝了！是药三分毒，你当这些就都是好的？"

乔将军着实看不上他的"穷讲究"，一旦过于精细，就要拧紧眉头。她军中的汉子从来不会做这种事。

"这个是不是放这儿点？"他也不理你那茬，自顾自地倒腾，火折子直愣愣地戳在炭块里，一边戳还一边说，"快点把药热一下，我可能要死了。"

乔将军的嘴一连开合了几次，最终还是咽下了那句：要死请早！

"这东西得用干柴先引着，火大了才能生炉子。"她挪到他旁边，指着底下的宅子道，"一会儿火起了，药味出来惊动了人，我们不是白隐蔽了？"

乔灵均深入敌方时，从来都是以不变应万变，要是如他一样点火喝药，不是全暴露了？

对此，陈爵爷自有一套话来堵她。

"你不就是看不惯我讲究吗？这地界是上风口，我们又在凹处，他们上哪儿闻去？药味都是在上面飘着的。"

乔灵均不动声色地拧开酒葫芦喝了一口。她此生最不爱的就是跟聪明人打交道。

见乔灵均一时懒得理他，他就伸手扯她一下："打个赌如何？底下的人定是耗到鸡叫才会出门。"

他们不光可以喝药，还可以睡上一会儿。

"鸡叫？那时天都要亮了，他们会明目张胆地出门？"

陈爵爷没回话，很认真地指着药炉子，意思很明显，想知道就先给我点着。

乔灵均实在忍不住嗤笑了一声。

这人执拗的时候有些烦人，烦了以后又觉得他莫名有点儿憨态。

乔灵均摇着头去房下寻了点儿枯草，再一个鹞子翻身灵巧地跳回房上，一面点着了火，一面拍了拍手上的灰道："着了，说说吧。为什么那么笃定今儿晚上不会有动静？"

他听后还盯着药，用勺子搅了搅。

"先说赌什么。"

"你想赌什么？"

乔小九也来了兴致，反问他。

"赌……我赢了，你亲我一口。"他抬起脑袋，用手点了点腮帮子，"就在这儿。"

瞧他那纨绔样，乔灵均不动声色地摸了摸刀柄，笑答："你大概是活腻了。"

陈怀瑾听后也笑了，抽出九环大刀摸了摸刀刃："没腻。"

认识你以后，更不腻了。只是这话要咽在肚子里，要等个正经时候说。

陈爵爷慢条斯理地喝完了一碗药茶，没什么规矩地躺倒在房顶上，跷着二郎腿，看着天上的弯月说："赢了，以后的药你帮我熬。输了……"

"输了你陪我去见一个人。"乔灵均抢了他的话头。

"做梦！"他半抬了脑袋，还有些没好气儿。

他现在最不待见的就是赵久和，尤其不想看他那对死鱼眼。

这个老话每隔一段时间都要被提一遍，乔灵均拿不准陈怀瑾心里到底是怎么想的。他似是跟三皇子赵久沉也有交集，待她深问，他又必然要打太极。待她想深信，在他没有归入六皇子一党时，她又无法完全当他是自己人。

乔灵均在他脑袋旁边蹲下，没再深究，只有些好笑道："输了，以后你少在我旁边穷讲究。"

"嗯。"

这会儿他乐意了，抬起一只胳膊枕在脑袋后面说："你方才看没看到那位六奶奶拆了发髻？"

拆发髻？

乔灵均回忆了一下，她只看到秦月清在院里出入了两次，两次都是去柴房看孩子，倒是未曾注意细节。

"她拆了发髻，还让丫鬟打了水进屋。一个女人要是出门，必然不会是这样的做派。而且现在刚戌时，戌时便拆了头发，可见明日是要起大早的。"

乔灵均说："也未见得吧，你怎知她不是要事先乔装打扮，以免被人认出？或者，派其他的人去？"

陈怀瑾闻言上下打量了乔灵均一眼。

"你以为所有女人都活成你这样？这位六奶奶一看就是个在场面上行走的人物，爱讲排场，爱出风头。一个事事要尖卖机灵的人，不会愿意将此事交于他人之手，更加不会打扮得灰头土脸。"

他说完又一指宅子正中停靠的马车。

"她方才仔细检查了这辆车，车身故意用了粗布伪装，想来就是用这辆车送孩子出去。而且牙婆子说过，上头的人比他们的都大，依照秦月清的性子，非但不会不打扮，相反，还要打扮得花枝招展，不然就辱没了白门的排场了，这是生意场上的道道。"

三碗汤药下去以后，他躺成了个没规矩的大字，说要睡了。

乔灵均瞪眼看了许久，也仰头一躺干脆睡去了。不知道为什么，对陈怀瑾的话，她总有一种莫名其妙的信任感。她信他不会在正经事上不正经，也信他不会拿孩子的性命开玩笑。

寅时三刻，秦月清的屋里果然传出了动静。宅内丫鬟自寅时一刻就开始忙碌，香粉钗环，美人梳妆。

秦月清妖娆的身上，裹着一套靛紫青花的艳色长裙，妆面、衣着皆是隆重，云鬓香腮，眉尾被螺黛拖至上扬。她一面吩咐仆从将孩子送上车，一面风情万种地撩帘上车。

寅时的天色还坠在一片将亮不亮的昏暗中，伪装成农家拉货车的马车迎风绝尘，一路向着芙蓉城的方向去了。

"我的药，以后就劳烦你熬了。"陈怀瑾戏谑起身，运起轻功紧随其后。

乔灵均与他并肩而"行"，爽朗大笑："乐意之至。"

芙蓉城与陵水城比邻，车马抵达城下时，也就将到卯时。

城内百姓迎着泛青天色，意识尚在一片混沌中。柴火香气中，商家小贩打着哈欠，正将今日所售之物摆到摊前。

一时叫卖声起，拉活的车马进进出出，秦月清乘的这辆马车，便不再有什么突兀之处了。

芙蓉城是花都，因着特殊的地理环境，芙蓉花常开不衰。芙蓉城的百姓爱花，便是街头巷尾，也是三步一株，五步一棵。此时见来，又像是为遮掩马车踪迹而形成的屏障。若非陈怀瑾和乔灵均轻功了得，只怕这车早就跟丢了。

浓香花坞前，秦月清命人停了车，车内的仆从先行下车，左右四观，直到确定巷内没有杂人，才请六奶奶下了车。

"劳您受累，每次都是亲自送来，快请里头坐坐。"一名管家模样的人闻声而出，话说得几分客气，人却并未迎上来。

仆从待客也分三六九等，贵客有贵客的迎法，常客有常客的礼让，若一视同仁，便要失了自身的体统。

乔灵均想到牙婆子说过，在六奶奶上头，还有比她大得多的人。

如今看来，不只大，甚而有可能是权贵。不然，一个普通门户的管家不会有这样的派头。

"哎哟，这话可万不敢当。您老且往房后站站，清早露水重，仔细湿了衣服。"

秦月清是什么样的人，昨日乔灵均便见识过了。这会儿换了人，换了处地界，嘴脸立时又变了。

但是这笑，秦月清又自有分寸。三分恭敬，两分亲和，不显谄媚，也不显逢迎讨好之相。

老管家果然露出赞许之色，口中言道："六奶奶有心，辉爷近来可好？"

"他啊，还能如何，不过就是生意舞坊两处打转。可苦了我帮他赚钱，还是挡不住水嫩丫头一房一房地往里抬。您老说，我这是图个什么？"她将这当作笑谈，没有一点儿小家子气。

老管家比了个"请"的手势："以色侍人总难长久。辉爷是聪明人，六奶奶也是。"

两人一路寒暄至内宅，都给足了彼此体面。

种着芙蓉树的花坞看着门面不大，进去以后又别有洞天。这里像个专门的花场，

满眼姹紫嫣红，有专门的养蜂人，也有看管花罐，培花浇水的。

秦月清进去以后，便跟孩子一起，被请到了一处暖阁内。

过程同牙婆子将孩子交到她手里时一样，管家都要逐一验过，确定孩子身子骨结实，再让人送到另一处。

做完这些事儿，老管家着人给六奶奶上了茶。白瓷茶盏里漂着上好的六安瓜片，这方是待客茶。

陈爵爷透过搬开的青瓦，看着管家脚上的鸦青长靴。这个东西，别人或许不识得，他一个贵胄圈里出来的官宦子弟却是一眼辨得分明。

那是双官靴，准确地说，靴子的用料，只有官家内宅得脸的下人才能享用。

马车内的孩子经由今日一转，再次到了芙蓉城。陈爵爷和乔将军也跟着换了一处房上"歇着"。

然而这处地界，跟陵水城却有许多不同。

花场之内，不仅单辟了一进院子供孩子居住，内里的装饰也称得上精细。几个孩子下车后，便被宅内婆子带到浴房洗得干干净净，换了冬装。

衣食住行看似吃饱穿暖，细究之下又会发现，孩子的膳食存在很大的问题。

花场内，有专门为孩子准备食物的小厨房，早中晚三顿，皆是药膳。陈病秧子常年进药，单嗅其味便能知晓，用的都是补气补血的药。且三顿之外还要再喂一餐蜜水。

小孩子的脸确实越吃越饱满了，红润也爬上嫩腮，但这并不正常。

"寻常人若是想以孩子作为买卖，转卖到各大府，供正常饮食便可。完全没有必要下这么大的血本。他们连老山参都肯用，不像在养孩子，倒像是在填充货物了。"观察了几日之后，乔灵均颇有几分凝重地对陈怀瑾说。

"这也是我最不想看到的。"陈怀瑾眼中的忧思更甚。

乔灵均说得没错，芙蓉花坞里的人，是在以一种填充货物的方式喂孩子。是货，就要物尽其用。他们用的东西越金贵，最后的结果往往越残忍。

陈怀瑾对乔灵均说："我曾在《临沐古方》上看过一个秘法，是说，有急于延年益寿，长生不老者，会以黄石、骨灵、妇人乳入药，再用稚童鲜血搓融成丸。但是这种传言，只是在一些不入流的方士中流传，没有谁真的依法炮制，也没有谁有这个胆子造这么大的杀孽。"

"所以你怀疑，这里面的孩子是……"乔灵均愤然握拳，"当真会有这等愚昧无知之人？"

这世间万般人，千种活，只此一生，又怎会单凭药食便能添寿？再者，以稚童之血炼药，便是要用无尽的生命为自己续命。

"这样的方子，莫说根本就是无稽之谈，就是真有其事，吃了这药的人，他活得能心安吗？"

"能不能心安只有他们自己知道。你先坐下，仔细摔着了，惊动了下面。"陈怀瑾拉着激动的乔灵均在房上坐好，沉吟道，"白廖辉'供'上去的孩子，是否也是做这种用途尚不可知。但如果猜测属实，那这人的官阶，一定不会小了！"

乔灵均想问，你又为何能断定是官？话到嘴边，她又豁然通达了。

一个一心久活的人，必然是对权力欲望有执念的。商人没这么大的胆子，也没这么大的能力。便是芙蓉花坞里那个管家上面的人，都未见得是最终"受益者"。

"那下一步你要如何？"

他们已经在这里等了整整三天，三天之内除去进出的仆从，便再没见过什么生面孔。乔灵均担心秦月清那边联系不上牙婆子会惊动白廖辉。这里面的人个顶个的都是人精，一旦发现蛛丝马迹，转而收手称只是单纯地为了收养孩子，衙门便是有人来查，也只会无疾而终，草草收尾。

"少安毋躁。"陈爵爷埋头，又掏出了自己的药炉子，一面将要熬的药材放到里面，一面对乔灵均说，"文火煎半个时辰。"

他好像什么时候都是一副不紧不慢的性子，没病要吃药，稍有不舒适也要吃。两人一路从江苏至聊城，再到两广境内，他还能维持这个讲究劲儿。

"您倒是从来不知道急……"

乔灵均此时分外后悔当初应下这个赌约，一时又无可奈何，只能黑着脸拿锅烧火。

她发现很多时候，她都拿他没辙。时而要哄，时而要伺候。相较于爱哭的柳十方，陈怀瑾真的要让她费心太多。

陈爵爷干脆躺下，身子底下的狐毛软垫是他大老远从苏州一路背过来的。睡得有点儿皱了，他又欠着身子一点儿一点儿抚平，再躺下去，叹了口气。

"这几天都要累死我了，晚些时候得让孙子们好好孝敬我。紫檀木的床，要刻兰花的，蜀锦的被面、金丝软枕，少一样都要发脾气。"

乔灵均只当这人疯魔了，一面用手搅着药，一面头也不回地说："您倒是把孙子叫过来，我也好跟着你一起享用一番。"

陈怀瑾垂眸，笑意沉沉："孙子嘛，这不是来了？"

随着那句话的尾音落下，花坞内很快传来了窸窸窣窣的脚步声。许多人鱼贯而入，许多人疾步相迎，为首之人刚跨进正院，老管家便匆匆来接了。

"哎哟我的爷，怎的没知会就来了？小的也好去门口接您。"

阶级权势是贴在每个人心中的魔障。诸如秦月清对牙婆子，老管家对秦月清，以及进来的人对管家的轻视，都是因此而起。

"爷们儿又不是找不着地界，用你个老货来接什么。"

来人通身抖着气派，一身华服锦衣，约莫三十岁。脸面生得平淡无奇，唯有突出的酒肚最为惹眼。

乔灵均看他的派头，估摸着是个"少爷"角色。果不其然，老管家连忙自打了嘴巴，赔笑道："小的书念得少，不会说话，爷莫怪罪。"

"爷"听后倒是笑了，吊儿郎当地转了两下手里盘的珠串。

"怪罪？你这个岁数，大半只脚都快踏进棺材了，爷们儿怪罪得着吗？东西呢？都是活的吗？"

他口中的"东西"，自然是孩子。老管家脚下也没敢打磕巴，眼见着这位爷在院中站定了，连忙吩咐下人搬了张玫瑰高脚圈椅出来。及至他的"爷"坐定，才躬身回道："都活着呢。这事儿您跟老爷都吩咐过多次，小的又怎敢不尽心？"

院里的那位爷，一看便知是很爱这种排场的，里子面子都被捧足了，便也顺嘴夸了两句好："要说我爹什么事都交由你打理呢，办起事来就是省心。抱一个出来我端详端详。"

老管家应声而去，不多时抱着一个面色红润的娃娃至他跟前。他也不细看，眼皮子一抬一掀，挥手又让送回去了。

一来一去的这番折腾，好像只为走个过场，彰显身份。乔灵均此生最看不惯的，便是这种酒囊饭袋，忍不住对陈怀瑾道："这种人为什么不投个猪胎？"

青瓦之上，她落脚轻盈无声，几步过去，稳稳将药递到陈怀瑾手中。

"你又怎知他爹不是猪？"他接道。

"你还认识他爹？"

"认识。"陈爵爷慢条斯理地搅动两下汤药，缓缓饮下一口，"你也认识。"

"我也认识？"乔灵均愕然。

陈怀瑾看她是个迷糊之态，比往日多了几分娇憨，便笑了，指着底下的那位少爷说："下面这个，是原户部主事顾合金，因着亲爹被降了官职，本身又无才干，便在芙蓉城内混了个九品县令。他爹比他有出息些，分到广平一带做知州。身形也不像他这般粗，是个瘦骨嶙峋的猴子模样，只你素来不将这些人看在眼里，怕是记不住，若说名字，该是能想得起来的。他爹就是户部侍郎顾方志。"

"顾方志？顾炳怀的堂哥？"

"嗯。"

陈怀瑾举起药碗一饮而尽，浓厚的药汤滑入喉咙，妥帖之余夹带着一丝苦味，让他有些怀念苏州府的蜜饯了。

"顾方志有些本事。上次的案子没被牵连太多，单是降了官。这会儿要是让他给我从苏州送些蜜饯来，也是办得到的。"

乔灵均不知道蜜饯和案子有什么关系，陈爵爷却像是回答她的疑问一般，斜倚在房檐上，喊了一声："顾合金。"

乔灵均险些从上面摔下去。

不是说暗查吗？他怎么明目张胆叫开了？

"哪个王八羔子敢叫小爷的名字？"底下的顾合金也是一愣，随即瞪着眼珠四处张望，遥遥看到房上似有两道人影，气得先对着管家脸上来了一巴掌，"你是个死人吗？宅子里进了人了不知道吗？"

待他定睛一瞧，吓了一大跳。

这不是……

陈怀瑾的这张脸，满朝就这么一张。斜倚在房上的姿态，还是一派慵懒闲适。

顾合金怎么也没想到，会在这里看到他。

顾合金常年不管事，但是知道他叔叔顾炳怀就是栽在他手上的，他爹也因此被降了职，心里本来恨他恨得咬牙切齿。不过，这种恨无关顾炳怀掉下的那颗脑袋，而是他原本在京里富足的日子就这么没了。

然而陈怀瑾的身份地位摆在那里，加之，宅子里还养着一堆见不得人的"买卖"。

"爵爷怎的在这儿？莫不是来看孙儿的？"

顾合金今年都三十二岁了，在比他小十几岁的陈怀瑾跟前自称"孙儿"，也没半点儿不好意思。陈怀瑾是皇上的小舅子，若论起辈分来，比太子还高一等。顾合金的这声孙儿，倒也不为过。

青瓦之上，这位"爷爷"依然歪得稳稳当当的，没有下来的意思，顾合金就只能命人抬了把梯子，费力爬到房檐边陪着。

他不知道陈怀瑾在这儿看了多久，亦不知道他了解到多少。一颗心就像装在簸箕里的豆子，上上下下地颠着，没着没落。脸面上，还得不露声色地逢迎。

"倒真不为看你，就是觉得这里的芙蓉花开得好，带你奶奶来看看。"陈爵爷从善如流地接下"孙儿"的问候，下巴一扬，与他说道，"去见过乔将军。"

乔将军谁都不想见，也不想当谁的"奶奶"，她根本没有想到暗查是这么个查法。她还有些愣，眼里空空如也，立在房顶上，觉得自己像个木头桩子。

顾合金却十分灵透，猛拍一下脑门，又向她拱手赔礼道："孙子眼拙，竟没看出是将军。孙子万八千年才能得脸去一两次皇宴，因此未见过奶奶真容，还望奶奶原谅则个。"

"哦。"

乔奶奶应了声"哦"，旁的话也没了。她懒于跟这些人打太极，也不吃阿谀奉承这一套。以至于陈怀瑾见了，笑出了声。

"她就这样，习惯就好了。"陈怀瑾落在她身上的视线，宠溺又温柔。

顾合金只能尴尬赔笑。

陈爵爷得够了"吓唬人"的趣儿，便带着乔灵均纵身一跃落到院中。顾合金少不得又得从梯子上着急忙慌地下来。

玫瑰圈椅自然是要给陈怀瑾坐的，老管家也在这时为乔灵均搬来了一张。

一时两位大人悉数落座，顾合金站着，脊背弓成一只虾子，赔笑陪聊，是个狗腿的姿态。

他说："孙儿常听人说，爵爷是苏州府唯一一任德才兼备的太守。前几任的官儿遗留在府里的好些大案要案，都是您侦破的。孙儿早就想去拜访，又担心您太过忙碌而未敢贸然，怎么今时得空……"

顾合金的脑子是空的，却不是完全的傻。他知道陈怀瑾出现得蹊跷，因此迂回试探。

可叹装傻充愣这门本事，陈爵爷认第二，没人敢认第一。

"我竟不知，我的官声已经这般好了。都是贵胄圈里出来的，面上的东西谁不是做给上头看的？我的师爷是个顶好的，案子都是交由他做的。你若想要效仿，多花些银子买个好师爷便是了。"

陈爵爷这番"推心置腹"，堵得顾合金没了词儿。汕汕再陪一阵便是晌午了，又赶紧让管家传饭。端上来的菜色皆是上品，青瓷白盘盛着八荤八素，印着邀晨踏月的汝窑汤碗里，装着两钵大火浓汤。汤头熬得恰到好处，用了不少金贵东西去佐。

陈怀瑾与乔灵均并坐主位，顾合金于下首，提筷布菜，自己一口都没顾上吃。

他这颗心悬着呢，脑子里反反复复都是万一被看出端倪，他老子会如何训斥他。

顾方志一共育有六子，最宠爱的是顾合银和顾合岭，顾合金蠢笨，是他最看不上的儿子。这次他们接下这批"买卖"，本来管事的是顾合银，恰巧他前段时间接了京里调度，监管南河水坝修茸去了，这才让顾合金过来搭个眼睛。

顾合金的脑子，一心不可二用，琢磨一件事情的时候，就难顾上另一桩。陈爵爷却在这时打开了话匣子，一时问他："你父近来可好？"

他回说："尚可，自上次犯了事，便日夜警醒，小心度日。"

陈怀瑾又问："宅子里养的孩子也是顾大人心下难安，特意做的善事？"

顾合金听到"孩子"二字，紧绷的神经就跟着跳了一跳。

"这个……是……我爹他……"

"你爹他好大的胆子，这种'买卖'都敢倒腾。"

顾合金吓得筷子都掉到了地上，一边埋头去捡，一边说："孙儿怎的听不明白爵爷的意思？"

陈怀瑾语气神色依旧无甚波澜，自斟一杯，含了满口清酒甜香。

"《临沭古方》上的法子，上数三朝，也曾有人如法炮制过。可惜你我都无通天之力，不能回去看看那人是否真的长命百岁。你爹惜命，爱权贪财。但我信他再爱再惜，也没有这样大的胆子，单枪匹马做这么大的'营生'。"

顾合金已经完全傻了，弯下的腰不知该不该直起来，陈怀瑾抛出来的话，也不知道该如何接。

两杯清酒下肚，陈爵爷虚扶顾合金一把。

"太子爷想讨圣上欢心，要尽孝道，你们做帮衬的，也要多尽心才是。不然，中途跑了一个两个，让旁人捡了去，不是吃不了兜着走吗？"

顾合金人没站起来，两只膝盖已经软了。

他想问，你是怎么知道的？话到嘴边，无论如何也问不出来。他的上下牙像是要

长在一起，口齿麻木，太阳穴突突直跳。胸腔里的那颗心，在喉咙堵着，快要吐出来了。

顾合金不知道，陈怀瑾也是在看到他的反应之后，方确定自己推算无误的。

赵应礼自从上次被禁足以后，便不再得圣上宠爱。虽说还占着一个太子虚位，风头却难胜从前。他会绞尽脑汁讨皇上欢心，并不是稀奇事。

加之顾方志本就是太子一党，他暗中经管的"生意"，自然也就是太子的"生意"。只是，若说这路邪门主意是赵应礼或是赵应礼的党羽琢磨出来的，陈怀瑾也不尽信。

他们没有这样的脑子。

而且明眼人都知道，这是杀敌八百自损一千的营生。不论这事儿是否能成，身为储君，草菅人命，以稚童血入药，便足以让他臭名昭著了。

"陈……爵爷，我，孙儿不知道……"

顾合金还在狡辩，生怕这笔"买卖"在他这儿捅了娄子。换句话说，今日在这儿的若是顾合银、顾合岭，都比他强。

他已然在顾家没什么地位了，这会儿再出错，还拿什么抬脑袋？

"爵爷，孙儿胆子小，您就别吓唬我了成吗？"

顾合金的话里，几乎带了哭腔。

陈爵爷依旧不紧不慢地吃菜，吃一会儿，用筷子点了点他的碗边："坐着说话。我不吓你，我这次过来是谈生意的。"

一直作壁上观的乔灵均，终于明白陈怀瑾是什么意思了。

他是要先诈顾合金，让他兵马未到先乱阵脚。再循循善诱，假意投诚，以便更加深入地调查此案。

乔灵均觉得，陈怀瑾的脑子真是好用得很。如果今天来的是顾方志，他就不会贸然出声。因为对方是条老狐狸，除非人赃并获，不然断不会认下这桩"买卖"。

陈怀瑾说："我知你在家不得顾知州喜欢，我这次过来也不是要拆你的台。正月里，有人带着一串孩子去我那儿报案了，全部是从魏曹宝三县得来的。我一时得闲，便顺势查了查。"

顾合金待要张口，他又一抬手，让他噤声。

"我不是好糊弄的，你若是打算说些辩解反驳之词，便就此放到肚子里吧。若没有十足的把握，你觉得我会来吗？"

陈怀瑾说话，从来都是慢声细语，拉家常一般。说出来的话，却自有一种不容置喙之感。顾合金的阵脚早就乱了，此时更像一只没头苍蝇，被拴在绳子上，由着陈怀瑾拎来拖去。

他说："那……那你究竟要如何？"

慌急之下，连"爵爷"二字都忘了称了。

晌午的风和着骄阳，顺着半敞的窗棂涌入。半片明亮，半片阴凉。凉风在冬日被人不喜，暖阳在夏日被嫌灼烫。明暗交替，冷热两极，亦如顾合金此时的心。凉着，也烫着。

"怎的这样胆小？"陈怀瑾轻笑，是个温温润润的公子做派，又因身子骨常年羸弱，透了几分病态的亲和，"我是来谈生意的。"

他又将方才的话说了一遍。七分真诚，三分强势。

他告诉顾合金："我是个懒理正事的人，顾炳怀的案子是赶巧喂到手里的。我攥着他跟你爹的三十六封书信，真要闹得腥风血雨，你爹就不是降职那般简单了。

"陈家一直未参与党争，无非是在审时度势。如今，三皇子和六皇子私下交手几次，已有许多老臣倒戈。我却认为，太子登基是天命所归。再说句大逆不道的话，你道圣上就不知太子无能吗？无能，却仍在用，这便说明，大局要定了。"

陈怀瑾还告诉顾合金，自己很早便想跟随太子一党，只是苦于没有契机。这次的这笔"买卖"，刚好可以体现他的诚意。

这个过程中，陈怀瑾也没有掩饰自己的"野心"。直言陈家虽看似风光，自国公去后，到底落得势单力薄了。陈怀瑾的姐姐虽在宫中荣宠一时，但后宫之事哪有长久一说，向来新人胜旧人，更何况，陈贵妃多年无出。

再者，他"横插"的这一杠子，也不是白捡"现成"的便宜。

不老丹丸须以新鲜血液搓揉成丸，时辰长了，就会腥臭发黑。现吃现做，方能保证"药效"。芙蓉花坞里的这些孩子，早晚要被运往京城。而自广平过水路，再经车马，一共要走行三十二处县城，过十五处大型关卡。

远的尚且不论，单说庐阳城秦泗武那一道，就分外难过。

庐阳城是水路转陆路的要塞，因着前些年闹过几次倒卖人口的大案，一直被京里重视。

庐阳城县令秦泗武又是个极铁面无私的人，银子难买，油盐不进。顾方志想让这么多孩子从他眼皮子底下神不知鬼不觉地出城，无疑是件极其棘手的事情。

而恰好，陈怀瑾的爹曾是秦泗武的授业恩师，秦泗武此生最为敬重的，便是陈国公。

"明面上，我自会想办法拖住秦泗武。孩子则分几批，由灵均的人带到城内。她麾下几员悍将都是以轻功见长的，一人带上四五个孩子出城，不过是一盏茶的工夫。"

顾合金抖着心肝听了大半，心里七上八下的，说不清是什么滋味。

他觉得，陈怀瑾这次确实很有诚意。就如他所说，如果他真想给太子以重创，上次的折子，便不会只是一个信封了。

而且，如何平安度过关卡，一直是他爹忧心之事。若陈怀瑾能帮衬解决这场"燃眉之急"，对"举荐"了陈怀瑾的顾合金来说，也算是头功一件了。

脑袋空空的人，常年的思维都停留在一根线上。此时的顾合金满脑子推敲的，不是陈怀瑾的"投诚"是否有水分，而是在想，若是当真事成，他便能在众兄弟里，扬眉吐气一回了。

只是说到用兵……

顾合金贼似的，偷瞄了几眼认真吃肉的乔灵均。从头至尾，这位乔将军都没给过他什么好脸色。她真肯借他兵吗？

"圣上在我班师回朝的两个月前便下了婚书。我现下虽攥着，说到底，兵权也等同于转交给了陈家。陈怀瑾要用，我自然就会给的。"

乔灵均说这话的时候，依旧没有看顾合金。她实是懒得看他，还不如盘子里的一坨肉好看。

顾合金得了这番话，还是不得心安。豆大的眼睛转了一遭，突然抻着脖子探到乔灵均跟前。

"您喜欢我吗？我……我是说……我怎的觉得，战场上杀敌的，都是一根脊梁骨宁折不弯的忠臣。像我们这样成日琢磨歪门邪道的，您能看得上眼吗？"

看不上眼，自然就不会诚心相助。

乔灵均倒被他逗笑了，心说，你还知道你们成日琢磨的都是歪门邪道？一时撂了筷子，指着陈怀瑾道："我是他的人，他说做得，自然就做得。"

夫唱妇随吗？好像是这么个道理。

顾合金这下不说话了，这会儿的不说，已经不同于先时的惊怕了。他甚而有几分小窃喜，并且越琢磨越觉得，今儿这事儿好极了。

他怎么那么会挑日子呢？赶巧就是他，赶巧就让他促成了这桩"好事"。

晌午的这一餐饭，他们整整吃了两个时辰。顾合金一口饭菜没吃，却觉得饱足极了。吩咐管家将"陈氏夫妇"当菩萨供着以后，他便神采奕奕地出了门。壮硕的身躯，扎实地踩在地面上，竟然有几分轻快。

他是骑着快马，一路疾驰着回的广平府。

广平县是两广之地的交界处，不算富饶，也不算贫瘠。比起京城繁华地，差了十万八千里。顾方志一个好端端的京官，因着一桩案子被下派到这么一处贫不贫富不富的地界，终日郁郁寡欢。

他恨不得将"烦"字写到脸上，对待下人，对待儿子，都是如此。

顾方志知道，若要东山再起，他只能搏一搏了。若是不老丸能见效，太子重新得宠，他的"苦日子"便能熬出头了。

他没有想到，一路骑了大半天快马的顾合金，会在这时，给他一记晴天霹雳。

"你说什么？你再说一遍！"

广平县西大街的南书房内，传来一声咆哮。本坐在书桌前练习"忍"字的顾方志，震怒地看着气喘吁吁跑进来的顾合金。顾合金脸上，完全是一派喜气洋洋。

他说："爹您别害怕，儿子刚开始看到他的时候，也吓得够呛，但是后来一谈，您猜怎么着？好得很！您听我跟您细说啊。"

顾合金当着顾方志的面，滔滔不绝地将陈怀瑾说的话，原原本本地回了一遍。说的同时，还添油加醋了一番，讲对方如何诚心相求，气得顾方志握笔的手都抖了。

陈怀瑾有多精，他这个废物儿子不知道，他能不清楚吗？那是多有心机的一个人，他所谓的投诚，十成能有几成是真的？

而且陈家在朝中做人做事，一直持中立态度，这会儿突然倒戈，有没有这么巧的事？

"所以，你就将我们的计划全部告诉他了？"

"告诉了啊。"顾合金傻笑着凑到顾方志跟前，"我临走前还叫了白廖辉去见他，爵爷说，还有些细节需要跟他磋商。他们现下就在花坞里住着呢，我让管家……"

"你个混账东西！"顾方志听不下去了，抬手一巴掌狠狠掴在了顾合金脸上。

他们做的这种"买卖"，本就是越少人知道越好。白廖辉不是朝廷里的人，牵扯不出太多旁枝错节。商人为钱，政客为权。陈怀瑾于他们本就敌友难辨，若事情将成

之时，临阵倒戈到任意一处党羽那里，都是太子一党的重创！

顾方志气得脸都白了，盛怒之下将顾合金狠狠揍了一顿。

可叹顾合金兴冲冲地回家，又落得个鼻青脸肿的下场。直到灰头土脸地被赶出家门，他还是没想明白他为什么被揍得这么惨。

顾方志也想不明白，怎么就生了他这么个儿子！陈怀瑾的这招出其不意，正打到他的七寸。事情的来龙去脉已经被他了解个通透，顾方志便是想及时止损，也难有对策了。

况且，自从上次顾炳怀一案后，赵应礼已然对他有很大不满了，这时若再回禀说，芙蓉花坞的"生意"有变，他不敢保证赵应礼会不会干脆舍了他这颗棋子。

顾方志一连在书房里坐了两天，越琢磨越后怕，待到第三日时，他草草披衣，决定赶去见一个人，这个人，是他现下唯一的救命稻草了。

顾方志没有想到，就在他提靴出门，埋头前行的当口，让他一连愁了几日的陈怀瑾，亲自上门了！

"顾知州这是要到哪儿去？"

在看到门口那道孱弱的人影时，顾方志的心，彻底跌到了谷底。他暗暗惊觉，这次的事情，怕是要向他最不可控的方向发展了。

第十三章

盼父星 与天同寿

从芙蓉花坞至广平县城，花香重彩换作了清雅杨柳。两广一带的冬天，更像初春，阳是暖的，风是缓的，青草翠枝，飞鸟肥鱼。一切都如水墨中的淡，溪水里的清。

只可惜，这些精致如画，在愁容满面的顾方志眼中，等同于一潭死水。

陈怀瑾和乔灵均在广平县城住下了，落脚处正是顾方志的城内别院。

陈怀瑾与顾方志没有任何攀谈，两人都不想率先捅破这层窗户纸。

与此同时，顾方志的心也如明镜。芙蓉花坞的孩子早晚要经他的手再出城，陈怀瑾住在这里，无非是在逼着他走到最后一步。

再过三天，就是为京里送人的日子了。顾方志的算盘，也从加官晋爵，打到了流放发配。他根本不相信陈怀瑾的"投诚"，甚至他猜测他极有可能跟京里的某一党派有着长久的联系。

鸡鸣三声，顾方志从床上爬了起来。挂着贺寿同年的帐帏内，他披头散发地坐在正中发呆，一夜之间仿佛苍老了十几岁。

"不能坐以待毙啊。"

良久，他扶着膝盖站起身来，行至室内书桌前，铺开一张信纸。研墨提笔，蘸饱了墨的狼毫在宣纸之上几番抬起落下，直到写完最后一个字，他混沌的脑子依然空空如也。他不知道这样的挣扎有没有用，将死之人，总还是想在断头之前，尝试一次。

院外的信鸽是常年养在竹网中的，大约天色还早，正眯着眼睛打瞌睡。

顾方志随手捞了一个，将装信的竹筒用红绳绑到了信鸽腿上，抛至半空。信鸽的翅膀打了个旋，扑腾远去。

天空泛白，艳阳渐升，做完这些的顾方志，也跟着长长地舒了一口气。

"没想到顾知州也爱这些孩子玩意儿。"

空中传来一声低沉轻笑，逐渐透亮的天色里，缓步行来一人。他还是不习惯起早，声调和神色都挂着未醒的倦，清隽眉目隐在一件宽大的狐裘披风里，瑟缩着脖子，像个孱弱书生。

"书生"在此时的顾方志眼中，却比十面阎罗更为可怖。

他今日没有抱暖炉，而是将一只雪白的信鸽稳稳地抱在怀中。信鸽腿上的竹筒早已被取下，信的内容，自然也一同落到了他的手中。

"爵爷起得早。"

顾方志的思绪，在这一瞬全部拧成了一团乱麻，面上还要硬着头皮同他寒暄。

"是顾知州起得早，我才不得不起早。"

他回得一语双关，抬手一抛，将信鸽放飞至空中，而后随性在顾方志的院中坐了，遥遥招手示意他落座。

顾方志知道，这是陈怀瑾认为的，可以"谈正事"的时候了。

只是，如今的这个谈，主动权已经不在他手上，不管陈怀瑾的投诚是否有诚意、是否可信，他信也得信，不信也别无他法了。

清晨的风有些大，旭日东升。没人知道，坐在院中的两个人究竟聊了些什么。也没人知道，明暗交替的广平县内，还有多少见不得光的阴谋，在孕育腾升。

乔灵均不知道陈怀瑾用什么法子稳住了顾方志，只知道她回来以后，顾方志一潭死水的眼底，再没扑腾出什么水花，做起事来，也比从前顺从了许多。

就在陈怀瑾住进顾府的这些天，她抽空去了一趟洛阳城。城郊古蔺山内的练兵场上，驻扎的是她乔家军的兵。

虎符尚在她手中，军中之人仍随她调动。乔灵均暂时点派了几名得力将士暗暗回京，又带走一队分支。

三天之后，芙蓉花坞的孩子到了广平。

乔灵均以丫鬟仆妇不及军队谨慎为由，撤掉了顾府所有人，只带走了顾方志。他是这次"买卖"交接的重要人物，有他在，收的人才能安心。

棘手的孩童丢失案，经历月余，终于有了实质性的进展。陈怀瑾乔灵均二人虽难掩乏累，再次上路时，心下却踏实多了。

乍暖还寒时候，冬日的冷去了，春江的水暖了。大雁不再南飞，疾驰于路上的行人，也有心情放缓脚步，望一望远处的风景。

陈怀瑾果真如当初应承下来的一样，各个关卡都做足了"准备"。三十二处县城，十五处要塞，大半平顺。不平顺时，自会再有"下策"。

乔灵均手下的兵，总会在这时起到至关重要的作用。本该用时两月的路途，也因着要塞的畅通，缩减成了一个月。

车行至禹州时，他们遇到了一场大雨。雨后艳阳如水洗过的清亮，顾方志就站在这片艳阳地里，远眺近在咫尺的京城。

他是在那个地方立足的，也是在那个地方"瘸了一条腿"被赶出来的。如今再归

来，竟是以这样的方式。没有盼头，没有指望。他甚至不知道，之前的荣耀是否只是一场贪婪美好的梦。

如果说，他之前是一只永难喂饱的饕餮，那么现在，他只是一条任人宰割的丧家之犬。

"不战而屈人之兵。我懂兵法，但不懂人性。"乔灵均屈膝，坐在一棵老槐树上，看着顾方志的背影淡淡地对在树下喝茶的陈怀瑾道。

她似在出神，又似在思虑。

她知道，陈怀瑾一定拿到了顾方志极为重要的把柄。而这个把柄，他需要，她也需要。

"我听人说起你时，总免不了'纨绔子弟'四字。现下看着你，依旧觉得这词跟你很配。我是个泡在战场上的武夫，不懂文臣之间的博弈，亦不懂这天下与我，我与天下，当以怎样的方式继续相处下去。"

她难得对他推心置腹，然而这种推心，亦是一场不动声色的试探。

再行几里，便是京城。京城中的人，有她想助的，有她想推的。她知道该帮谁，也知道该推倒谁。可是陈怀瑾不一样。及至现在，她都不知道他是不是她可信之人。

"天下与你，你与天下，都难摘得清，包括我，也如是。"良久，陈怀瑾回了这一句。

桌前的茶凉了，他执杯未饮，单是看着浮起又落下的茶叶。

陈家一直想要明哲保身，如今看来，很多事情，早已如这茶，用再净的山泉，再澄澈的溪水，也逃不过沾染这抹茶色。

"良禽择木而栖，你不会不懂。"乔灵均跳下树来，直视着陈怀瑾的眼睛。她需要他给她一个答案。一个她可以信，愿意信的答案。

遗憾的是，他再一次错开了她的视线："茶凉了，我再去沏一壶过来。"

与此同时。

尚不知情的赵应礼依然歪在东宫的紫檀木床上，听着管乐丝竹之音。纤腰素指，反弹琵琶，筝弦弹唱，扬起靡靡之音。他自来极爱这种蜿蜒柔软，娇娘艳媚。

琼楼玉宇里的金雀银樽，本就该养着这些绝艳春色。

今天晚上的家宴，他又因着这事儿被老皇帝指着鼻子数落了一顿。说他玩物丧志，没有太子威仪。

要威仪，就不能爱"玩物"了吗？这世间很多人都"爱物"，商人爱钱，文人爱权，有时爱书画古玩，蛐蛐金雀。便是石头，也有人当宝贝来爱。他爱绝色，还将她们养得分外娇嗲，怎么就成了丧志了？

赵应礼眯起眼睛，合着拍子哼出两句京调小曲儿。

好像还不止这些，前些时日该他督管的差事也出纰漏了。具体什么事呢？他哪记得住。过去顾方志在时，这些事情都是他来处理的。

不过，他半点儿不为此忧心。他是个没有真才实干的太子，他很早就知道。不以为耻，也不以为荣。只肯得过且过，糊涂度日。

他其实很盼着他父皇死，他死了，这个天下就是他的了。是他的，治理成什么样子，便不会再有人来骂他了。

只是顾方志说，现下不同以往了。他的父皇早已看不上他，想要废了他，少不得又要费一番周折，再讨一讨他的欢喜。

真是麻烦。

半年前，他从顾方志那儿得了一张古方。方子上的药材不算棘手，都是用钱买得来的。能买来，就不算难办的事儿，干脆都交给顾方志去做了。

他不知道这个东西吃了以后是不是真的能长命百岁，延年益寿。要是能，等他父皇活成了人精，他也得弄一丸尝尝。不然活不过他，他还是只能当个没权没势的太子爷。

赵应礼就这么在他的东宫大殿里，做起了无边无际的梦。

梦里，他父皇退位，做起了太上皇。太上皇不管事，万事都是他的了。他有后宫三千，得群臣朝拜。三呼万岁的声音，响彻巍峨庄严的红砖绿瓦。

有美酒佳酿，有云鬟香腮，美人拂柳，摇摇摆摆，风里一阵甜香，似有锦帕落于面上。

真不错，对吧？

这是一个让他能笑出声来的美梦。

次日晌午，顾方志带着孩子赶到了赵应礼的陵水别苑。这里地处城郊，依护城河而建，离城不远，快马半刻便可抵达。

赵应礼因着头天夜里做了美梦，第二日起得分外早，精神也分外好。顾方志疾步进门时，未等他跪，先用手虚扶了一下，免了这个礼。

"我就知道，你是我最得用的人。"

他难得夸他，抬手拍了两下顾方志的手臂，是个热情嘉奖之态。

顾方志躬身含笑，直道："太子爷过誉了，这都是属下应该做的。"随即指向身后马车，立时有人将孩子从车上抱了下来。

顾方志说："这便是那二十七味药材了，送来之前都在宅里将养了许多时日，依方上所言，顿顿以药膳投喂，花蜜红枣供养，正值新鲜时候。"

赵应礼显然对他办的这差事满意极了，面上一片欣然喜色。本就不大的眼睛，因为堆上的笑容，挤成了两颗绿豆，恍惚间，竟让顾方志有看到另一个顾合金之感。

他又如何不知这个太子是个废物呢？只是他跟着他时，他正得宠，还年少，前途不可限量，哪里会想到，他会不思进取到如此地步？

"路上没出什么事儿吧？你是知道的，这个法子便是当真有效，也不能对外人吐露一个字。我爹虽年老糊涂，却决计不肯拿人命入药的。"

不知是不是做了皇帝梦，此时的赵应礼竟突然有了几分通透模样。

顾方志看着这样的太子爷，心里几分无奈几分自嘲。这就是你跟的人，你选的路。你看他就像一个傻子，若此次的事真有什么纰漏，人都已经送到京城了，还能再有什么旁的法子挽回吗？

"说话啊？你怎的去了地方县一遭，话反倒少了？"

赵应礼的追问，让顾方志回了神。一时又端起一副老实嘴脸，笑眯眯地应道："自然是没有纰漏的，太子放心。一路过来都打点得万般干净。"

"干净就好！哈哈哈。"

赵应礼咧开嘴，上下眼皮夹着的"黑豆"更几近于无了。

欢天喜地的赵应礼并不知道，就在这座别苑的房上，一直有两双眼睛，在监视着顾方志的一举一动。便是他的别苑四周，也早已有兵马暗伏多时了。

"药材"在陵水别苑住下了，一同住下的，还有喜欢听丝竹管乐之音的赵应礼。

只是，他这次分外讲究，没带任何水嫩丫鬟。依照《临沐古方》上的记载，炼此丹丸时，周遭之人必须严守清规，如方士一般斋戒沐浴三日。且做药之前，必先请道士作法超度，借以压制怨灵。

其实，哪里来的怨灵？这种做法，无非是创造此方的人强行给自己的"心安"。

赵应礼也觉得这法子有几分荒谬，但是这种荒谬能让他坐稳太子之位，那就无所谓过程如何了。

整整三日，赵应礼都没有碰荤腥。种种繁复程序让他极不耐烦，嘴里也快淡出鸟儿来了。

最后一夜，他完成了最后的"流程"。被重金聘请的道士们也跟着他一路行至高台，盘腿念唱。

一段超度词，自口中哼鸣而出，道士不知超的是哪家的人，亦不知道，度的是哪个人的心，左右只是门养家糊口的营生，左右这世间的很多事情，只要有银子拿，就能张得开嘴。

乔灵均隐在房上的身形朝着陈怀瑾的方向挪动了一下。

放置在院中的药炉已经打开了，炉下猛火已燃起。"二十七味药材"也由婆子仆妇带至高台下。

擒贼擒赃，是时候让真相大白于天下了！乔灵均的兵就在陵水别苑外，随时准备在关键时刻拿下太子。乔灵均不能走，去皇宫报信的重任便交到了陈怀瑾手中。

"你去叫人，我留下。"

"好。"

他应得极轻。轻到乔灵均的心也微沉了一下。她突然牢牢抓住他的手臂，一字一顿地道："我能相信你，对吧？"

她怕他不明白，又补充道："通知赵久和，和他一起，带皇上过来。"

这起案件，早已不是单纯的命案那般简单了。这一遭，涉及党羽相争，太子去留。查清此案的人立场是很关键的，揭发此案的人，亦有着至关重要的讲究。

乔灵均说完以后，便静静地看着陈怀瑾。她想从他眼中得到一些信息。

这一次，他没有躲开她的视线，眼中一抹忧思被他强行掩下。

他问："你肯信我吗？"

乔灵均的回答没有一丝迟疑："我信。"

我信你不是背信弃义之人，信你不是敌我不分之人，信你赤诚真心，是向着百姓的！这天下，已然变了一番模样。我信你清楚正邪，信你同我一样，知道举头三尺有朗朗青天！

陈怀瑾的心在那一刻，揪成了一团。他不知如何形容此刻的感受，仿佛心被什么满满充斥着，下一刻，又被一根尖锐的银针狠狠刺穿。面前这双黑白分明的大眼睛，对他交付了所有赤诚。她信他，信得毫无条件，甚至在这一刻，都没有以信鸽向赵久和传信，而是交给了他。

然而他终将……

"你自己小心，我去去就回。"良久，他反握住她的手，握得很紧，又迅速松开。他大概不敢再多留了，若是留下，他或许真的会顺从她的意思，放弃所有计划。

浓浓夜色中，陈怀瑾纵身一跃，向着皇宫方向绝尘而去。衣袂翻飞，轻盈迅捷，恍若一阵清风。

赵应礼着人搬了一张圆凳放在药炉一侧，晃晃悠悠地站了上去。长柄金勺自有人双手奉给他，他又撸袖抬手，捞了捞里面的东西。

老山参的药底足够浓了，再抬眼一瞥桌上研磨成粉的其余几味药材，他拍了拍手道："道士都下去，再把东西都弄上来。"

他这会儿还有几分机灵，知晓在场之人越少越好。

二十七个孩子在高台上站成一排，他逐一看去，眼中闪着似得意、似满意的精光。

顾方志那老匹夫自从进京便病倒了，赵应礼还斥他在地方上饿寒酸了胃，经不得京城里的贵养。顾方志不在，操刀的就只剩下他了。

二十七个孩子还是那般呆傻，不哭不闹，不吵不叫。一双双葡萄似的眼睛，直愣愣地看着面前持刀而立的赵应礼，完全不知道，接下来要面对的，会是怎样的痛苦。

赵应礼向前踱了两步，盯着其中一个孩子的脑瓜，摸了两下，攥住他的一条手臂。孩子因着一连几月的"富养"，都长得粉嫩圆胖。手臂也是肉肉的，像截莹白的莲藕。

"你们也算是有福气了，要不是被我买来，就你们那处穷山恶水，活活饿死都是说不定的事。

"你爹你娘也是个狠的，拿着你们当买卖。我虽用了你们的血，他们又比我好到哪里去？

"死了以后也别想着来找我了。我是天家之子，有龙气庇护的，你们来了，会被震得魂飞魄散。"

就连赵应礼自己也不知道，为什么临到最后一步，反而有些怯了。大约，今日的天色不好，乌云遮了大半的月亮。大约，望着他的那双眼睛太刺眼、太清澈，以至于，人性里所有的恶和伪善都被铺开放大到那汪清泉里。

"把眼睛都蒙上吧。"赵应礼对身边的人吩咐。

直到几个孩子被蒙住双眼，他才拉住一个孩子的手腕扬起了刀。

"太子爷敢做，怎生不敢看了？"

"谁？"

凌空一道声音传来，让全神贯注的赵应礼险些握不住刀。这道声音清脆悦耳，忽远忽近，似女童，又不似女童。

"谁在跟本宫说话！"

回答他的，只有夜色中的空空如也。

赵应礼突然觉察出一种难以言喻的毛骨悚然。负责炼药的几名仆从就在他的身边，他不想在这些人面前露怯。他再次握稳了刀，扯过孩子的胳膊。

"砰！"

赵应礼持刀的手，被一阵外力震痛，刀也随之落到地上。

"谁？到底是谁？"

赵应礼后退几步，一面四顾，一面呼喊："让我的禁卫都过来！"

他退到了药炉后，脸上是一贯的胆怯。他从不知道天家之子的威严是什么，什么威严能比命重要？

"太子爷上朝时惯常爱打瞌睡，就是见了我，也不知认不认得。"

随着一声讥笑，有女子自房上轻盈落地，回身时青丝随风轻舞，通身的英气，一身的气派。眉目间，有一抹天真媚色。

"乔……乔灵均！"

赵应礼不理政事，什么朝臣长什么样子，都要真真正正睡醒去记才能知晓。赵应礼会记得乔灵均，却并非因着刻意记过她，而是他此生只爱女孩，满朝文武又只得这一位女将，不记得也记得了。加之，乔灵均是如此俏丽的一个女娇娥，不乏艳色，不缺风姿，那是一种别样的魅力。

赵应礼此时见了她，想笑，想看。还未及笑和看，他又赫然意识到一件大事。

"你为何会出现在这里？你知道了多少？"

看来也不是完全傻。

乔灵均挑眉，几分俏皮地将九环大刀扛到右边肩膀上。她的身量真的不高，好像刀都要比她长些。

"该知道的，知道了。不该知道的，也知道了。"

姜司徒的《慵人论》里曾言，女子一二分妖娆，两三分妩媚，见得太多了，反而不让人觉得稀罕。反观英眉淡眸者，眼里一时光亮，一时机灵，竟似墨中圆月。只可惜这类女子百年难出，以至于男人又落回了俗套的温柔蛮腰。

赵应礼是个俗人，见了墨中圆月，虽知晓这是他碰不起的，却还是忍不住多看了两眼。

"将军既然知道，有些事不该知道，为何不肯装装糊涂呢？"

赵应礼不是没有意识到事情的严重性，但乔灵均是单枪匹马过来的，又让他神色稍定。这是他的地盘，她手上的刀就是再快，快得过他别苑内三百号禁卫吗？

"不巧，我在这世上活了将近二十年，事事都会，唯有装傻充愣做不来。"

"那大概是没人教过将军。"

眼见着苑中禁卫都到场了，赵应礼的心也迅速安了。他就坐在方才那张小圆凳上，跷着二郎腿说："本太子也劝将军一句，天家的事儿，少管。比这还腌臜的事儿多了去，你也管不过来。便如你在战场上挥刀斩敌，守了边关整整两年，回来以后，还不是要嫁人交权？

"自古文臣武将，管你名垂千古，还是遗臭万年，最后不过是一副皮囊，一捧白骨。天家一句话，能将清官冤死，贪官奉为宠臣。

"我父皇身子骨不好，急需的便是我在炼的药。你如今挡着他长生不老，拦着我搓药炼丹，便是拦下了，又能得什么好？"

"再者……"他环顾一圈，指着一众禁卫与乔灵均道，"你能以一敌三百吗？你是人，不是神。神仙不会死，你一个肉体凡胎，经得住多少刀剑利刃？若一味纠缠，本太子怕是也不会做菩萨了！"

赵应礼做太子多年，旁的一样没学会，唯将自负练到了极致。他不把任何人看在眼里，小小一个乔灵均，在他眼里，也不过是一个待宰的将军，一个他随便安上一个莫须有的罪名，便可轻易捏来攥去的蝼蚁。

"我没见过菩萨，我只认举头三尺有青天。"她还是孤零零地站在暗处微笑。

赵应礼也笑了，跷着的二郎腿悠闲地摇了两下。

"是吗？那便试试吧。就如本太子现下就要命人放血，你有能耐拦得住吗？"

随着一声令下，禁卫的长刀已然落在了二十七个孩子的动脉处。也是在这一刻，陵水别苑的草丛中，瞬间出现数百道身影，无声无息地将匕首扼在了禁卫颈处。

那个位置是人的血液流动最快的地方，只要一刀，便可毙命。

"乔灵均！你竟然敢私自调兵进京！本太子要向圣上告发你，有逼宫之嫌！"

赵应礼没有想到，乔灵均如此胆大，终于开始慌了。他的人全部被牵制于匕首之下。他的"优势"在瞬息间逆转，徒留下一腔气急败坏。

"你这是要造反！造反！你以为你这一遭就能加官晋爵吗？本太子告诉你，做梦！我是天家之子，父皇最宠爱的儿子，你现下带这么多兵冲到我的别苑，还敢杀我不成？你动一下试试！"

不知是不是赵应礼的呼喊起了作用，说完这些以后，乔灵均确实没让手下再有动作。赵应礼见状，只当她被吓住了，进一步道："现在这些孩子，我一个没动，一个没伤，你没有证据证明我滥杀无辜，以稚童血炼药。就是父皇来了，我亦可以说成为他祈福，收养孩子为他积德。我再劝你一句，莫要因为这些小慈小善断了后面的路。若这丹丸能成……"

乔灵均是习武之人，耳力绝佳。赵应礼根本不知道，她之所以按兵不动，是在等皇上过来。

后院隐有脚步声临近时，她对赵应礼绽开一个笑容："若这丹丸能成，太子肯送我一丸吗？"

赵应礼未料她笑了，愣怔之际下意识回了一句："自然是肯送的。只要你对今日之事三缄其口。"

"今日之事又是何事？"乔灵均一步一步走到赵应礼跟前，"是你草菅人命，暗杀无辜之事？还是你买官卖官，强取豪夺之事？亦是你纵容手下顾方志私通顾炳怀，在苏州城只手遮天，不问百姓疾苦之事？"

"你说什么？"赵应礼震惊地看着乔灵均，慌急之下，凳子都跟着翻了，"你在胡说！本太子何曾做过这些伤天害理之事？"

乔灵均冷笑："做没做过，我说了不算，你说了也不算。全在顾炳怀同顾方志的三十六封书信里！"

赵应礼的脸色，完全惨白。油腻的大脸，在寒风中控制不住地发抖。

"你！不可能！陈怀瑾答应过我，会将信件全部烧掉，如何还会在你们手中？"

赵应礼越说越气，惨白的脸色又转涨红。他此时恨不得拎了顾方志出来，狠狠甩他两记耳光。这都是他办的事！这都是他说，已经处理妥帖的事！如今不妥帖了，也全是他惹的祸，太子完全没有意识到，自己素日来的骄奢淫逸、专横跋扈才是源头。

什么样的主，养什么样的臣。没有赵应礼暗中撑腰，顾方志又怎么会有这样大的胆子？

乔灵均还是无甚波澜地站在那里，眼里一派清明："这么说，你认了？"

"我认什么？"

赵应礼瞪圆豆大的眼睛，咬牙切齿道："我是天家之子，是未来的储君。整个天下都是我的，我想做什么还要问过其他人吗？"

"孽子！谁说这天下是你的了？"站在墙外听了多时的武帝再也忍不住怒火，几步跨进别苑，抬手就给了赵应礼一巴掌，"谁说这个天下是你的了？朕还没死呢！"

龙颜震怒，苑中之人悉数跪下，三呼万岁息怒。万岁的怒火，又怎是这几个字便可平息的？

赵应礼是他最没用的儿子，没用，但是在他跟前自来装得老实忠厚。他想过废他，又总在最后关头暗自咽下。他怎么也没有想到，他敢做出如此伤天害理的事来。

"父皇，我……"

"别叫我父皇！"

赵应礼在看到武帝的那一刻，脑子里就什么章程都没了，匍匐在地，想要拽一拽他的衣角，却被他一脚踹开。

所有的事情，都在这一刻，清清楚楚地摆在了明面上。赵应礼不知道还有什么反驳之词，一时又想起了顾方志，拼命爬到武帝跟前，狼狈不堪地道："儿子是做了错事，但其中也不乏人撺掇啊。错是顾方志犯的，官是顾方志卖的，便是这个方子，也是他给儿臣出的主意。儿子虽做了荒唐事，到底也是一心为着您啊！儿子盼父皇与天同寿，盼您身体康健。便是法子极端了些，也还是……"

"畜生！你还有脸说！"

武帝的身体虽大愈了，到底还要每日以药食将养，盛怒之下，只觉一口气闷在胸口，喉间腥甜一片，几乎要吐出血来。

他自以来以仁德治天下，虽老来多疑，却并不昏庸。他心向百姓，开河建坝，每逢灾年，必要拨款救济灾民。

这样一位皇帝，能受得了儿子造下如此大孽吗？

"朕真是老糊涂了，居然将你这么一个混账立为储君，你根本不配为储君！来人啊！把这个逆子收押大理寺，听候处置！"

赵应礼整个人都傻了，肥硕的身体在地上瘫成一坨烂泥。他像是个失去听力的人，直愣愣地望着武帝的衣角。

他刚才说什么？不配为储君？这是要废了他的意思吗？就因为卖了几个官，杀了几个人？

他不信，他不相信。他明明昨日梦里，还梦见自己坐在九龙金椅上。这一定是场梦，一场需要赶紧醒来的噩梦。

但是他的父皇就站在他的跟前，他方才说的话，就回荡在耳边。

"父皇！儿臣知道错了！您不能废我啊，我是皇长子，我是皇后嫡出，我的母后当年还是为了护您才死在乱刀之下的，您怎么能废我呢？"

赵应礼的神志已经不清了，他不知道自己在说些什么，也不知道用什么法子来挽回他的权势，他的地位，他头上的太子冠！

恍惚间，他又拉住一个人的衣角。这个人是谁，他已经分不清了，只知道他身上着的是皇子朝服。

"兄弟！兄弟！你帮帮哥哥，你帮哥哥跟父皇求一求情。哥哥只是一时糊涂，一时糊涂啊！

"还有顾方志，对了！还有顾方志！你们叫顾方志过来，一问便知道了。是他害我的对不对？他故意引我炼这个丹药。现在我的太子位也没了，他脱不了干系，顾方志！"

赵应礼疯了，疯得一时难醒，在经由救治以后，痴痴傻傻地坐在大理寺天牢中。

有人说他的疯是装的，因为圣上还未确切颁布废太子令。他这么做，只是想求皇上怜悯，妄图蒙混过关。也有人说，他是受不了刺激，真的傻了。事已至此，就算他有天大的本事，也翻不了身了。

然而真疯假傻，不过沦为谈资，再过些时日，便没人再关心这位身获重罪的庸才太子究竟在想些什么了。

前朝的荣宠跟后宫一样，荣耀时，众人阿谀奉承，一旦皇恩不再，还有谁会在乎一个不中用的人是死是活呢？

赵应礼是咎由自取，太子一党也随着案子的大白天下，变得人人自危。眼看他高楼起，眼看他宴宾客，眼看他高楼塌。一场醉生梦死，一段富贵荣华，转瞬成灰。

跟太子党一同归入尘埃的，还有顾方志。

就在真相大白的当晚，顾方志养病的宅院，突然燃起一场大火。禁卫赶来回禀时，房上的瓦都已经烧黑了。顾方志的尸体也早已焦黑难辨。

这似是一场畏罪自杀，也似是一场说不清道不明的悬案。

宅院的火，是在前院悄无声息地燃起来的。也许顾方志那个时候就知道，自己的气数尽了，所以选择了自杀。

也许……

武帝顾不上再查，他已气得在龙榻上一连病了七日。这起太子案，他没有对破案之人有任何嘉奖，亦未对传信之人有何另眼相看，只是久久躺在病榻上，望着床帐发呆。他知道，很多人都在等他最后的诏令。一道正式颁布下来的，废太子的诏令。

乔灵均和陈怀瑾暂时被安排在陵水别苑居住。此时的别苑，在查抄之后，完全落寞下来。曾经的太子侍从被一同收押入狱。

有棵大树倒了，有座山被移开了，风过叶落。似乎只有这别苑是干净的，巍峨殿堂，迎着暖风，像一位看遍世间万事的老者，以一双历经沧桑之眼，俯瞰兴衰变迁。

乔灵均自那日起，便没再同陈怀瑾说过一句话。

同"别苑老者"一样，她也是这起事件的见证人。她亲眼见到了太子倒台，亲眼见到了圣上拂袖而去，也亲眼见到了，站在陈怀瑾身边的三皇子，赵久沉！

他没有依照约定，带六皇子过来。如今细想，那日他确实未曾给过她任何许诺。她早该猜到的，若他诚心相助，又因何迟迟不肯见赵久和？

如今太子一党锒铛入狱，三皇子赵久沉成为督管彻查此案的核心人物。许多人都说，圣上在这时对三皇子委以重任，很有可能想立他为下一任储君。赵久沉的及时出现，陈怀瑾也"功不可没"，朝中亦有传言，说陈怀瑾是三皇子一党的人。

她还是太天真。

暖风清月，乔灵均自廊下负手而行，长廊之中，与身着狐裘大氅的陈怀瑾相遇。

初春了，他还是那般怕冷，整个身体都瑟缩在狐裘中。

陈怀瑾的脸，还是玉刻般精致，仿佛永远在这张脸上找不到任何缺憾。他仿佛只是太白，白中掺着病容，这副模样会让很多人放松对他的算计。

乔灵均与他错身而过。一时风起，吹动两人的衣角。衣料之间，有一瞬的摩擦，错身而行的二人，却不再有任何交集。

埋头前行的乔灵均没有发现，在她背身离去的那一刻，陈怀瑾试图伸出的手。更加没有看到，在她决绝的背影后，陈怀瑾那更为苍白惨淡的脸色。

这是他第二次露出这种神色。第一次，是在那晚他带着赵久沉和皇上一同行进别苑，看到她眼中的失望以后。

第十四章

解鈴
还须系铃人

后宫养心殿外，探病的皇妃早已恭候多时。

在这座华丽的宫廷内，总是不乏这些娇艳佳人。或风情万种，或娇憨可爱，或俏如初蕊，或花开正红，或开败了。迈进这座皇城的人都知道，从入住这里开始，高坐主位的那个男人就是她们的一生了。

好坏都是。

因此他病了，她们自然要分外有眼力见地跟着忧心，跟着探望，跟着茶饭不思。

自前皇后曲靖挽去世以后，后宫主位便一直空悬。暂时协理六宫的，是三皇子的母妃秦书和。秦书和是贵妃位，跟她同为此位的，还有当朝丞相之女玉青禾，以及已故国公之女陈灵验。

三人虽同级，前两位是母凭子贵，陈灵验荣宠一时，却一直无出。嫔妃虽对三人表面都敬重客气，到底对秦书和更恭敬一些。如今太子案出，秦书和的儿子得了重用，陈灵验的弟弟却没得到任何嘉奖，更增加了众人一边倒的趋势。

这一日，各宫都借由一些"本事"，知晓了圣上病情好转的消息。这些人都是人精，知道现在拿着汤水药茶过来侍奉，是最恰当的时机，天还未亮，便早早候在门外。

今日的天不甚好，是个乌云遮日的恼人天气。陈灵验本不欲凑这份热闹的，只听丫鬟回禀，各宫娘娘都去了，少不得也得爬起来看看。

陈贵妃是最后一个到的。因着爱睡，脸上还挂着将醒未醒的倦意。

陈灵验是天生的美人，美得几分慵懒，也美得毫不自知。她向来不耐烦认真打扮，便如现下，前来探望的众妃皆华裙红妆，唯有她一人，素面朝天。一身湖水蓝宫裙，一条暖黄色披帛，她像个十七八岁的懒惰丫头，立在一众浓妆艳抹的妃嫔中间。

"妹妹舍得来了，咱们刚才还说，要不要着个人过去请请，担心你睡过了头。"

玉贵妃比陈灵验早入宫，圣眷正浓时，被后来居上的陈灵验夺去了荣宠。两人相差六岁，入宫相差三年，玉青禾的贵妃位，却是直到生下十二皇子，才姗姗到来。

玉青禾自认自己是很有理由看不惯陈灵验的，且她自来清高，谁都不放在眼里。每逢遇见，必要耍些嘴皮子上的官司。

陈灵验多数时候都懒得理她，一双眼睛半眯着，干脆靠在宫门边刻着九龙祥云的红柱上打起了瞌睡。

玉贵妃自讨没趣，自然不肯作罢，又近了几步道："妹妹的耳朵莫不是聋了？听不见姐姐问话？"

陈灵验这才动了动，眼皮微抬，莫名其妙地问："何事？"

模样着实气人啊，偏生你又找不到什么太大的错处。后宫之中讲究位份高低，玉青禾虽比陈灵验虚长几岁，却是同级。其道理，无非耐烦时，彼此称一声姐妹，不耐烦时，爱答不理也没有错处可挑。

玉青禾被气个半死，待要较真，又觉自己压不住她，索性将由头甩到了秦书和身上："妹妹便是不将我看在眼里，秦姐姐在这里，总要请个安吧？"

按理，应当如是的。

陈灵验迷糊的脑袋微侧，簪在流云髻上的玉面垂花步摇，也随着主人轻晃了晃。

"见过姐姐。"她大踏步地对着秦书和走过去，三两步就到了她跟前，福了一身，又迅速跨开步子，回到柱子边儿上。

玉青禾气得够呛，口中絮絮叨叨的，不知又说了些什么。陈灵验权当没听见，秦书和作壁上观，也当未闻，谁让她惯喜做"好人"呢？

后宫的大戏铺张起来，其实比前朝的党羽争斗都要多几分趣儿。不完全刚硬，一时婉转，一时尖刻，一时闹起来，一时又能"和好如初"，都有着不少学问。

武帝身边的大公公张小将宫门开了条缝，人没出来，单是探出一个头，对着玉青禾的方向比了个嘘声的手势。

"里头醒了，只点了几位主子去看。三位贵妃，静嫔、婉嫔、凛贵人随咱家来。"

大清早熬汤炖药一通折腾，最终也就放了几个进去。余下的人并不觉白来，一时又要塞些银子，让张小将自己的"衷肠"带进去，才各自散了。

有的时候，可能就连她们自己都不知道，究竟是否爱帝王。无非这后宫的男人只这一个，抢的人多了，便成了最金贵的。

秦书和暗扫了身后鱼贯而入的几位妃嫔，眉心微蹙，有些说不清道不明的忧心。武帝这次叫的，皆是育有成年皇子的宫妃。六皇子和九皇子的母妃也在其列，再加上一个看似万事不管的陈灵验，没儿子，但有个了不得的弟弟。

她弟弟前些时日刚掀了太子的老巢，武帝这时叫她们进去，怕是所谈所聊都跟此次的案子有关。

燃着龙涎香的纯金龙炉里，袅袅腾着一缕香。同香混杂的，还有一股浓重的药材味。常年伺候武帝的公公进去以后，便将外间烫药的宫女撤下去了，躬身低眉，唤了声："万岁爷。"

里面似有起身的动静，又静候了一会儿，公公方再道："几位娘娘已经到了。"

"嗯。"

武帝的声音自金黄帐后响起，音气虚浮，透着不足之态："让她们都进来吧。"

张小应了声"嗻"，埋头拉开帐帘，回身朝众妃比了个请的手势，才自退下。

养心殿内的药香，在帐帘彻底拉开的那一刻，更为浓烈了。靠坐在龙榻上的武帝，脸上犹存病容，精神却比前些时日好了许多。

"参见皇上。"

众妃要行跪礼，他微一抬手，免去了这些繁复，示意都坐下。

一灯如豆，未亮的天色里，一根金烛燃着。烛火被带进的风吹得晃动，武帝的视线，也随着烛火明暗。

这几日，他睡得一直不踏实。一开始是琢磨赵应礼，后来是赵久沉，再后来是久和、久耀，逐一思量了一圈以后，突然落到了前皇后曲靖挽那里。

曲靖挽是天厉四十二年被娶进府的，她进门时，他还未登皇位。都是十四五岁，正值懵懂相爱，用力喜欢的年纪。曾经有很长一段时间，皇帝赵奉礼都觉得，自己是爱极了曲靖挽的。

少年夫妻，琴瑟和鸣，再没有比这更动人的。

赵奉礼爱曲靖挽，连同他们的儿子一起爱着。爱到什么程度呢？他将自己名字里的一个"礼"字，都送了他做正名。

奉礼、应礼，这是别的儿子都没有的荣宠。那个时候的赵应礼也不像现今这么平庸，五岁就能背下整本唐诗，十岁随赵奉礼围猎，打死过三只野兔和一只麋鹿。

朝臣们都说，这样的皇子，将来必成大器。赵奉礼怎么也想不明白，这样一个聪慧的赵应礼，怎么会变成现在这副样子。

可能，就是在曲靖挽去世以后吧。

"父皇，如果你不带母后出京，母后就不会死！"

很多年后，赵奉礼依然记得年幼的赵应礼站在曲靖挽的灵堂前质问他的样子。

是啊，如果他不一时兴起带她出京，他们便不会中了乱党的埋伏。如果不是他带着她出京，她也不必为了护他，挡下那把冲他而来的利刃。

"臣妾得圣上抬爱，早已不觉此生有何憾事。如今一遭，大约是福分尽了。"

曲靖挽是死在武帝怀中的，临终前唯一的嘱托，便是求他，无论将来赵应礼犯下怎样的错事，都饶他三次。

也许，这个聪慧的女人是有先见之明的。知道失去母亲教养的孩子，很难在宫中立足。也许，她只是放不下他。

可是阿挽，不止三次了。我们的儿子……我已经饶了不止三次了。

外面的天，逐渐亮起来了。殿内的灯明明灭灭，将候着的嫔妃的脸，照得分明。

赵奉礼看了她们一眼，觉得自己或许也没有那么爱曲靖挽。不然此刻，也不会有这满屋香艳了。这些香艳中，很多为他绵延了子嗣，她们的儿子不乏聪慧出色之流。

聪慧！

赵奉礼不知为何，又生出几分恼火。她们的儿子好，是有亲娘教养着。赵应礼十二岁没了娘，也没见她们费心经管。

困得五迷三道的陈灵验，好死不死就在这时打了个呵欠，以至于这火气，就跟着落到了她的身上。

"你也是的！没儿子，不能多照管照管弟弟吗？陈怀瑾是苏州知府，没事儿查京城里的事做什么？顾炳怀的案子，他捏着一手的证据，直到最后才拿出来，又是什么居心？怎么，知道那个时候扳不倒他，硬要他做出'大事'来才肯出手？"

帝王的心，总是喜怒不定的。对于赵应礼的事，武帝一直有种有口难言的憋屈和羞恼。赵应礼是他亲手所立的太子，是他稀里糊涂宠了多年的儿子，如今他犯下这样的事，等同于在他脸上狠狠甩了一巴掌。

养不教，父之过，他难辞其咎。但他是皇帝，皇帝的脸是随意任人打的吗？赵奉礼憋着这口闷气无处发泄，连带看陈灵验也不顺眼了。

陈贵妃的呵欠打了一半，又被吓回去一半。打呵欠这种事，是最不能打断的。一个呵欠没打出来，嗓子眼就像堵着一口气，越发困了，越想打。

陈灵验权衡了一下，抬起帕子捂住脸，愣是又打出一个呵欠才放下道："皇上，您对臣妾发火做什么？弟弟又不是儿子，怎么见天看着？再者，那么多孩子丢了，他不查，眼见着他们死？那是二十七条人命啊。"

要不说后宫嫔妃都不爱同陈灵验走动呢？

她的脑子有点儿轴，说话也不会拐弯。是她的错处你说她，她一声都没有。若不是她的错处，无端挨了骂，那就要讲上一番道理了。就说眼前这事，但凡落在任何妃嫔身上，都要吓得腿软，偏生她就有这不怕死的劲儿。

"你！"赵奉礼被堵了个哑口无言，待要说她，又没词了。再者，陈灵验说得也没错，但凡是个有血肉的官，遇到这样的事情能不查上一查吗？

再思及她说的二十七条人命，赵奉礼又恨上了赵应礼。他怎么能干出如此伤天害理之事？那种方士野法也是能效仿的？简直糊涂！

"你们呢？你们对太子案怎么看？"

这能怎么看？无非就是一个"废"字。堂堂一国储君，做出这等上不得台面之事，这样的人，便是"曾为储君"，也是皇家的污点。

只是这话，一时没人敢开口。她们都知道，皇上是想废了赵应礼的，只苦于没人敢提点这一句。

"皇上息怒，这次太子出事以后，我们亦觉得痛心疾首。只是，但凡世事，都分正邪好恶，孩子错了，做长辈的自然要给些教训。"

秦书和平素很会察言观色，眼见着陈灵验堵了皇上那一句，没再遭骂，反而让他沉吟了，便觉这时，也当站出来给赵奉礼提个醒。而秦书和之所以敢底气十足地发声，除了仗着跟赵奉礼的年头久了，更重要的是赵久沉现下正受重用。

让秦书和没有想到的是，她这次的色，没有观对！

"你以为你儿子就是个好东西？"武帝突然瞪向秦书和，"太子没出事以前，数他跟他关系最好，数他最跟他称兄道弟。如今事情来了，也是他一手告发，哪有那么巧的事？朕是病了，不是痴了。你们一个两个眼见着孩子长歪了，没人管不说，当兄弟的也要在这时踩上一脚，又是什么居心？"

"皇上息怒，臣妾……"

秦书和未料武帝会迁怒于赵久沉，他不是这些时日一直将事情交由久沉处理吗？

"息怒，呵！朕近些天听这两个字听得还少吗？"

秦书和不知道，从赵久沉出现在宫内，告诉武帝，赵应礼在陵水别苑取稚童血炼药时，他便疑心到了他身上。只是当时盛怒之下，他来不及细想。此时推敲，越发觉得赵久沉不安好心。换句话说，这件事情，无论是谁来报信，都会有踩踏兄弟之嫌。

"没一个好东西！"

养心殿内的几位嫔妃也没落下好，逐一遭了训斥以后，通通被赶出了大殿。

秦书和跟陈灵验是先后出来的。秦书和先行了两步，又回头看了看陈灵验。她好似到现在还没没醒，迷迷糊糊的，走得很慢。

方才在大殿上，她仅用一句话便转移了武帝的注意力。她究竟是真轴，还是揣着明白装糊涂？她深知后宫里的女人，不会完全天真。这起案件，是她弟弟陈怀瑾一手经办的，消息也是他通知给赵久沉的。陈怀瑾的立场又是什么？帮他，还是害他？

如今看来，赵久沉并未落得一个"好"字。

"妹妹出门怎生不带个宫女？现今的天虽则未热，到底日头晒人，快来我伞下，咱们一同回去。"

秦书和突然出声，叫住了陈灵验。陈灵验怔了一下，左右四看，确定是在叫她，又似今日同她请安那般，大踏步地走过去，唤了声："姐姐。"

一把伞下，自来无甚交集的两人缓步而行。秦书和牵了陈灵验的手，陈灵验便也顺势挽住了她的胳膊。好像她们本来就很亲近。

"圣上的脾气，自年轻时就是这样喜怒难测。你弟弟本是功臣，没见得赞，反落了埋怨，我这厢见了，也替他觉得不公。"

秦书和说这话时，一直看着宫中的繁花碧草，说得十分不经意，仿佛只是闲聊。

"无妨，左右我听了也不会告诉他。"

陈灵验回得也很随意，曳地的长裙有些拖脚，被她拎起半边。

"你倒是个心大的。"秦书和不动声色地笑了两声，"这一次，听说是怀瑾通知的我们久沉。"

"是吗？"陈灵验后知后觉地抬眼，"这我倒不知晓，前朝的事儿我不懂，也不明白。"

陈灵验的反应，是秦书和意料之中的。她猜到她会装傻，也猜到她会四两拨千斤。于是，也没再回这个话，而是继续道："现今这形势，又变了一副模样，两方多多走动倒是我乐见的。妹妹现今没有子嗣，早晚要找个靠山傍身，年幼的皇子难成体统，倒不如跟现有的搞好关系，也好多帮衬些。妹妹说对吧？"

皇子的前途，也是后宫妃子的前途。秦书和会借此拉拢陈灵验姐弟，不足为奇。虽则，她还不能判断陈怀瑾是何用意。

"谁说我没有的？我最近正在喝太医院新调制的汤药，等我调养好身子，肯定能有皇子的。"

陈灵验说完，对僵在原地的秦书和笑了一下，指着不远处的林舒殿福了福道："我到了，姐姐不用送了。"

三日后，武帝临朝。

当着文武百官的面，皇帝亲手颁了废太子令。太子党的所有官员，全部革职查办。牙婆子、白廖辉、秦月清被判斩立决。

而盛极一时的三皇子赵久沉，却因有踩踏兄弟之嫌，被着令在府中思过，三个月不必来见他。陈怀瑾不褒不贬，依旧回苏州做官。

一出太子案，终以众人始料未及的结果，落下帷幕。

三月二十二日，乔灵均和陈怀瑾带着三十几个孩子回到了绫罗县。跟他们一同过去的，还有军师柳十方。

柳十方还是如初到苏州府时一样，将孩子系在腰上。一面上山，一面回头数着人头。娃子们的身体已经全部调理好了，此时都是活泼灵动之态。他乐见他们好，又头痛于这群跳蚤似的孩子难缠。

"别捡虫子玩儿！说了多少次了！"

"那个三号！我说的就是你，把虫子放下！十二号！别揪十三号的头发！"

柳军师难得在人前露出气急败坏之态，此次一遭，算是破了先例。他哪里带过孩子，哪里带过这么多孩子？这些要都是亲生的，他可能会选择死亡。

走在最前面的乔灵均闻声回头，忍不住笑道："你且歇歇，捆我腰上，等下再有不乖的，我就把他们的屁股揍开花。"

乔灵均一旦笑开，容貌就会显出一点儿娇，三分俏，最是天真撩人模样。柳十方最爱的就是这抹笑，仿佛累也忘了，一双眼睛巴望着她，面泛红潮，是个羞羞傻傻的书生样："我不累。"

当然，若乔灵均肯过来，跟他"抢一抢"孩子，他倒很乐意趁机与她亲近。

柳十方未料自己刚打出来的算盘，就被陈怀瑾给抢了，闷声不响地扯了他腰上的绳子，拴在了自己身上。这人好似自京城回来之后，就变得异常沉默。拴了绳子也懒怠看他，只在乔灵均没注意的当口，狠白了柳十方一眼。

三人今日又是迎着落日，打着灯抵达绫罗村。因着村里的人也都歇下了，便也未有何动作，仅是带着一串孩子，照旧住进了之前的破草房。

收拾停当以后，三个大人都有些饿了。陈爵爷又将孩子拴回了十方腰上，去取了柴火做饭。他哪里是会做这些的人，一时柴燃了，一时火又小了，总烧不到大盛。他干脆袍子一掀在地上坐下，吹了一头一脸的灰，又忍不住要咳。

每逢换季，陈怀瑾的咳疾便要重上几分，过去他顶在意这些，必要煎茶喝药，谨慎调理。这段时日不知怎的，突然就没了穷讲究的兴致。

背对着破草房，他垂着脑袋叹了一口气，觉得这日子实在无味得很。乔灵均总不正眼瞧他，以至于很多话他也不知道该如何开口。

"喜欢一个人，原来也是件闹心事儿。"他小声嘟囔一句，是个愁眉苦脸的熊孩子样。再看看眼前总点不燃的火，更不得了了，比看柳十方还要不顺眼，要不是怕乔灵均见了生气，他能把柴火堆一扔，甩手下山去。

他总记得她说他不会过日子，会生柴火就会过了？也不尽然吧，柳十方也不会，也没见他饿死。当然，他最好饿死。

陈爵爷是个被惯着长大的人，不算纨绔，但有公子哥习气。他觉得火不能他一个人不会生，得让柳十方一起丢这个脸。皱眉回头，他想让他别嗑瓜子了，把孩子挂树上过来帮他，却发现正中一张破石礅上，不知何时放了一碗还在冒着热气的药茶。

药的味道是他再熟悉不过的了，煎药的人却早已不见踪影。

陈怀瑾许久没有回过神，直勾勾地盯着药碗，盯一会儿，揉一揉眼睛，再盯。后来他可能是觉得这样很傻，抱着药碗又坐回了柴火边。

乔灵均帮他煎药，她煎的……

在屋里嗑够了瓜子的柳十方默不作声地走过来，斜睨着陈怀瑾道："《临沐古方》上还有一病例，是说得病者无端沉浸在常人无法理解的窃喜，或者悲伤中。平素隐藏得很深，一旦发病便无药可医，他们将这种病称为……"

"你才是痴傻。"陈怀瑾瞪了回去，脸上还是一副寡淡模样，心里却不知欢喜了多久。他不想显得太没出息，因此推开柳十方，换其他地方偷着乐去了。

"哎！你不做饭？我都饿得前胸贴后背了。"柳十方冲着他的背影喊。

他管你饿不饿，有情饮水饱，左右他是"饱足"了。

那天的饭，最终还是十方做出来的。他一边做一边不知把陈怀瑾骂了多少遍。

有什么好嘚瑟的？不就是三宝给他煎了药吗？药有什么好喝的？苦得很！如是又觉得酸了，酸苦酸苦的！

绫罗村穷，但不是穷山恶水，姚碧山的春日清晨，是水嫩清透的干净。漫山遍野的绿意，迎着朝阳东升，再没有比这更美的。

然而就是这么美的一个地方，依然养出了一些黑心黑肝的村民。他们以亲生孩子作为谋生手段，以山路崎岖，作为"穷"的正当理由，何其荒唐？

辰时三刻，陈怀瑾的人也上山了。穿着太守府公服的官兵，整齐地列开一纵队，召集了所有村民来村口。

绫罗村的人，万八千年也没见识过这么大的场面，一时也吓得蒙了，老老小小跟着出门，俱是惊恐胆怯之态。

他们也没见过什么大官，正中主位坐着的那位，据说是朝廷正四品大员。端看又觉得他年纪太轻了，不过二十岁，人也病恹恹的，就歪在一张老旧木椅上。一只手支

着头，一只手把玩着一只香炉。

"我前些时日从牙婆子手里得了几个孩子。"良久，他突然开口，声音不疾不徐，仿佛在说一件无关紧要的事。

"到手的时候，不会哭，也不会笑。喂了东西便吃，不喂东西便由着自己饿着，不晓得问人要食。我思忖着，既然这样好养，不如拉回府里做家生奴才。不想，竟越捡越多了。

"太守府不缺银子，我的命却不见得长，未见得能等到这么多'儿子'孝敬我。"

大约是清早风凉，他说完以后又咳了起来。靛青的方帕被他捂到嘴边，又用了两口药茶，才道："我没地方养，总得给他们一些去处。他们说家在这里，爹娘在这里，我便送回来了。如今看来，娃子这买卖实在是沾不得的，我只不过买了他们，就要负责他们衣食住行，吃喝拉撒。生他们的人反倒比我省心了，这不是个公平买卖，你们说，对吧？"

绫罗村的人，将近半数都以卖孩子为生，听到这里，又如何猜不到是什么事？他们在心里眼里都在逃避着这个问题，知道羞，知道愧，跟羞和愧一同接踵而至的，却是抵死不认。

陈怀瑾让人将二十七名"药引"加上从牙婆子手上救下的十余个孩子统一带了上来。都是两三岁大的孩子，说话晚的才刚学会指着人"咿呀"，他们对"买卖"没有认知，对生死没有概念，甚至不知道短短的三个月里，经历了怎样的死里逃生。他们的父母呢？也可以如稚儿一样，装作一切都没发生过吗？

陈怀瑾站起身，看着一众绫罗村的百姓。

"半个月前，广平一带出了一起大案，广平知州顾方志畏罪自杀，富商白廖辉满门抄斩。我单说这两个人也许你们不熟悉，那便说一个熟悉的。常行于魏曹灵三县收购稚童的牙婆子张细凤，也将问斩。"

张细凤的名字，对绫罗村的人来说，再熟悉不过了。曾几何时，那个赶着驴车，穿着新鲜花袄的老妇就是他们的"衣食父母"。谁家的孩子生了，谁家的"货"能交了，通通掌握在那个一口烟嗓的女人手里。

可是，张细凤不是将孩子卖给大户了吗？卖到大户手里，也不算苦了孩子……虽然他们知道，这样的"买卖"是违法的，虽然他们知道，"卖到大户手里"这样的说辞，也许是在强迫自己不要朝最坏的结果去想。

"《临沭古方》上有一个延年益寿的药方，其中一味药，便是新鲜童血。"像是一定要将人性中最丑陋肮脏的一面扒开给他们看，陈怀瑾说到这里，便拉住一个孩子的胳膊，以指为"刀"，放在孩子动脉处。

"从这个地方，一刀割下去，血液很快会流下。利刃入腕只需一刀，静待鲜血流尽，却是一个漫长痛苦的过程。在孩子的世界里，哭应该是最直观以及最便捷的表达痛苦的方式，但是他们哭不出来，因为被喂了药。他们也跑不了，因为没有气力可以逃离。那就只能忍着，忍到血干人尽，我不知道他们疼不疼，亦不知道，亲手将他们推进这深渊的父母，疼是不疼！"

人群中隐隐有哭声，也有许多人在悄无声息地朝着孩子的方向靠近。这些人中，有被丈夫逼着卖掉孩子的，也有主动送出去的。也许没想到会害了孩子，也许想到了，不敢细想。如今，这些想到和不敢想通通被陈怀瑾揭开。

天是蓝的，云是白的，山是青的，那么人心呢？

这世间的所有事物，都有着至纯的颜色，人心该是红色的，它应该是！却不知为何，被许多人模糊了色彩，直至变得如墨般黑。

陈怀瑾将娃娃抱进怀里，半蹲着，让他坐在自己腿上。

"我是个没有受过穷苦的人，没受过，所以不想强行将自己的故事套在你们身上说道理。我只想告诉你们，孩童的记忆力，一点儿不比成人的差。

"我的母亲是在我三岁时去世的，三岁，也就如他们现在这样大。懵懂无知，天真蠢笨，可我至今记得她的好，记得她抱着生病的我，久久不肯放下。记得她哄我喝药时的温声软语，也记得她临死前眼中的万般不舍。

"我都记得，同理，他们一定也记得。

"你们呢？想知道他们记住了什么吗？"

陈怀瑾的声音，总有一种说不出的温暾。他就安静地蹲在那里，看着孩子，又似在看着三岁时的自己。

周遭的哭声越发大了，有泪流满面的妇人哭倒在他的脚边，泣不成声地忏悔。也有男人红着眼圈，冲上来紧紧搂住自己的孩子。

人心都是肉长的，姑且就去相信，在这一刻，他们是真的后悔了吧。

几十个孩子，都被各家领走了。临走前，一双双眼睛都还是如水般澄澈，葡萄般黑亮的瞳一直望着陈怀瑾。

他们似乎还不太懂发生了什么，只模糊知道，面前这个漂亮的大人很亲很亲。

"谢谢你。"

就在众人转身离去的那一刻，一个孩子突然冲出来抱住了陈怀瑾。他还无法够到他的腰，只能如树懒一样，傻傻地抱住他的大腿。

"谢谢你，救了我们。谢谢你，让我们有机会长大。"这是孩子没说出口的话。

乔灵均自始至终都坐在不远处的树上看着。

他的好，他的善，他的诡辩，他的纨绔，他的坏毛病，她都看在眼里。她依然无法将他归为奸佞之流。即便，他将消息通知给了赵久沉，即便，他的立场一直不明。

圣上对太子案的最终判处亦是出乎她意料的，赵久沉无功反受过，究竟是陈怀瑾有意为之，还是歪打正着？

她看了他那么久，依然没有看明白。

当天夜里，姚碧山下了很大一场雨，山路难行，三人只能留宿一晚。

子时雨歇，辗转难眠的乔灵均拎着酒壶跃上姚碧山的山顶。乌云散去，月如玉盘，青山绿水间，乔灵均听着虫鸣鸟语，仰头饮下一大口烈酒。

西风烈的浓烈酒香徘徊在她口唇之间。身后有脚步临近，她没有回头，而是将酒壶向后一抛，任来人接住。

"山中风冷，暖暖胃吧。"

她知道是他来了，不知从什么时候开始，她对他的声音、脚步，甚至身上常年的药味，都烂熟于心。她不知道这是不是一件好事，只莫名觉得，这种"于心"，打乱了她太多太多的判断。

月下独酌，配烈酒最有滋味。他却不喜烈酒，苍白病容中透出一抹异样的红。甘醇的烈酒过喉而入，勾起一抹醉人的酥麻和前所未有的心跳。

他在她不远处的石头边坐下了，只肯坐在暗处，不想让她看得太分明。所谓近情情怯，不过如是。

她却在这时一个纵身冲过来，和他动了手。过去，两人也如这般切磋，不动真气，单在手上过招。他今日却只守不攻，由着她化掌为刃自他头顶拍下。她也在关键时刻收了势，转而拍了一下他的肩膀。

"我很生气，那天。"她说得直接。

那天，她真的很生气。

因她从未那么无条件地信任过一个人，也从未有一个人，得到过她这样的信任。

可他还是让她失望了，有那么一瞬间，她分外怨他。怨得没有由来，怨得情难自控。

可是怨了，过了，说了，便能作罢了。她不是娇养的女儿，有男儿的大气，也有男儿的洒脱。

他爱极了她的这份气魄，但是，很多事情还未到能说清的时候。

"小九……"

"我不懂你们文官的弯弯绕，我是武夫，只会舞枪弄戟。"

像是懂他的难言，乔灵均并没有在这时求得一个答案。一时山岚风起，月色渐浓，她背着光，迎着他，眉目间一抹英气，一抹娇俏，一抹天真媚色，美得叫人舍不得移开视线。

"我爹常说，能打天下不如能守天下。我的能耐就只有提一把九环大刀打天下，至于守的事儿……便留给伶俐人吧。"

她又似男人般拍了拍他的肩，手腕一转，夺了他的酒，仰头饮一口，闭眼回味。

"下次再弄些西风烈回来。"

"好。"

"别总赖床，叫你起来太费劲。"

"好。"

"你今日怎的什么都好？"

她笑睨他。

因为我爹说，讨好女孩的时候一定不能说不好。陈怀瑾心中暗暗答道。

"少喝点儿那些劳什子的药茶，没什么好处。"

这个……

"我有病。"他还要坚持他长久"治疗"的倔强。

"你不喝也有，治不好了。"

"你才治不好。"

不记得是谁先笑出声了，只知道月朗星疏，雨过天晴。明日，大概是个不再恼人的好天气。

一时烈酒尽数饮下，她伏身睡去。他解了披风，将她完全包裹在怀中，动作是连自己都未察觉的温柔。

"灵均，如果你信我，能不能不论我做什么，都相信？"这句呢喃，终被强风掩下，隐匿在浓重夜色中。

陷入沉思的陈怀瑾没有发现，乔灵均的眼睛，几不可察地动了一下。

若我想信你，能信吗？

与此同时，在他们看不见的地方，军师柳十方正手脚并用地向山上爬。他的眼神不好，一旦入夜便更难看清，但是他相信自己一定不会认错，上头一坐一卧的两道人影，一定是他的三宝和他最看不上眼的病秧子。

十方的轻功不好，想要跃上山顶实在艰难，费好大劲儿才爬上山腰，还被藏在草丛中的禁卫拦住了。他们也是爬不上去才守在这里的，见上头也没打起来，便也没费力再爬。

只是柳十方似乎分外执着，月白的袍子脏成了赭色，还不管不顾地往上爬。

"路滑，您别爬了，万一出了事儿，我们也吃不了兜着走。"张城和肖勇劝道。

不爬，能对得起自己吗？

"我看看他俩干啥呢！"十方撸袖，拨开众人，是个不管不顾的执拗姿态。

干啥你也管不着啊，人家是有婚约的，赏个月，谈个心，不是再正常不过的吗？只是这话，张城和肖勇就是有一百个胆子也不敢说。

他们就是暗卫，日常职责就是，保证爵爷不弄死将军，将军不弄死爵爷，至于军师要死要活……这得写封信问问上头，要不要下点儿药让他消停些。

张城和肖勇那个时候尚不知道，自那以后，不只军师，连军师的娘都出面为儿子抢"儿媳"了。且单刀直入的，直接找上了陈怀瑾的姐姐陈灵验。

当又傻又直的柳氏撞上跟她一个德行的陈灵验，当心直口快，撞上纯"傻"纯呆，谁会赢？

一场后宫戏就此开锣，有添油加醋如玉青禾者，亦有推波助澜如秦贵妃之流。原本的"儿媳"与"弟媳"一争，不知为何，摇身一变，扯出了一宗陈年旧案，更将一切矛头都指向六皇子。那时的陈怀瑾又会偏向哪方？

这自然是后面的故事了。

——本季完——